喜妃傳

第二部

著｜解語

五

熹妃傳

目錄

第七百三十章 慧答應

繪秋三人在屋中收拾著東西，小太監垂頭喪氣地道：「繪秋姊，這下子真的麻煩了，要我說，不如去跟慧答應認個錯，把東西還給她，讓她留下咱們算了。」

「你是想跟她低頭？」繪秋的聲音有些尖銳，旋即冷笑道：「你要做那沒骨氣的就儘管去，瞧著吧，往後有得你吃苦頭。」

「可咱們離開這裡也不會有什麼好地方去啊，要不是繪秋姊妳扣得太狠，也不至於把她惹惱了。」另一個宮女憂心之餘，話中不由得帶上嗔怪之意。

「妳這是在怪我嗎？哼，當初是誰貪那衣裳厚實、料子好看的？」

這一句話說得宮女滿臉通紅，囁嚅著道：「那……那現在怎麼辦，內務府那些人肯定不會給咱們派什麼好活的。」

繪秋輕蔑地道：「慌什麼，忘了我之前與你們說的嗎？哼，先等著，待我去求求春姑姑，看看成嬪娘娘那裡要不要人伺候。」

聽到這話，另兩人也想起此事，連忙討好地道：「那一切就麻煩繪秋姊了，可千萬別忘了咱們兩人。」

繪秋冷冷一笑。慧答應想逞威風趕他們？哼，等她成了成嬪娘娘的人，看慧答應還拿什麼來逞。

且說舒穆祿氏去坤寧宮，在中途與瓜爾佳氏遇了個正著。瓜爾佳氏只在冊封禮那一日見過她，不過印象倒是極深，畢竟那雙眼可是與納蘭湄兒極其相似。

「慧答應這是要去哪裡？」她輕笑著問道，神色甚是親切。

「臣妾在屋中待著無事，出來四處走走，一時並無想去的地方。」舒穆祿氏低頭說著，連她自己都不知道為何要隱瞞去坤寧宮的事，只直覺地不想讓太多人知道。

「原來如此。」瓜爾佳氏不置可否地說了一句，隨後道：「伺候妳的人呢，怎的讓妳一個人跑出來了。」

「臣妾不喜歡有人跟著，倒是一個人更自在些。」舒穆祿氏回了一句後道：「娘娘若沒旁的事，臣妾先行告退了。」

「妳去吧，昨日下過雨，路上有些溼滑，當心著些。」瓜爾佳氏叮囑一句。

「臣妾告退。」舒穆祿氏離去，她並不曉得，瓜爾佳氏的目光一直追隨在她身後。

待得舒穆祿氏走得不見蹤影後，瓜爾佳氏方才收回目光。那個方向……彷彿是坤寧宮，她要去見皇后嗎？為何要騙自己說只是隨意走走？

「主子，咱們回去了嗎？」從祥在後面問著。她們出來已經有一會兒，估計著主子捧在手中的暖爐該涼了。

瓜爾佳氏搖頭，緩緩說道：「不，咱們去承乾宮。」

「是。」從祥答應一聲，扶了瓜爾佳氏改往承乾宮行去。

進了暖閣，只見凌若正在繡一方鴛鴦戲水的紅色方帕，瓜爾佳氏笑道：「妳什麼時候喜歡用這麼喜慶的顏色與圖案了？」

凌若放下繡繃，拭一拭手道：「哪裡是我用，我是想著涵煙快要成婚了，一旦皇上下旨賜婚，這婚期不過是月餘間的事，到時候再準備未免有些倉促，倒不若趁現在空閒，先繡一些。」

「嫁妝自有內務府準備，妳急什麼。」瓜爾佳氏一邊說著一邊拿過放在旁邊的繡繃。一隻鴛鴦已經繡出來了，纖毫畢現，且神態活靈活現。她嘆道：「妹妹這繡工是越發精湛了。」

「每日閒著無事，就靠這個東西打發時間，任誰都精湛。」凌若一句話，觸動了瓜爾佳氏的心事，神情不禁有些惻然。

宮裡頭的女人，每日除了盼皇帝過來之外，便只有靠女紅針黹等事來打發時間了，日復一日，繡工甚至比一些以此為生的繡娘還要好上幾分。

每一幅繡品的背後，都包含著無盡的空虛與寂寞，即便凌若已經算是宮裡頭一份的寵愛，也依然逃不過這些。

「嫁妝雖有內務府準備，但我這個做姨娘的總要盡些心意。」凌若這般說了一句，轉過話題：「對了，姊姊怎麼這個時候過來，虧得我沒午睡，否則可不是要妳白跑一趟了。」

「沒什麼，一時心血來潮。」瓜爾佳氏放下手裡的東西道：「被妳這麼一說，看來我也得早些準備，否則溫姊姊該說我這個做姨娘的不盡心了。」

這般靜了一會兒後，她忽地道：「適才我遇見慧答應了。」

提到這個名字，凌若沉默了一下，緩緩道：「她怎麼了？」

「她雖未說什麼，不過我瞧她穿的衣裳有幾處抽絲與未洗淨的汙漬，身邊又沒個伺候的人，想來這日子過得並不如意。」

「皇上一直未召她侍寢，又只是個答應，自然不會好到哪裡去。」凌若抿著剛沏上來的茶，淡淡說道。

「我問她去哪裡，她說隨意走走，可我看她去的方向，除了坤寧宮，並無其他好走動的地方。」

凌若倏然一抬眼，旋即又垂下，任由氤氳的水霧瀰漫了眼。「姊姊是說她有意去尋皇后？」

「水往低處流，人往高處走，又有哪個人甘心寂老於深宮？」瓜爾佳氏感慨地說了一句，又道：「我不擔心旁的，就怕她又成了一個佟佳梨落。」

凌若手指沿著杯沿輕輕劃過，帶起一條淺淺的水印。「皇上已經不是以前的雍親王了，只看皇上這麼久都沒有召她，就可知道。更何況……慧答應只有一雙眼睛相似，又怎及佟佳梨落。」

瓜爾佳氏稍稍放心了。「希望如此吧，總之我一想起當初的事便心有餘悸。只是皇后那邊還是要提防著些，這個女人太善於尋機會，讓人防不勝防。」

凌若笑笑道：「我知道。對了，我昨日聽說年羹堯在青海打了一個小勝仗，正在追擊那些叛黨，若一切順利的話，年底便可平定叛亂。」

瓜爾佳氏嘆道：「過了八月，這好消息倒是一個接一個地來，先是京城解了旱情，現在連青海那邊也打了勝仗，皇上可以鬆一口氣了。」

「不過，話說回來，年羹堯這次再得勝，年氏在宮中豈非更囂張？如今已經壓在皇后頭上了。皇后嘴上不說，心裡不知道有多憋屈呢，如今我看到她是能繞就盡量繞，省得她變著法子尋我晦氣。」

「不會的。」凌若卻是一點都不擔心。「一旦郭羅克平定，年羹堯就離死不遠了，失去年羹堯的年氏根本不值一提。」

「這是何意？」瓜爾佳氏悚然一驚，她並不知道胤禛對年羹堯的忌憚，待得聽凌若說了之後，方才長出一口氣。「聽妳這麼說，我就安心了。」

第七百三十一章　和親

「善惡到頭終有報，年氏做了這麼多惡事，也該是一一償還的時候了。」對於年氏，凌若是沒有絲毫同情的。當初自己在宮外時，被她追得近乎上天無路、入地無門，還連累容遠，如今靖雪陪著他四處遊覽，至今沒有消息，也不知記憶有否恢復。

「只是可憐了三阿哥，我瞧他最近長進不少。」瓜爾佳氏嘖嘖說著，但也僅限於此，畢竟她與弘晟並沒有什麼太深的感情。

「一切皆是命數，半點由不得人。」凌若說完，又轉而道：「許久沒有與姊姊下棋了，姊姊可願陪我下一局？」

「好，不過這次可是得有點彩頭。」瓜爾佳氏笑著道：「不如就賭前些日子皇上賞妳的那匹蜀錦如何？我瞧著可是很喜歡，只是內務府統共也沒得幾匹，根本輪不到我。」

「姊姊喜歡儘管拿去就是了，哪裡還需要賭。」凌若說著就要讓宮人去庫房拿蜀錦來，被瓜爾佳氏阻止。

「這樣有什麼意思，就按我說的辦，不過事先說好，妳可不許故意輸我。」

凌若拗不過她，只得讓人拿了棋盤與棋子來，黑白錯落，小小一個棋盤自成天地，無數棋子在其間廝殺，爭奪著最終的勝利。

宮裡的女人就像是這些棋子，在紅牆黃瓦的棋盤中，踩著白骨努力爭取活下去的資格。

這一刻，集萬千寵愛於一身，也許下一刻就被打入冷宮，寵妃、娘娘，皆靠不住，可縱然知道，還是會有許多人爭破腦袋，因為……她們只有這一條路。

這夜，胤禛召溫如傾侍寢，卻有些意興闌珊，望著裹在錦被中身無寸縷的溫如傾，胤禛忽的將自己的寢衣扔給她。「穿上，陪朕吃酒。」

溫如傾感到意外地看著胤禛，卻知趣地沒有多問，而是像一條美人魚一樣從錦被下鑽出來，將散發著青春氣息的身子套進寢衣中。因是胤禛的尺寸，所以套在她身上顯得有些過大，袖子長過手背，走路的時候更得小心看著腳下，否則很容易因踩到褲角而摔倒。因屋中燒著地龍，是以即便只著單衣也不覺寒冷。

看到她小心翼翼的樣子，胤禛難得笑了一下。溫如傾坐下後，乖巧地執起宮人剛送進來的酒壺，將胤禛面前的杯子倒滿。

她剛倒好酒，胤禛便端起來一口飲盡，隨後道：「繼續倒。」

連接倒了三杯，溫如傾終於忍不住了，小聲道：「皇上您喝慢些，快了容易傷身。」

胤禛冷冷掃了她一眼，不假辭色地道：「朕不用妳教，滿上。」

「不行。」誰也沒想到，溫如傾竟然拒絕胤禛，牢牢抱著酒壺緊張地道：「皇上若再這樣喝，臣妾說什麼也不倒。」

胤禛微瞇了眼眸，冷然道：「妳好大的膽子，居然不聽朕的話，就不怕朕降罪於妳嗎？」

溫如傾身子有些發抖，卻堅持著不肯妥協。「即便皇上要怪責臣妾，臣妾也要這麼說，始終皇上的龍體才是最要緊的。還有……臣妾雖然愚鈍，卻也看得出皇上有心事，如此喝酒只能徒增煩惱，根本沒有任何幫助。」

胤禛一臉漠然地看著她。

就在溫如傾擔心他責罰自己而緊張不安的時候，卻聽得胤禛道：「罷了，把酒壺放下吧，朕不喝了。」

「真的嗎？」溫如傾言語間透出來的不信任之意令胤禛失笑，道：「朕還會騙妳一個小女子嗎？放下吧，小心壺裡的酒灑在身上。」

笑意，始終難以長留在臉上，轉瞬即逝，他依然是一副心事重重的樣子，不過倒是真的沒有再喝，只是把玩著空酒杯。

「臣妾能否斗膽問一句，皇上為何事煩心？」溫如傾大著膽子問。

胤禛仰頭嘆了口氣，這件事一直憋在他心裡，也確實需要找個人傾訴。「準噶爾的噶爾丹派人來向朕求親。」

「求親？」溫如傾詫異地重複了一句。準噶爾她是知道的，就是漠西蒙古，在漠南、漠西、漠北三部中，漠西蒙古是最好戰的。

「不錯，他們希望大清嫁一位公主到準噶爾。」胤禛沉沉說著，這已經是數日前的事了，使臣正等著他的回覆。

溫如傾已經恢復鎮定，道：「皇上準備擇哪位宗女冊為公主？」凡遇和親，皇室從宗室中挑選一位宗女冊為公主遠嫁，這已經是慣例了。這樣的和親不只是為了安撫番邦部落，也是為了更好的拉攏。

胤禛搖搖頭，道：「噶爾丹說了，必須要是朕的嫡親女兒，而朕只有涵煙一個女兒，又恰巧是在適齡婚嫁之時。」

溫如傾微微一驚道：「臣妾曾聽姊姊說，皇上正在朝中替涵煙公主挑選合適的額駙人選，若是這樣，那涵煙公主就只有遠嫁，沒有其他辦法嗎？」

「如果拒絕，準噶爾就可以借這個機會動兵，朕甚至懷疑他們是故意這麼做。當年皇阿瑪親征準噶爾，平定叛亂之後，這幾十年他們看似平靜，實際上根本就是一直伺機待動。」胤禛再度嘆了口氣道：「如今這個時候，年羹堯正在平定郭羅克之亂，一旦準噶爾這邊再動兵，腹背受敵，朝廷負累太重，而且萬一戰敗，影響太大。然遠嫁涵煙，朕又於心不忍。」

遠嫁異域的公主，從未聽說過有什麼好下場，涵煙是胤禛身邊唯一的女兒，自然對她格外憐惜。

溋如傾沉默片刻，道：「皇上一片慈父之心，實在令人動容。臣妾與惠嬪是嫡親姊妹，自然也不捨公主遠嫁。只是公主既然是皇上的女兒，便要有為家國社稷犧牲的準備。一人與整個大清相比，實在不足一提。」

「妳的意思是讓涵煙和親？」胤禛眸光幽深地看著溋如傾，不知在想些什麼。

溋如傾抿脣道：「其實皇上早有了決定，何必再問臣妾。準噶爾那邊是萬萬不能動兵的，所以和親才成了唯一的辦法。」

「朕只怕惠嬪會怪朕狠心。」胤禛黯然說道，燭光在他身側拉出一道長長的影子。

第七百三十二章　主意

「不會的。」溫如傾搖搖頭道：「姊姊溫良知禮，她一定會懂得皇上的難處；再者，遠嫁並不見得就一定不好，興許遇到一個好的丈夫也說不定，就像唐朝時期的文成公主一樣。」

胤禛微微點頭道：「妳這話倒有幾分道理。準噶爾的噶爾丹去年才剛繼位，年輕且驍勇善戰，確實比一般人要強上許多。」

見胤禛被說動，溫如傾又道：「若皇上真覺得虧欠了惠嬪與公主，不如就冊封公主為固倫公主，以固倫公主之禮遠嫁準噶爾。」

按規矩，只有皇后生的嫡女方才可以被封為固倫公主，在滿語中，意為天下、國家、尊貴、高雅；妃嬪所生一律封為和碩公主，意為一方。

自大清立國以來，還從來沒有嬪妃之女被封為固倫公主的事情。

在溫如傾的勸說下，胤禛漸漸接受了遠嫁和親的辦法，又或者他早就接受了，只是需要一個人來肯定自己，讓他不需要那麼內疚。

許多時候，皇帝必須要拋棄自己的喜好，一切以國家的利益為先。

解決了一直懸掛在心中的煩惱，胤禛頓時覺得輕鬆不少，與溫如傾說著旁的事；而不論他說什麼，溫如傾都能很好地接上話，不像有些妃嬪，只是一味被動地聽著，只有在問她時，才會答上那麼一、兩句索然無味的話。

胤禛讚許地道：「妳倒是曉得很多。」

溫如傾吐一吐粉紅色的舌尖。「臣妾閒著無事便喜歡看一些雜七雜八的書，皇上不怪臣妾胡言就好。」

胤禛搖搖頭。彼時，外頭響起打更聲，不知不覺竟是到了三更，溫如傾忙道：「皇上早些歇息吧，一早還得上早朝呢。」

胤禛微一點頭，朝溫如傾伸出手；後者頓時明白這個意思，俏臉通紅，將柔若無骨的手放到胤禛掌中，這樣的嬌羞更添嫵媚之態，令人怦然心動。

夜色深重，養心殿卻是春意深深……

與此同時，坤寧宮裡卻是秋意深重，舒穆祿氏已經等了一天了，可那拉氏一直未肯出來見她。

「慧答應，已經過三更了，您還是先回去吧，一切等明日再說。否則這秋深露重的，萬一受了寒氣可怎生得了。」惜春在一好意勸著。

「我不礙事的，姑姑妳不必管我。再說皇后娘娘讓我在這裡等候，我又怎好先行離去。」

惜春雖不是坤寧宮的管事姑姑，但她與翡翠一樣是打小在那拉氏身邊伺候的，所以一般都會客氣地稱一聲姑姑。

惜春走了，舒穆祿氏撐著瘦疼的雙腿站在殿簷下，任由秋風吹拂，紋絲不動。她既然來了，就一定要見到皇后再走，否則今日一切便都白做了。

不知過了多久，惜春再度走出來，欠一欠身，含笑道：「慧答應，主子得空了，讓您去內殿見她。」

舒穆祿氏心中一喜，只要皇后肯見她，一切便都有機會。她朝惜春道謝：「多謝姑姑。」

「慧答應客氣了，快進去吧。」

在惜春的笑語中，舒穆祿氏走了進去，一進到內殿便感覺一股熱氣迎面襲來，溫暖著她凍得發僵的身子。而這樣的暖意，她自入宮之後就從沒感覺過。

不知為何，鼻間酸得有些想落淚，舒穆祿氏強行忍住，朝端坐在椅中的那拉氏行跪拜禮。「臣妾叩見皇后娘娘，娘娘萬福。」

那拉氏輕「嗯」了一聲道：「昨日弘時入宮請安，說起這秋冷天寒，內務府的秋衣又不夠暖和，所以本宮緊趕著為他縫製一件，專注之餘忘了時間，倒是平白讓慧答應等了這麼久，慧答應不會怪本宮吧？」

「娘娘一片慈母之心，臣妾豈會不體諒。」

舒穆祿氏惶恐的言語令那拉氏滿意地點點頭。「不招怪就好。對了，慧答應今日來見本宮，所為何事？」

聽得她這麼問，舒穆祿氏連忙磕了個頭道：「回娘娘的話，臣妾已經將繪秋幾人趕出了水意軒。」

「哦？這麼說來，妳已經想明白了？」那拉氏接過翡翠遞來的蓮子羹，輕輕舀了一勺，卻沒有立刻送入嘴中。

舒穆祿氏抬起頭，用力咬一咬下唇，緩慢地道：「是，臣妾不想這樣寂老於後宮，更不想被那些奴才們作踐，求娘娘為臣妾做主。」

那拉氏漫然一笑，唇角彎起時，浮起細細如柳絲的皺紋。「慧答應這麼久不來，本宮以為妳不會想明白了。阿彌陀佛，所幸不是，否則真是可惜了。」望著那雙似曾相識的眼，笑意在她眼底漸趨加深。時隔十多年，佟佳梨落的戲碼終於可以再次上演，想必這一回，會更熱鬧。

「臣妾愚鈍，過了這麼久才想明白，不過以後再不會讓娘娘失望了。」舒穆祿氏的目光是前所未有的沉靜。終於邁出了這一步，以後，她將不會再是從前的舒穆祿佳慧。

「很好。」那拉氏頷首，抬一抬下巴道：「翡翠，扶慧答應起來。慧答應站了這麼久，想必腹中飢餓，妳去盛一碗蓮子羹來。」

「謝娘娘。」面對皇后顯而易見的示好，舒穆祿氏微微鬆了口氣。她一人之力太過微弱，而且母家完全不能依靠，想要在後宮出人頭地，必然要依附於人，而皇后這棵在後宮中根深柢固的大樹無疑是最好的選擇。

當然，最主要的是，皇后曾經暗示過可以抬舉她，但前提就是需要懂得後宮生存之道，否則就算是抬舉了，也很快會毀在她自己的懦弱上。

這日，溫如言來到承乾宮與凌若商議著涵煙額駙的人選，她們初初看中了三個，需得從中擇一個最合適的出來。

正商議間，卻見胤禛進來，連忙起身行禮。溫如言瞥了凌若一眼，知趣地道：「臣妾先行告退了。」

不等溫如言離開，胤禛已經阻止道：「惠嬪留著吧，朕今日來，也是專程為了找妳。」

「找臣妾？」溫如言詫異不已，若是找自己該去延禧宮才是，怎的來承乾宮了？他又怎會知道自己恰好在這裡。

第七百三十三章　百般哀求

胤禛看出溫如言的疑問，道：「朕原本讓四喜去延禧宮傳妳，不想宮人說妳來了承乾宮，恰好朕也有些空閒，便順道過來。」

「不知皇上尋臣妾是為何事？」溫如言有些受寵若驚地說著。記憶中，胤禛還從未這樣專程尋過自己。

胤禛一時不知從何說起，皺著眉頭站在那裡，還是凌若道：「皇上與溫姊姊都坐著說話吧。水秀，水月，妳們趕緊去沏茶來。」

待茶沏上來後，胤禛終於尋到話語，沉聲道：「朕下朝之後，去過坤寧宮，朕與皇后一道商議之後，決定冊涵煙為固倫公主。」

溫如言輕呼一聲，臉上難掩驚喜之色。固倫公主四個字意味著什麼，她太清楚了。大清立國之後，還從未有妃嬪所生之女立為固倫公主的事，涵煙竟可以享此殊榮。回過神來後，她忙起身跪謝，隨後又道：「啟稟皇上，臣妾與熹妃娘娘已經擇好了三位人選，不如請皇上替涵煙挑一位最合適的額駙吧。」

「是啊，皇上，這三位都是青年才俊，最難得的是人品皆很好，臣妾與溫姊姊選了半天都沒定下來呢。」雖然奇怪胤禛何以無緣無故冊涵煙為固倫公主，但終歸是一樁好事，她也替涵煙高興。

望著凌若遞上來的冊子，胤禛始終沒有伸手去接，好一會兒才艱難地道：「不必看了，朕已經替涵煙擇好了最合適的人選。」

兩人一怔。涵煙的婚事，胤禛一直沒怎麼過問，怎麼突然間又說有人選了？而之前突然說冊涵煙為固倫公主，究竟是怎麼一回事？

帶著這個疑問，溫如言小聲地道：「不知皇上替涵煙擇了哪位？」

看著溫如言，胤禛心裡浮起一絲內疚。不論怎樣說，要將她唯一的女兒遠嫁，始終是殘忍了些，只是他也沒辦法，否則哪個人捨得自己的親生女兒淪為和親與安撫番邦的工具。

「是準噶爾的噶爾丹。」當這八個字從胤禛嘴裡吐出時，溫如言如遭雷擊，表情僵硬地愣在原地。

莫說是她，就是凌若也微張嘴巴，震驚不已。準噶爾……噶爾丹……

她很清楚這句話意味著什麼，這不是招額駙，而是將她遠嫁和親。為何……為何會突然發展到這個地步？

看到溫如言這個樣子，胤禛嘆道：「朕知道妳心裡不好受，但這也是沒辦法的事情。準噶爾派人來向朕提親，要娶朕的嫡親女兒，朕若不答允，必然會是兵戎相見的局面。而現在，年羹堯正在青海平定郭羅克之亂，大清，不能再動兵了，否則會將整個朝廷都拖垮。」

聽著他這些話，溫如言終於回過神來，唇色慘白地顫聲道：「可是……可是涵煙是皇上的親生女兒啊！」

「正因為她是朕的親生女兒，所以才要去和親。」胤禛扶住隨時會軟倒在地的溫如言，道：「惠嬪，朕與妳同樣捨不得涵煙，可這是她的命，是她身為大清公主的命數，由不得咱們。」

「不！」溫如言爆發出一聲尖銳刺耳的尖叫，掙脫胤禛的手，跪在他面前哀聲道：「皇上，涵煙不可以去和親，準噶爾不會善待她的，您要她去和親就等於……等於要她去送死啊！」

「胡說！」她的話令胤禛不悅，輕喝一聲道：「她以固倫公主的身分遠嫁，去到那邊也是正經的汗妃，怎會是送死！」

「準噶爾是蠻夷之地，他們怎麼可能善待涵煙？皇上，涵煙是臣妾唯一的女兒，臣妾不可以失去她，求您收回成命，不要讓涵煙遠嫁，更不要讓她去送死！至於固倫公主的名分，臣妾與涵煙都不想要！」溫如言此刻方寸大亂，如何聽得進這些，更何況，事實上遠嫁的公主確實沒幾個是有好下場的。

她磕頭哀求，想要求胤禛改變主意；可是她忘了，胤禛已經決定的事又怎會輕易更改，這樣一味的哀求只會令胤禛反感。

「惠嬪！」胤禛喚了一聲，神色微見不悅之意。「妳向來是識大體的人，怎的如今變得這般不明事理？涵煙是妳的女兒，難道就不是朕的女兒嗎？若非真被逼到無法，朕會捨得讓她嫁去這麼遠的地方？」

其實，從決定涵煙遠嫁的事後，胤禛心裡就憋著一股氣，想他身為堂堂天朝皇帝，卻被迫應允和親，實在可恨。

溫如言淚眼婆娑地道：「皇上，臣妾就算再識大體，也是一個額娘啊，哪有額娘可以看著女兒嫁去遠方受苦而無動於衷的。」

「朕說過，她不會受苦。」胤禛強調著這一點，也唯有如此，他才可以令自己好過些。始終，他對涵煙是有所虧欠的，即便自己不承認。

溫如言淚落不止，泣聲道：「準噶爾乃偏邦異地，那噶爾丹又不知品行如何，而且臣妾聽聞，那裡的人野蠻嗜血，一旦有什麼不高興，就打罵姬妾，根本不將她們當人看。涵煙自幼在臣妾身邊長大，從未受過什麼苦，驟然去那樣的地方，怎麼能受得了。求皇上看在涵煙自幼孝順的分上，收回成命。」

「胡鬧，皇命豈可隨意更改；再者，難道妳要朕為涵煙一人而搭上整個大清嗎？」胤禛心中的不悅越發旺盛。原本昨夜他聽了溫如傾的話，覺著溫如言賢慧淑良，該是會理解自己，而且他都已經破例封涵煙為固倫公主了，豈料她竟然百般推脫，怎麼也不肯應允。

溫如言想也不想地道：「在皇上心中，大清是最重要的，可是在臣妾心中，涵煙才是最重要的。」

「妳這是在指責朕嗎？」胤禛眉目一冷。溫如言的一再失言令他心裡那絲內疚迅速消失，取而代之的是惱怒與厭煩。

枉虧她在自己身邊二十多年，竟然連剛入宮的溫如傾都不如。

見胤禛似有生氣之意，凌若怕其怒責溫如言，忙道：「皇上息怒，溫姊姊並不是這個意思，只是皇上驟然告訴她涵煙要遠嫁和親，一時接受不了，才會胡言。只是……皇上，當真沒有別的法子了嗎？」

第七百三十四章　試一試

「沒有。」胤禛微緩怒氣，然臉色依舊不怎麼好看，漠然盯著泣淚跪伏在地的溫如言，道：「明日，朕就會下旨冊封涵煙為固倫公主，同時和親準噶爾，妳待會兒好好去與涵煙說，朕不想再節外生枝。」

「皇上……」

溫如言哪裡肯依，待要再求，胤禛已拂袖起身，硬聲道：「此事就此定下，朕還有事，先回養心殿了。」

「不要，皇上，臣妾求您不要這樣待涵煙！」溫如言滿臉淚痕地爬過去想要抓住胤禛的腳，卻抓了個空，再伸手時，胤禛已經走出極遠，只能哀哀哭泣著癱倒在地。

事情怎麼會變成這個樣子？明明前一刻還好端端的，下一刻卻惡夢纏身，她的女兒，唯一的女兒，怎會落到要去和親的地步……

「姊姊妳別難過了。」凌若忍著心中的難受，扶了溫如言到椅子中坐下。

溫如言的泣聲一直沒有停止過，哽咽著道：「妳要我如何不難過，涵煙是我的命根子啊，皇上他怎麼可以這麼狠心，說是親骨肉，卻一絲猶豫也沒有地將涵煙推到火坑中；再者，這個噶爾丹說不定已經七老八十，做涵煙的祖父都綽綽有餘了。」

凌若盡量放緩了聲音道：「姊姊別盡說這些不好的話，事情究竟怎樣，咱們還不清楚呢。再說，皇上也確實沒辦法，此時此刻，大清實在不宜再動兵。」

「那就可以犧牲涵煙嗎？」溫如言瞪著凌若，那目光像是隨時會吃人。

凌若認識她這麼多年，還從未見過她這個樣子，任何一句話都會令她敏感地跳起來。

「姊姊誤會了，我怎會是這個意思。只是……」凌若一時也尋不出什麼好的話來，重重嘆了口氣道：「涵煙是姊姊的女兒，姊姊捨不得她出事，但是其他人同樣有子女，難道他們的孩子就可以出事嗎？若大清動搖，那麼這幾十年來的太平盛世就會化為烏有，皇上亦是為了大局才不得已而為之。」

「我不管！我也不想管這些，我只知道，我不想失去涵煙，不想失去這個唯一的女兒。還有……」她伸手，不住地顫抖著。「妳告訴我，我要怎麼去向涵煙開這個口，怎麼告訴她這麼殘忍的事啊！」說到後面，她近乎歇斯底里，所有的冷靜都在女兒安危面前消失了。

凌若無言以對，她何嘗捨得涵煙遠嫁番邦，這麼些年來，她一直視涵煙為親女，可胤禛已經將話說到這分上，如何還能有轉圜餘地，始終得接受事實。

「姊姊，事已至此，就算妳不說，涵煙也遲早會知道的。這是她的命，我們……」

不等凌若說完，溫如言突然用力抓緊她的手，滿懷希冀地道：「不，這不是涵煙的命，不過是皇上給她定下的罷了，還可以更改。若兒，這麼多年來，我從未求過妳什麼，這一次妳一定要幫我。除了妳，我已經不知道還能找誰了。若兒，皇上這麼寵妳，他一定會聽妳的勸！」

「姊姊啊，朝廷大事不是妳我能左右的。」凌若無奈地說著。誠然，胤禛待她極好，可同樣有一個度在，胤禛絕對不會因她而讓大清陷入危機。

「不會的，皇上一定會聽妳的，求妳，求妳幫幫我與涵煙，不然我給妳下跪。」對於此刻的溫如言來說，凌若就是唯一的救命稻草，說什麼也不肯放棄。

凌若趕緊阻止溫如言，勸道：「姊姊妳不要這樣！不是我不想幫，是真的幫不了啊。」若能幫，早在剛才她就開口了，就是看出胤禛心意已決，根本由不得人左右，才隻字未提。

「妳沒做過怎麼知道不可以？若涵煙有個三長兩短，我這個做額娘的再活在世上也沒意思！」溫如言急切而哀涼地說著。

凌若聞言，忙「呸」了一聲道：「姊姊休要說這樣不吉祥的話。涵煙那麼乖巧懂事，一定會沒事的。」

見凌若始終不肯鬆口答應求情，溫如言的神色不由得冷了下來，慢慢放開凌若的手，道：「若兒，是不是妳根本不想幫涵煙，若是這樣的話，妳直說便可，我不會令妳為難。」說到這裡，她淒然一笑，神色是說不出的哀婉。「始終，涵煙並不是妳的女兒，妳不理會她生死也是再正常不過的事。」

凌若連忙握住她漸趨冰涼的手。「姊姊妳這是說哪裡的話，沒得是要生分嗎？唉，罷了，我去試一試吧，至於能否說動皇上，我可不敢保證。」

溫如言聞言大喜過望，連忙道：「會的，妳一定可以說服皇上收回成命。」

看到溫如言這個樣子，凌若實在不忍心打擊她，在安慰幾句、命宮人好生將她送回去後，凌若扶著水秀的手往養心殿行去。

路上，水秀問：「主子，您當真要去求皇上嗎？」

「不然還能怎麼辦，本宮都已經答應姊姊了。」凌若撫著發疼的額頭道。

「恕奴婢直言，主子去了也是白去。」水秀撥開前面垂落的樹枝道：「雖然奴婢書讀得不多，卻也知道君無戲言四個字。皇上都說了和親，又怎會更改？再說皇上之前也說了，一旦拒絕，就有可能要出兵打仗。」

「本宮知道，可是溫姊姊那樣子妳也看到了，本宮若是不去開這個口，只怕她要誤會本宮了。」

水秀道：「惠嬪娘娘也是一時不能接受這件事罷了，等她想明白了，自然會理解主子的難處。」

凌若搖搖頭。「唉，盡人事聽天命吧，只盼老天不要太過薄待涵煙。」

在這樣的言語中，她來到養心殿，因胤禛正在裡面與幾位大臣商議國事，所以凌若在偏殿中等了一會兒，直至大臣們都離去後，方才走進去。

胤禛合了摺子，走下來關切地拉了她的手道：「怎麼過來了，有事嗎？」

凌若咬一咬脣，輕聲道：「臣妾是為涵煙公主的事而來。」

胤禛神情一沉，雖然手未曾放開，掌心的溫度卻涼了下來。「若妳是來勸朕改變心意，朕勸妳還是不要開這個口得好。」

第七百三十五章　斗膽

「皇上。」凌若凝望著胤禛道：「臣妾知道您的為難，只是溫姊姊確實很可憐，剛才皇上走後，她跪下來不住地求臣妾，臣妾看著實在心酸。」

胤禛有些煩惱地放開凌若的手，道：「朕知道她可憐，涵煙同樣是朕的女兒，難道朕會不疼她？實在是沒辦法的事。妳可知為了這件事，朕已經好幾夜沒睡好覺了，一閉上眼就是涵煙哭泣的樣子。」

「難道就不能另擇一位宗女冊為公主，遠嫁和親嗎？」凌若知道自己這個想法很自私，可她已經想不到更好的了。

胤禛的話打破了她最後的希望。「噶爾丹指名要朕的親生女兒，若以宗女冒充公主欺騙，只怕他發現後會藉機挑起戰事，朕不能冒這個險。」

「這麼說來，當真沒有其他辦法了？」凌若渾身冰涼地問著。

胤禛盯著她的雙眸，緩緩道：「是，涵煙必須要遠嫁和親，哪怕惠嬪再不願都得接受這個事實。」

與他對視半晌，凌若深吸一口氣，收回目光，低頭道：「是，臣妾明白了，臣妾會去勸惠嬪。」

當她拖著沉重的腳步將這句話告訴溫如言，溫如言癱軟在地，久久不能言語，唯有淚水一滴接一滴地落下，化為淒涼無聲的花朵。

而涵煙也恰好聽到這些話，面對自己和親的命運，她與溫如言抱頭痛哭，在絕望的哭聲中不斷地說著不願嫁的話。

這夜，溫如言到養心殿外長跪不起，求胤禛收回成命。一旦過了今夜，聖旨傳下，就真的再無逆轉機會了。

凌若與後來得悉消息的瓜爾佳氏一直陪在溫如言身邊，可不論她們怎麼勸，溫如言都不肯起來；至於胤禛，也一直未曾理會。

「姊姊，妳聽我一句勸，不要再倔強了，起來吧。」瓜爾佳氏苦口婆心地說著。「連妹妹都不能求得皇上改變心意，妳這樣跪著又有什麼意思呢？反倒令皇上厭煩。」

溫如言撐著搖搖欲墜的身子，倔強地道：「我管不了那麼多了，我只要涵煙，只要我的女兒。」

「姊姊妳為什麼這麼固執呢？就算妳今夜跪死在這裡，皇上也不會改變心意的。」凌若急得幾乎要掉下淚來。

溫如言淒然一笑。「跪死正好，我就不需要因為涵煙的遠嫁而日日傷心了。」

「妳……唉。」想要勸說的話在將要出口時皆化作一聲無奈嘆息，瓜爾佳氏明白，以溫如言此刻的情況，不論她們說什麼都是聽不進去的，否則也不會跪在此處了。

「姊姊，妳若死了，最難過的是涵煙，她已經要背負和親的命運，妳還忍心再讓她增添悲傷嗎？」

面對凌若的勸說，溫如言抱著頭，痛苦地道：「我不知道，我什麼都不知道，我只想讓皇上放我們母女一條活路啊！我不明白他為何要這麼狠心，即便是不念二十多年相伴之情，至少也該念骨肉親情。」

「他若真心一點也不念，妳跪在這裡又有什麼用。」瓜爾佳氏心疼不已，愴然道：「世間最涼薄、最無情的莫過於帝王之家啊，難道姊姊妳還看不明白嗎？為了大清，皇上什麼東西都可以拿來犧牲，更不要說一個涵煙。」

她的話令凌若的心劇烈地跳了一下。若有朝一日，要在大清與她之間擇一個，胤禛是否也會毫不猶豫地選擇前者？

「不管怎樣，只要聖旨一日未下，我就要盡一日努力。妳們回去吧，不必管我。」溫如言執著地說著，不願放棄哪怕是微弱到幾乎看不見的希望。

「妳這個樣子，我們哪裡能放得了心。」瓜爾佳氏連連搖頭，隨後她卻是斂衽跪在溫如言身邊。

「妹妹妳這是做什麼？趕緊起來。」溫如言急切地說著。

瓜爾佳氏澀然道：「既然妳執意不肯起，那麼便只有我陪著妳跪了，左右我們都是不得寵的，再怎麼招皇上不喜，也不過是那個樣子。」

「別說傻話了，這是我自己的事，與妳們無干。」溫如言並不願將她們兩個牽扯進來，今日央著凌若去求胤禛，事後回想起來已經是萬般內疚。

「姊姊說的才是傻話，這麼些年的姊姊是白叫的嗎？若是妳與涵煙的事，我們都置之不理，以後哪還有臉待在這宮中。」瓜爾佳氏是打定了主意，不過在凌若準備一道跪下時，卻勸阻道：「若兒，妳與我們不同，妳深受皇恩，皇上待妳亦隆寵有加，若是因此觸怒龍顏，失了身上所繫的寵愛，卻是有些得不償失了。我知道妳擔心姊姊，但這裡有我陪著姊姊就行了，妳還是快回承乾宮吧。」

「姊姊剛才都說了是姊妹，理當有福同享、有難同當。再者，人多一些，說動皇上的可能性也大一些。」凌若與溫如言交好的日子比瓜爾佳氏更長，感情也更深，怎肯就此離去。

「若兒，妳還不明白嗎？我與姊姊怎樣不要緊，因為就算失寵，至少還有妳這位寵妃護著；可是若連妳也失寵了，那我們就當真任人宰割了。還有，一旦沒有了皇上的庇護，妳覺得皇后與年貴妃會放過妳嗎？她們從來都視妳為眼中釘。」

瓜爾佳氏說的這些，凌若何嘗不知，只是要她拋下兩人離去，實在難以做到。她在夜風中站了許久，終是離去了，然卻不是回承乾宮，而是再度跨進養心殿那扇朱紅大門。

凌若與胤禛面對面站在平整的金磚上，燭光在兩人身側投下長長的影子。養心殿一側的窗子糊的紙有些破了，內務府的人還未來得及更換，不時有冷風從那裡灌進來，吹得燭光一陣搖曳，連帶著兩人的影子也晃動不止。

許久，胤禛先開口：「妳又來做什麼？」

面對胤禛流露在外的不悅，凌若無言地嘆了口氣，跪下道：「臣妾斗膽，求皇上再慎重考慮涵煙公主和親一事。」

第七百三十六章　塵埃落定

「惠嬪與謹嬪在外面跪著，而妳則進來求朕，妳們三個是存心要與朕作對是嗎？」胤禛雖然不曾出去，但並非真的對溫如言不聞不問，相反的，他對外頭的事瞭若指掌。

「臣妾知道不該，可是臣妾真的不忍心見溫姊姊如此難過。」

凌若話音剛落，胤禛已經冷然接了話。「妳不忍心她難過，所以就可以讓朕難做。若兒，朕在妳心中，尚無一個惠嬪來得重要嗎？」

「臣妾不是這個意思。」凌若沒想到胤禛會誤會，待要解釋，胤禛已經憤然拂袖，背過身。

「若不是這個意思，妳就不該一而再地來求朕！朕已經與妳說得清清楚楚，此事關乎大清國運安寧。惠嬪心繫涵煙忘了分寸，朕尚能理解，可是妳呢？」

「臣妾有罪，可是再這樣下去，溫姊姊真的可能會死的。」說到最後，凌若已是愴然淚下。

「那朕呢？朕平日怎麼待妳的，今時今日，妳就是用這種態度來回報朕？」轉身，胤禛眼中流露出痛心之色。任何人都可以不理解，唯獨凌若不可以。

凌若如何會看不出，她絕對不想傷害胤禛，可卻在不斷地令他為難。

「朕給妳最後一個機會，退下！」胤禛大聲喝斥，發現凌若跪在地上一動不動時，痛意終是變成了怒意。二十餘年的恩寵，以及親自去宮外接她回來的情意，已經讓這個女人認不清自己的身分，妄圖要左右他的思想。

恃寵生驕的，並不只是年氏一個，凌若也是一樣。

「妳不退是嗎？好！很好！」扔下這句話，胤禛驟然走到案後，鋪紙執筆，潤筆時發現硯中的墨已乾，朝四喜厲喝：「愣在那裡做什麼，還不快過來磨墨。」

「是。」四喜趕緊弓著身子磨墨加水，一直提心吊膽，唯恐胤禛將氣撒過來，幸好沒有。

待得墨汁出來後，胤禛便立刻奮筆疾書，四喜偷偷瞧了一眼，隨後有些同情地看著跪在地上的凌若，暗自嘆氣。熹妃這次註定是白求了。

待得停下筆後，胤禛又取過錦盒中的玉璽，用力蓋在紙上，隨後擲在凌若面前。「仔細看清楚，這是讓涵煙前往準噶爾和親的聖旨，白紙黑字，再無更改的餘地，妳可以死了這條心了。」

凌若怔怔地看著落在面前的聖旨，不敢相信這一切是真的，許久，才從顫抖的雙唇中擠出聲音來：「皇上，您……您不能如此。」

「為何不可？」胤禛怒極反笑，面孔帶著少見的猙獰。「朕是皇帝，難道朕怎麼做還要經過妳熹妃娘娘的許可嗎？」

「臣妾不敢！」凌若滿嘴苦澀，沒想到自己的懇求竟然反而使得胤禛提前下旨。

胤禛撐著几案起身，以一種不容置疑的口吻道：「聖旨就在妳面前，妳可以撕了它，不過朕會再寫一份，總之和親勢在必行，沒有人可以改變。」

胤禛是為了大清，而凌若是為了溫如言，這樣的矛盾勢必不能調和。

死一般的寂靜籠罩在養心殿，四喜感覺自己連呼吸都變得困難。良久，凌若終於艱難地從地上站起來，朝胤禛欠身，麻木地道：「臣妾明白了，臣妾告退。」

「希望妳是真的明白。」

凌若腳步一滯，卻未曾回頭，只是一步接一步地離開養心殿。

在凌若離去後，胤禛餘怒未消地砸了擺在桌上的黃玉貔貅鎮紙。

在身後隱約可聞的重響中，凌若緩緩將聖旨上的內容告訴溫如言，當所有希望被斷絕時，溫如言終於承受不住打擊而暈了過去，宮人連忙將她抬回延禧宮。

而凌若，也第一次真正見識到胤禛的冷心絕情。昔日宮外一事，是誤會，但這一次她親眼所見，再不是誤會兩字所能解釋的。

若要在大清與自己之間做個選擇，胤禛是否會毫不猶豫地捨棄自己？

這個疑問不只一次出現在凌若腦海中，揮之不去。

她知道，作為皇帝，胤禛的所作所為並沒有錯，可她依然有一種難以接受的感覺，是因為她視胤禛為夫婿更多於皇帝嗎？所以才會那樣的失望與難過。

不管怎樣，至此，一切塵埃落定……

第二日，胤禛命四喜當眾宣讀聖旨，冊封涵煙為靜悅固倫公主，和親準噶爾。準噶爾的使者在聽完聖旨後，提出一個要求，希望親自見一見靜悅公主，以便他回去時好向汗王覆命。

這個要求看似不過分，但大清公主是何等身分，豈可隨意讓人相見？

胤禛待要拒絕，卻忽的想通了使者真正的用意，對方分明是想親眼看一眼涵煙是否是真正的公主。

畢竟宗女是臨時入宮，公主卻是自幼在深宮長大，使者或許認為一見便可看出端倪。一旦發現不是，他們便可以以大清背信棄義為由，挑起事端。

在想明白這件事後，胤禛答允使者的要求，許他入宮相見。

早朝過後，四喜領著使者前往延禧宮，一路上，四喜不住趁機打量準噶爾的使者。他一直聽聞那裡民風慓悍，男人個個凶狠異常，就是女人也常騎馬打仗，全無一絲柔弱之態，卻不想這個使者看起來俊秀斯文，倒像個書生。

「公公是在看我嗎？」使者突然這般說了一句，令四喜尷尬不已，乾笑兩聲道：「咱家無禮，讓使者見笑了。不過話說回來，使者的漢語說得真好，若非您自己說，咱家只當您是漢人。」

「公公客氣了，我不過是曾經學過幾句罷了。」

使者的謙虛令四喜對他印象頗佳。唉，若是準噶爾的汗王噶爾丹像他這樣，那公主嫁過去會好過許多。只可惜，關於噶爾丹的傳言，多是說他暴戾狠毒、好戰成性，甚至弒父奪位，且極好女色，繼位不過一、兩年，身邊女人無數。嫁給這樣的人，公主這輩子算是毀了。

想到這裡，四喜不住搖頭，把使者瞧得好生奇怪。「公公你搖頭做什麼，可是我哪裡做得不對？」

第七百三十七章 使者

「不不不，與使者無關，是咱家自己想到一件事。」四喜隨口搪塞一句，指著前方一座宮殿道：「使者請看，那裡就是延禧宮了。」

「有勞公公。」望著前方沐浴在燦燦秋陽下的巍峨宮殿，使者眼中異彩流轉。

在進宮門前，四喜有些吞吐地道：「公主自幼長在深宮，驟然遠嫁，心裡不免難過，還請使者勿要見怪。」

「我知道，公公儘管放心。」

見使者答應，四喜才放心地帶他進去，要不然萬一使者看到公主哭哭啼啼的樣子，回去一番加油添醋，那公主處境就更堪虞了。

在宮人進去通稟後，出來的並不是溫如言又或者涵煙，而是凌若。昨夜她一直待在延禧宮中陪著溫如言沒回去，這一夜下來，連眼都不曾闔過，神色略有些憔悴。她抬手阻止四喜行禮，道：「這便是準噶爾來的使者？」

「回娘娘的話，正是，皇上命奴才帶他來見公主。」他小心地回著。

「既然如此，那你帶他去西暖閣吧，公主就在裡面。不過公主心緒不佳，你們不要驚擾她，更不要嚇著她。」凌若如此叮嚀了一句，方才回身入內。

待得她走後，使者方才收回驚豔的目光，饒有興趣地問：「公公，剛才那位娘娘是何人，彷彿並不是公主的額娘。」

四喜一邊往西暖閣走著一邊答：「那位是承乾宮的熹妃娘娘。她與惠嬪娘娘甚是要好，經常來此。」

熹妃……使者默默記下了這兩個字。

自從知道要遠嫁後，涵煙的淚便沒有停過，不只是因為憂心自己今後的命運，也是因為捨不得額娘。嫁在京城，她可以時常入宮相見，嫁至京城以外，數年至少也可入京一次；可是嫁到準噶爾，此生此世，怕都是見不到額娘了，如何能不傷心難過。

「公主，準噶爾的使者來見您了。」四喜隔著簾子輕輕地說著。

「見我做什麼，還怕我跑了嗎？」涵煙冷冷說著，語氣尖酸刻薄。她知道那個使者只是奉命來此提親，與他並沒有關係，還是忍不住將積了兩天的怨氣發洩在他身上。

「公主息怒，在下並非那個意思。」使者目光微微一閃，單手放在胸前，欠身道：「汗王傾慕公主許久，來京之前囑咐在下，一定要給公主請安。」

「傾慕我？」涵煙嗤笑一聲，神色是說不出的諷刺。彼此之間根本不相識，談何傾慕，若真要這麼說，怕也是傾慕大清公主這個身分吧。

「把簾子起了。」

隨著涵煙的話，兩邊宮人上前打起簾子。不等使者說話，涵煙已經毫不客氣地道：「好了，你如今已經見過了，也請過安了，可以出去了。」

「公主這是在趕在下嗎？」使者臉色驟然一沉，眼眸中射出幾許寒意，令那張俊秀的臉龐蒙上一層冷峻。

「你若是願意這樣理解，我亦沒意見。」使者的質問令涵煙態度越發不善。都已經走到這一步，她何須再對人客氣，左右都是一樣的結局。

兩人互不相讓地對視半晌，使者突然輕笑起來，一掃籠在臉上的寒意，再度欠身道：「既然這樣，那在下先行告退。待公主遠嫁我準噶爾那日，我再給公主請安。」

說罷，他直接離去。等四喜回過神來時，使者已經走得不見蹤影，急得他趕緊跟涵煙告罪一聲，拔腿跟上去。

在他們走後，涵煙無力地跌坐在地上，掩面低泣，再也尋不見剛才的倔強與冷傲，只剩下無助和悲傷。

且說使者在離開暖閣後，憑著記憶中的方向走著，卻不想亂了方向，始終沒看到宮門在何處。使者不由得後悔剛才沒有等四喜，否則也不必跟隻無頭蒼蠅一樣四處亂撞，看來得找個人問一問才行。

這個念頭剛一轉過，便聽得後面有人道：「你是那位使者？」

使者驟然一驚，趕緊回過身來，卻是剛才進來時所見的那位秀美女子，忙欠身道：「見過熹妃娘娘。」

「你認得本宮？」凌若感到有些奇怪。

「剛才聽喜公公說了。」使者的目光一直落在凌若臉上，那樣秀美的容顏是他以前從不曾見過的。

凌若沒有注意到使者的異樣，只是道：「使者可曾見過公主，還有喜公公人呢？怎的沒與你在一起？」

使者如實答：「適才從公主那裡出來，在下走得急了些，與喜公公走散了，不知宮門該往何處去。」

凌若微微頷首。「原來如此，水秀，妳帶使者去宮門。」

使者謝過之後，突然道：「娘娘，恕在下多嘴問一句，公主可是不願嫁去準噶爾？」

「換作是使者，你願意背井離鄉，去一個人生地不熟的地方嗎？」凌若的反問令使者一時無言以對，好不容易想到話，她已經先一步道：「其實本宮真的不明白，你們汗王為何要來向我大清求親。」

使者目光一轉道：「汗王素來傾慕大清，彼此能結秦晉之好，更是汗王一直以來的意願。」

「是嗎？」凌若輕輕說了一句，黯然道：「只因為你們汗王一個意願，便要公主遠嫁，這對公主來說實在不公平。」

「熹妃可是想說我們汗王逼迫了公主？」使者心思轉得很快，一下子明白了凌若話裡的意思，見凌若不反駁，他又道：「其實熹妃娘娘大可放心，公主嫁去我們準噶爾，絕不會有任何虧待，汗王會對她很好。」

「希望是這樣。」凌若不置可否，對於使者的話並不盡信。畢竟她所聽到的噶爾丹這個人，並不是什麼善於之輩。若非如此，溫如言也不至於這般反對。

「好了，使者該回去了，本宮也還有事。」凌若轉頭吩咐：「水秀，送使者出去。」

「熹妃娘娘，我能再問您一句話嗎？」

使者突然改變的自稱並沒有引起凌若注意，只是以目光示意他說下去。

然使者卻突然輕笑著搖頭。「罷了，還是不問了，在下告退。」

這一番短暫的對話，凌若並沒有放在心上；可是誰也想不到，數午後，今日的對話，竟然幾乎改寫了凌若今後的命運。

第七百三十八章　現實

隨著和親一事的定下，使者回到準噶爾向汗王噶爾丹奏稟此事，然後由汗王派出迎親隊伍，來京城接靜悅固倫公主。

因一來一回需要時間，是以遠嫁的日子定在了十一月二十八，這個年前最後一個黃道吉日。

自聖旨下的那一日起，延禧宮就一直籠罩在一片愁雲慘霧中。每一次朝陽升起，對溫如言與涵煙來說，都意味著母女相聚的日子又少了一天。

期間除了凌若與瓜爾佳氏之外，溫如傾每日皆來相伴，在她的悉心陪伴勸說下，溫如言雖不至於說愁苦盡消，卻也好過了一些。

「姊姊，我曾試著勸過皇上，可是皇上心意堅決，我剛說了一句，便被他好一番訓斥，實在不敢再多言，不能幫到姊姊。不過涵煙這麼聰明乖巧，就算嫁去準噶爾也不會吃虧的，等以後有了機會，我可以幫著姊姊勸皇上派使者去準噶爾看涵煙，回來便可以告訴姊姊關於涵煙的近況，甚至還可以帶一幅畫像來，所以，姊姊不要那麼傷心了。」這是溫如傾對溫如言所說的話。

溫如言心裡充滿了感激與溫暖。終歸是有血緣關係在，即便才剛相認沒多久，如傾已對自己與涵煙如此關懷有加，相較胤禛的表現，實在是令人心寒。

胤禛只在使者離去後來過一次，見溫如言對自己冷言冷語，覺著她不可理喻，便再沒有來過，只命內務府滿足延禧宮一切需要，比照正三品妃子的要求。

至於承乾宮，胤禛則是一步未再踏足過，原本眾嬪妃羨慕嫉妒的承乾宮在一夕之間變成冷宮，倒與以前的翊坤宮相似，而凌若也不曾再見過胤禛。

這日，久未見聖顏的凌若帶著點心去養心殿，往日通行無阻的養心殿，這一次卻無法入內。蘇培盛在殿前攔住她的去路，說是奉胤禛之命，近日國事繁忙，未奉詔者不得入內。可是凌若明明看到後面到來的溫如傾直接入內，連通報都不需。莫兒不服，與蘇培盛爭辯為何溫如傾可以入內。

不等蘇培盛回答，凌若直接轉身離開。她很清楚，不是胤禛事先命令，蘇培盛是絕不會放溫如傾進去的。曾經屬於自己的殊榮，如今已然屬於如傾。果然，後宮不可能有一世不衰的聖寵……

夜色中，秋意漫漫，不斷地從領口鑽進去，令凌若渾身發涼。不論胤禛怎樣寵愛自己，他都是皇帝，既是皇帝，就絕不允許任何人挑釁他的權力，是自己妄想了，以為在胤禛心中，自己是特別的那一個，特別到與別人不同。

這一次的冷落，不知讓宮中多少雙眼睛瞧了笑話，又不知有多少人在背後幸災樂禍，恨不得她從此一蹶不振。

莫兒扶著凌若的手走在青石鋪就的小徑間，雖已入夜，但還是有不少宮人在打掃宮院。往日裡，他們瞧見凌若早已過來行禮問安，如今不是草草行一禮了事，就是乾脆裝著沒瞧見。

這樣的勢利現實令莫兒憤慨，罵道：「這群慣會見風使舵的牆頭草，希望老天保佑他們吃飯噎死、喝水嗆死。」這樣說著，忽的傷心起來，忿忿不平地道：「皇上也真是的，不過是幾句話而已，用得著這樣生氣嗎？真不知道皇上的心眼是怎麼長的，竟然如此小氣。」

「莫兒！」凌若睨了她一眼，語帶警告地道：「哪個許妳妄議皇上的，萬一被人聽見，本宮可保不住妳。」

莫兒一臉委屈地道：「奴婢是替主子不值。先前皇上待主子那樣的好，如今呢，說翻臉就翻臉。主子已經巴巴地上前討好他了，他卻連見都不見。」

「什麼他不他的，那是皇上，不許這樣沒尊卑上下。」說到這裡，凌若腳步一頓，黯然道：「記著，不論皇上做什麼，都是對的，錯的永遠是咱們。」

「這也太不公平了。」莫兒依然難解心頭之氣，道：「難道非要一味哄著皇上開心才叫好嗎？若是這樣，皇上也太不分是非了。」

見莫兒越說越不像話，凌若冷下臉喝道：「還說，可是連妳也想氣死本宮？」

氣。」

「奴婢不敢。」見凌若臉色不對，她小聲道：「奴婢不說就是了，主子不要生

藉著前面安兒手中的燈籠所發出的光，凌若幽幽一嘆道：「本宮知道妳的心思，但本宮只是不想妳禍從口出，妳這張嘴終歸還是太快了些。總之這話以後都不要再提了。至於那些宮人，呵，捧高踩低本就是宮中的生存之道，本宮不怪他們；同樣的，他們也不值得本宮動氣。」

凌若緊一緊領口，讓身子沒有那麼冰涼。「回去吧，本宮覺著很累。」

「是。」莫兒答應一聲，待要扶她離開，忽的聽到身後傳來急促的腳步聲還有一個熟悉的聲音。

「熹妃娘娘，您等等。」

如傾？凌若訝然回頭，果然看到溫如傾。

溫如傾疾步走來，待到近前之後，一邊撫著胸口勻氣一邊道：「總算……總算是追到娘娘了。」

凌若憐惜地拍拍她的背道：「妳不在養心殿伺候，這樣急著追本宮做什麼？」

溫如傾急急擺手道：「臣妾只是給皇上送些點心罷了，並沒有什麼，娘娘千萬不要誤會。」

「本宮誤會什麼？」凌若淡淡地問，夜色中那張秀美的容顏有些模糊不清。

溫如傾張了張嘴，卻沒有聲音，好一會兒才緊張地道：「臣妾從未想過要與娘

娘爭奪什麼，更沒有妄想過要取代娘娘在皇上心中的地位，請您一定要相信臣妾。」

「為什麼要與本宮解釋這些？」凌若問道，目光一直落在溫如傾那張嫵媚青春的臉龐上。

溫如傾認真地道：「娘娘與姊姊是多年的姊妹，關係素來要好，在臣妾心中，娘娘就像是親姊姊一般，實不想與娘娘有所生分。再者，不論怎樣，皇上心裡最看重的是娘娘，無人可以取代娘娘。」

「是嗎？」在說出這兩個字時，凌若忍不住笑了起來，在夜色中透著一種淒涼之意。「皇上的心思，本宮不敢妄自揣測，再者，這宮裡沒有誰是不可取代的，包括本宮在內。」

第七百三十九章 遠嫁

「娘娘……」

不待溫如傾再說下去，凌若已是道：「本宮知道妳的心意，放心吧，本宮從不曾想過與妳生分，往後妳也盡可來承乾宮坐坐，只要妳別嫌棄承乾宮冷清就好。」

「不會的。」凌若的話令溫如言嫵媚豔麗的臉龐溢出一絲喜悅。

「好了，妳回去吧，本宮也想早些回去休息。惠嬪那裡，妳幫著多開解開解，不要讓她鑽牛角尖。」

「臣妾知道，臣妾恭送娘娘。」溫如傾乖巧地行禮，直至凌若沒入黑暗中後，方才領著宮人離開。

十一月二十六日，準噶爾迎親使團抵達京城。

十一月二十八日，涵煙以靜悅固倫公主的身分遠嫁準噶爾。在涵煙拜別溫如言那一刻，溫如言痛哭不已，幾度昏了過去。溫如傾與凌若等人陪著一道落淚，皆是難過不已。

相比之下，還是涵煙冷靜許多，跪求額娘保重身體，不管遙隔多少萬里，她都會祝願額娘身體安康、福壽康寧。

隨後，她又託付凌若與瓜爾佳氏照顧溫如言。較之才認識沒多久的小姨，她更相信凌若兩人。

「妳放心去吧，我們一定不會讓妳額娘出事。妳自己也千萬要珍重。」瓜爾佳氏鄭重地說著。至於溫如言已是哭得渾身無力，由宮人攙扶著站在一旁。

一身鸞鳥金鳳大紅嫁衣的涵煙用力點頭，忍著眼眶中的淚水，朝溫如言等人斂衽行跪拜大禮。「額娘，熹姨娘，謹姨娘，小姨，涵煙走了。」

「涵煙……」溫如言低泣不止，好不容易化好的妝已然被淚水沖刷殆盡，露出胭脂下慘白如紙的臉龐。

涵煙狠下心不去看溫如言，她真怕再多看一眼，自己就會抗拒不肯上轎。轉身之時，她無意中看到不遠處的胤禛與那拉氏並肩而立，無言地注視著自己。

她上前，俯首行了一個挑不出任何錯處的禮。「兒臣拜別皇阿瑪與皇額娘，往後兒臣不能在膝前行孝，唯有在異鄉遙祝皇阿瑪與皇額娘萬事皆安。」

那拉氏連忙扶起涵煙，含淚道：「真是個懂事的孩子，難為妳了，妳自己遠在異鄉一定要珍重。」

胤禛望著低頭的涵煙，世人皆以為他冷情薄性，不惜以親生女兒去和親籠絡番邦，卻不知他心裡的難過。

他胤禛不是從石頭縫中蹦出來的石猴，同樣人生父母養，有血有肉，那顆心亦是肉長成，若有第二個選擇，他絕不願犧牲涵煙。

如果他沒有成為皇帝，涵煙就可像靈汐一樣嫁一個稱心如意的夫婿，只可惜沒有如果，既然皇阿瑪將大清江山交到他手中，那麼不惜任何代價，他一定要守住這個江山社稷，哪怕是以犧牲女兒為代價。

「怪皇阿瑪嗎？」他問，聲音低沉得就像是天上遮蔽了冬日的厚重雲層。

涵煙抬頭，露出了連她自己都沒想到的笑容，將籠罩在眾人身上的陰霾撕裂些許。「原先是怪的，不過現在已經沒有了。兒臣知道皇阿瑪必然有自己的難處，而兒臣既然生為皇阿瑪的女兒、大清的公主，就沒有任性的資格。事到如今，兒臣別無所求，只求皇阿瑪善待額娘，不論她做錯什麼，都請網開一面，不要苛責她。」

「朕答應妳。」這四個字胤禛說得一些猶豫也沒有，若這樣可以稍微彌補一些對涵煙的虧欠，他會很欣慰。

「那麼……兒臣走了。」這六個字，成為涵煙對胤禛說的最後一句話，從此父女倆至死都不曾見過。

長長的出嫁隊伍自午門蜿蜒而出，內務府奉胤禛之命為靜悅固倫公主準備的嫁奩鋪就百里紅妝，引得京中百姓爭相看望，並且在很長一段時間內成為津津樂道的話題。

世人看到了皇家的尊榮，卻不曾看到皇家的悲哀，因為悲哀永遠掩藏在無人知曉的角落。

這一回，準噶爾來的使團沒有出現上次那位使者，甚至連一個重複的隨行人員都沒有，皆換了新面孔，倒是有些奇怪。

十二月初一，涵煙奉命和親後的第三日，胤禛下旨晉溫如言為惠妃，成為繼凌若之後的第二位正三品妃子。

這樣的殊榮讓無數人眼紅，然對溫如言而言卻是徹頭徹尾的悲哀。她很清楚，這個妃位是犧牲涵煙換來的，若可以選擇，她寧可什麼都不要，只要女兒回到身邊。

涵煙的離去，令她本就不盛的爭寵之心徹底淡去，再加上對胤禛涼薄寡恩的看法，雖晉為妃位，卻終日待在延禧宮吃齋唸佛，祈求佛祖保佑涵煙平安無事。

一場和親，隱約改變了後宮的形勢，凌若再不是最得寵的那一個，溫如傾與彤貴人後來居上，成為新寵。而年氏，隨著青海一次小勝的奏報呈到京城，風頭更盛，每每有賞賜，翊坤宮那一份永遠是最豐盛的。

至於坤寧宮則是一派平靜。入冬之後，那拉氏的頭痛疼一直沒有再犯過，凡有宮嬪去坤寧宮請安，她都會和藹地說上幾句話，態度親切，全部沒有一絲皇后的架子，讓彤貴人等人深感她的平易近人。

在眾多宮嬪當中，舒穆祿氏是最守規矩的一個，不論颳風下雨、天氣好壞，她都一定會去給那拉氏請安。如今跟在她身邊的人已經換成了如柳與雨姍。

不過繪秋確實有幾分本事，不知使了怎樣的好處，竟讓戴佳氏留她與另兩個宮人在景仁宮伺候。

繪秋自覺比以前在水意軒中的身分高多了，經常跑到水意軒指桑罵槐，奚落舒穆祿氏，明裡暗裡地說她這輩子都只能做一個最低等的答應。

如柳兩人對此自是忿忿不平，舒穆祿氏卻充耳不聞，連帶著也嚴令如柳等人不許理會，只當作狗叫便是。

這日，繪秋又來明嘲暗諷一番後，如柳再也忍不住對舒穆祿氏道：「主子，您還要這樣一直縱容她下去嗎？」

舒穆祿氏正將繡花針從緊繃的錦緞上穿過，針尾穿著根孔雀藍的絲線，她頭也不抬地道：「不縱容又能如何，她如今是成嬪身邊的人，打狗尚且要看主人。」

「可她真的很過分。」雨姍是個好性子的，連她都忍不住，可想而知繪秋有多過分。

「我知道。」在繡了幾針後，舒穆祿氏放下針，拭一拭手，抬眼道：「天理輪迴，報應不爽。她這樣得寸進尺，終有一日會遭到報應，妳們且看著吧。」

第七百四十章 鼓聲

入了十二月之後，青海不斷有捷報傳來，年羹堯率領大軍連續奪回被占領的城池，對於他上表戰功的摺子，胤禛每一封皆以朱筆御批，寫滿讚賞溢美之詞；而與此同時，岳鍾琪的密摺以隱蔽的管道呈上御案，上面詳細記載著年羹堯的動向以及具體作戰情況。

不可否認，在吃了羅布藏丹津一次大虧後，年羹堯的行動謹慎了許多，但還是難逃剛愎自用、好大喜功這八個字。

在詳細分析年羹堯數次戰役以及眼下的朝廷形勢後，胤禛與允祥一道制訂下計策與作戰部署，以達到在最後一場大戰中神不知、鬼不覺除掉年羹堯的目的。若一切順利的話，明年開春，年羹堯三字就將永歸塵土。只要這個心腹大患一除，年家自然也到了可以連根拔起的時候。

因為今年有了新秀女入宮，除夕夜宴比上一年更加熱鬧，乾清宮滿宴九桌，除宮中嬪妃之外，諸親王、貝勒也同入宮中赴宴，共賞煙花歌舞，好不熱鬧。

整場夜宴胤禛都沒有理會過凌若，反倒不斷與那拉氏還有年氏說著話。

凌若默然不語，只是低頭飲酒。瓜爾佳氏輕輕碰了她一下道：「妳與皇上的心結還沒有解開？」見凌若默認，她搖頭道：「難道妳準備就這樣算了？」

這一次的夜宴，溫如言推說身子不適，不曾參加。

「皇上不願見我，我又能如何？」凌若心灰意冷地一口將杯中酒喝盡，飲下的酒在腹中像火一般，令她眼中染上一層醒意。

「溫姊姊已經這樣，妳若再如此，咱們可真是一敗塗地了。」瓜爾佳氏朝笑容滿面的那拉氏努努嘴，輕聲道：「一旦她探清了虛實，可不會對咱們客氣。」

凌若端起宮人再次倒滿的酒杯，在手中輕輕晃著道：「姊姊，妳有沒有覺著咱們做什麼都是虛的，皇上今日可以寵我，明日同樣可以廢我，我於他根本沒有什麼特別的意義。」

瓜爾佳氏搖頭道：「別人我不知道，但妳肯定不是。這麼多年來，我還是第一次看到皇上在一個女人身上用這麼多的心思。這一次，我覺得皇上是故意冷落妳。」

「姊姊妳太過抬舉我了。」

凌若又是一杯酒落肚，沉浸於酒意中的她並沒有發現胤禛始終落在自己身上的眼角餘光，還有那越發不好看的臉色。

「不會的，妳相信我。」

瓜爾佳氏話音剛落，便聽得前面傳來胤禛的聲音，卻是命四喜將他面前龍鳳呈祥的菜依例傳一份端到溫如傾的桌上。

這各桌的菜品大致一樣，不過胤禛與那拉氏的桌上有幾道特殊菜品是別桌沒有的，譬如這道龍鳳呈祥。依著往前除夕的慣例，帝后可能會賞菜，是以每一菜在御膳房裡都至少備了兩份。

胤禛吩咐不過片刻，便有宮人仔細端了小一份的龍鳳呈祥放到溫如傾桌前。能得帝后賞菜那是莫大的榮耀，若是落在宮嬪身上，更是可用來衡量其恩寵之盛。

今年除夕，得此恩寵的，除卻年氏之外，溫如傾是頭一個，她受寵若驚，連忙起身謝恩。

「坐下吧，嘗嘗菜品如何，可是合妳胃口。」胤禛和顏悅色地說著。

「皇上賞的，自然合臣妾胃口。」溫如傾說了一句後，方才依言嘗菜，幾乎是筷子剛入口，她的眉頭就皺了起來，雖然很快鬆開，卻被年氏瞅了個正著。

年氏掩嘴輕笑道：「瞧溫貴人眉頭皺成那個模樣，似乎有些言不由衷呢。」

「沒有。」溫如言連忙否認，隨後又有些吞吐地道：「只是臣妾向來不愛吃酸食，所以才有些皺眉，不過這道菜是真的很好吃。」

「對，朕也記起來了，既是這樣就不要再吃了。」在說這句話時，胤禛有些心不在焉，眼角餘光一直瞥向凌若，見凌若只是低頭飲酒，壓根沒有看過來，不由得暗自惱怒，卻又不便當眾發作。

剛才那一幕，他是有心做給凌若看，豈知凌若竟然全不關心，彷彿一切與她毫無關係。

可恨，明明是她先置自己於不顧，一心只念著惠妃，自己不過冷落她一段時間讓她好生反省一番，同時想明白誰才是她最該在意的人，她竟擺出這個姿態。

好，她既不在意，那他也沒必要在意，宮中又不是僅有她一個女子，有的是比她年輕貌美且聽話順從的妃嬪。

在這個想法的驅使下，胤禛收回了目光，刻意不去理會凌若。

夜宴進行到很晚才撤下，隨後眾人一邊欣賞歌舞一邊等著子時的到來，那將是一年中最絢爛奪目的時候，無數煙花會綻放於夜空之中。

墨玉趁著這個機會悄悄來到凌若身邊，見她到現在還端著酒，擔心地道：「主子，您怎麼了，為何一直喝酒？可是您與皇上之間出了什麼事？」

這一場夜宴下來，她發現主子與皇上竟連一句話也沒說過，實在不像平常的樣子。

「說過妳多少次了，妳如今是怡親王側福晉，不要再稱本宮為主子了，偏就是不聽。至於本宮與皇上……」凌若漫然一笑，在墨玉阻止前一口飲乾了酒。「能有什麼事，左右不過是這樣罷了。」

「可是……」

墨玉還待再說，忽的聽得一聲鼓響，然後「咻」的一聲，一道橘紅色的煙花拖著長長的尾巴飛上夜空，「砰」的一聲炸開，化為剎那的永恆。

子時，已經到了……

煙花升空，又是一聲鼓響。初時，鼓聲隔一段時間才會響起，待到後來卻是漸趨密集起來，鼓聲與煙花升空的聲音連番響徹在眾人耳邊。

眾人皆好奇地尋著鼓聲傳來的方向，以鼓聲伴隨煙花升空的事，這麼多年來倒還是頭一遭。

第七百四十一章　女子

然不論他們怎麼找，都瞧不見敲鼓之人，鼓聲似從天際垂落，又似從地底鑽出，讓人難以分清。

這樣的怪異，連胤禛也被勾起了好奇心。

那拉氏笑了一下道：「皇上，已經開始放煙花了，不若咱們出去吧，這樣也可瞧得更清楚一些。」

胤禛似想起什麼，放下手裡的茶盞道：「朕記得今年的煙花是皇后準備的，皇后素來細心周全，想必，今年的煙花會很好看。」

那拉氏笑而不語，只以目光詢問胤禛的意思；後者逕自站起了身，意思不言而喻。

餘下眾人跟在胤禛與那拉氏身後來到乾清宮外。彼時，夜空已經被煙花渲染得無比豔麗，而鼓聲依舊不住傳來。

「咦？什麼時候搭的檯子，剛才明明還沒有。」不知是誰說了一句，眾人這才發現乾清宮外突然多了一個一人高的檯子，之前他們進來時並沒有，顯然是趁著晚宴的工夫臨時搭起來的。

「皇后這是何意？」胤禛訝然相問，心裡同樣疑問重重。

那拉氏淺施一禮，正紅金繡鳳凰的裙裳在地上鋪展如盛開在冬日裡的繁花，妝容精緻的臉上泛起一抹輕笑。「請允許臣妾賣個關子，等到子時正時，皇上自然就知道了。」

「什麼時候皇后也學會賣關子了。」胤禛這樣說著，卻沒有追問下去，左右此時離子時正時也不過半刻辰光。他不問，後面那些人自不會多嘴去問，皆靜等著答案揭曉的那一刻。

「妳說皇后這是在玩什麼花樣？」瓜爾佳氏與凌若一道跟在最後，順口問著凌若，等了半晌始終不見她答話，回頭看去，只見她端著一杯酒正在慢慢喝。

「妳怎麼還喝啊，當真是想喝醉不成？」瓜爾佳氏心疼地奪過酒杯。從剛才到現在，凌若一直在喝酒，至於菜，連一口都不曾動過，飲這樣多的酒又是空腹，可是要傷身。

「一醉解千愁，姊姊妳不要管我。」凌若想要去拿回酒杯，卻見瓜爾佳氏瞅了個沒人的空處，將酒潑了，只剩下一個空杯。

「什麼一醉解千愁，分明就是愁上加愁。」瓜爾佳氏沒好氣地將空杯交給身後的從祥，道：「總之不許再喝了。」旋即又心疼地道：「說到底，妳還是放不下皇上。」

「我沒有。」凌若飛快地回了一句，可是這樣的話連她自己都不信，又怎麼能騙過瓜爾佳氏。

「妳啊，就會口是心非。」瓜爾佳氏握緊她錦衣下冰涼的雙手。「唉，即便是皇上當真不疼妳了，妳也要好好疼自己，千萬莫要與身子過不去。」

「不是當真，是真的，皇上眼中已經沒有了我。」凌若心灰意冷地說著。她雖然刻意沒有去看胤禛，可是他賞溫如傾酒菜的話可是清清楚楚地鑽入耳中，從始至終，胤禛都沒有看顧過自己。

瓜爾佳氏沉默片刻，道：「我還是那句話，皇上是故意冷落妳。雖後宮女子無數，但能得皇上親自尋至宮外，又從大清門入宮的嬪妃只有妳一個，只要未曾有第二個，妳便是皇上心中的最重。」

凌若只當瓜爾佳氏在安慰自己，苦笑一聲，什麼也沒說，而她在酒精的麻痺下也已經沒有力氣去仔細想了。

瓜爾佳氏停了一會兒又道：「不過今日這頓除夕宴，我總覺著除了溫姊姊之外，還少了什麼人，可又想不出來，究竟是哪個呢？」

凌若沒有費心去想她的話，誰來與不來，都和她無關，她現在什麼都不願想，什麼都不願理會。

到了子時正時，鼓聲驟然一歇，煙花亦停了下來，夜一下子變得靜極，甚至可以聽到冷風拂過樹枝的聲音。

不等眾人感到奇怪，高臺深處似乎亮起一點兒光明，緊接著光明緩緩升起，待其整個露出來後，方看到是一個巨大的孔明燈。最奇怪的是，孔明燈中竟然有一個身影，看那姿態，應是女子。

透過孔明燈的燈罩，可以看到女子握著什麼東西用力捶落在身前，繼而聽得「咚」的一聲鼓響，原來之前所聽到的鼓聲是從此處發出。

鼓聲響，煙花綻，身姿綽約的女子每次敲落鼓錘，都有煙花綻放，化為這一夜最美的景象。

胤禛饒有興趣地看著隱藏在孔明燈中若隱若現的女子身影，他很好奇燈中女子的身分；而年氏臉色則要難看許多，恨恨地看了那拉氏一眼。

不必問，必然是皇后想趁機抬舉什麼人，所以借除夕煙花做出這麼一場好戲來。哼，曉得自己年老色衰又不得胤禛喜歡，所以抬舉別人來鞏固自己的地位，算計得可真是好。

不只年氏，戴佳氏、武氏等人臉色也不甚好看。任何一個人的得寵，都會分薄她們身上的恩寵，只是這一幕擺明是皇后的意思，她們即便是再不高興，也不敢過於放肆地流於表面。

隨著女子的動作，鼓聲不再一成不變，而是或輕或重、或沉或緩，女子亦一邊敲鼓一邊起舞，身姿柔若無骨，動作優美輕靈，不帶一絲煙火氣息，猶如一位不慎落入凡間的仙子，再加上只能看到一個影子，更加讓人浮想聯翩。
「皇后，燈中女子為何人？」胤禛忍不住好奇，問著始終保持淡然微笑的那拉氏，然目光卻一直不曾離開燈裡的身影。
「皇上莫急，很快便見分曉了。」
見那拉氏不想過早地揭開謎底，胤禛亦不再追問，只以欣賞的目光看著起舞不止的身姿。
鼓聲漸急，密集得近乎連成一片，聽不出中間的停頓，而女子身姿亦飛快地旋轉起來，衣袂翩飛，如巨蝶的翅膀舞動。
隨著鼓聲的急響，煙花亦連片地升上夜空，火樹銀花，絢爛奪目，往往一朵未歇，另一朵已經綻放，讓夜空始終熱鬧不止。
燈籠、煙花、鼓聲、女子，成為這一夜最讓人銘記的東西。
在鼓聲進行到最激烈時，一直靜置不動的孔明燈突然緩緩升起，隨煙花一道升上夜空。

第七百四十二章 慧貴人

眾人心中皆清楚，女子的身分終於要揭曉了，心裡皆有一種說不出的緊張，目光一眨不眨地盯著漸漸露在孔明燈外的身影，連胤禛也不例外。

在漫天煙花中，孔明燈終於徹底飛起，不等眾人看清女子的模樣，她已遙遙朝胤禛下跪，聲音清脆如黃鸝出谷：「臣妾祝願皇上萬壽無疆，祝願大清永世昌盛。」

相傳，在孔明燈飛起時許願，願望便會被它帶到天上眾神的耳中，從而達到願望成真的目的……

「抬起頭來。」

隨著胤禛的話，女子緩緩抬頭，露出一張不算太過出色的容顏，然那雙描繪精緻的雙眼在漫天煙花映襯下卻流光溢彩、顧盼生輝。

乍看那雙眼，胤禛瞳孔頓時為之一縮，不受控制地低喚了一聲「湄兒」。

這樣的聲音落在那拉氏耳中，令她的笑意更深了幾分。胤禛對於納蘭湄兒果然不曾忘情，總算沒有枉費她這麼多心思。

「慧答應！」不少人驚呼出這三個字。

瓜爾佳氏亦明白了夜宴上少的那一個人是誰了，只是她怎麼也沒想到，在不聲不響間，舒穆祿氏竟然已經投靠皇后，並演出今夜這麼一場好戲。

「皇后這枚棋子撿得好快。」瓜爾佳氏輕輕說著。

她旁邊的凌若則是怔怔地看著胤禛，許久之後，用力扯了扯嘴角，卻沒能如願擠出一絲笑容來，反倒是嘴裡瀰漫著黃連一般的苦意。

胤禛心中的最重……納蘭湄兒才真正當得起這句話。

「過來。」胤禛的聲音帶著一絲迷離，朝舒穆祿氏招了招手。刻意不召見不等於他忘了這個人，相反的，自選秀那日後，那雙眼就時不時出現在他腦海中，只是怕凌若介意才一直刻意壓制，如今顯然沒了這個必要。

舒穆祿氏沒有立刻起身，而是先看了那拉氏一眼，見她微微點頭，方才依言上前，早有得那拉氏吩咐的宮人架起梯子攙扶她下來。

舒穆祿氏上前後，再次下跪，一襲孔雀藍的紗衣在夜色中翩翩飛舞。「臣妾叩見皇上，皇上萬歲萬歲萬萬歲。」

胤禛定定地看著她，許久方對蘇培盛道：「天氣寒冷，取朕的狐皮大氅來給慧貴人披上。」

此言一出，眾人皆驚。貴人……胤禛竟然一下子將舒穆祿氏由答應晉為貴人，連跳兩級，且還是在未侍寢的情況下。

「皇上，她未曾侍寢又只是一個答應，如何可以越級晉為貴人？」武氏第一個忍不住。她跟在胤禛身邊那麼多年，也只是封了一個貴人，舒穆祿氏何德何能竟然可以與她並肩而立。

胤禛目光一冷，涼聲道：「朕要晉什麼人，何時需要征得妳的同意了？」

見胤禛語氣不善，武氏連忙跪下請罪，又有些委屈地道：「臣妾不敢，臣妾只是覺得這樣晉封與祖制不符。」

那拉氏垂目道：「本宮只記得祖制有說宮女須得逐級晉封，卻不記得秀女也得逐級晉封，是本宮記岔了，還是寧貴人記岔了？」

武氏臉色一變，暗悔自己太心急，當了那隻出頭鳥，不僅惹胤禛不悅，還連那拉氏也得罪了，這可是大大的不妙。她趕緊道：「是臣妾記岔了。」

「既是這樣，回去後就好好將祖訓抄寫十遍。」那拉氏輕描淡寫地說完這句話後，便不再理會武氏。

納蘭湄兒亦在眾人之中，望著那雙像極了自己的眼睛，以及背對著自己的胤禛，心中百味雜陳。

「妳給了朕一個很大的驚喜，怎會想到站在孔明燈中？」胤禛親手扶起驚喜交加的舒穆祿氏。他知道湄兒就在身後，可是湄兒不屬於自己，眼前這個眼睛像她的女子，卻是完完全全屬於自己。

舒穆祿氏柔柔一笑，輕聲道：「臣妾想為皇上祈福，在向皇后娘娘請安時說起，皇后娘娘便幫著臣妾想了這麼一個法子，好博皇上一笑。」說到這裡，她語氣誠懇地道：「臣妾知道靜悅公主遠嫁後，皇上一直牽掛有加，不過臣妾相信，公主一定會幸福美滿，所以還請皇上放寬心。」

胤禛心中就一直存有內疚，所以他晉溫如言為惠妃，可即便如此，內疚還是不能全然消去。不過此事他從未與人說過，倒是沒想到舒穆祿氏會細心地看出來。

這個時候，那拉氏開口：「慧貴人自入宮後，就一直很關心皇上，臣妾原只是隨意一說，沒想到慧貴人竟然真的苦練擊鼓與舞技，這份心意實在難能可貴。」

「是啊，難能可貴。」在說這句話時，胤禛回過頭，目光在因為喝多了酒而滿面酡紅的凌若臉上掃過，眸底有著深深的失望。

諸女之中，他在凌若身上費心最多，可是她卻不能體會自己的心意與難處，甚至仗著恩寵處處為難自己，連新入宮的溫如傾與舒穆祿氏都不及許多。

看來這二十多年的恩寵，當真是錯了……

他如此想著，心中冷意更甚，待要收回目光，瞥見正看著自己的納蘭湄兒，神思頓時為之一恍，強壓在心底的思念像是即將噴湧而出的泉水，不過在看到她身邊的允禩便立刻恢復過來，強迫自己移開目光。

當煙花燃盡，夜空重歸寂靜後，諸王公大臣一一告退，乾清宮前僅剩下一眾宮嬪。

按例，今夜是不召任何宮嬪亦不留宿於任何一宮的，連坤寧宮亦不例外；可這一次，胤禛卻緊了舒穆祿氏的手道：「隨朕去養心殿。」

這下子，連年氏都忍不住了，努力忍著嫉妒道：「皇上，舒穆祿氏不過是一個小小的答應，今夜是除夕，她若是去養心殿伺候皇上，實與祖制不符。」她根本不願承認胤禛對舒穆祿氏的晉封，仍以答應稱之，不過她說的倒是實情。

舒穆祿氏身子縮了一下，想要抽回胤禛掌中的手，卻被胤禛以更大的力道抓住。

「除夕嗎？如今子時已過，嚴格來說已是正月初一了，似乎沒有正月不許人伺候的道理。還有，貴妃忘了朕剛剛晉佳慧為貴人的話嗎？」面對年氏，胤禛沒有像剛才待武氏時那樣冷漠，不過態度卻是十分堅決，之後更是直接道：「好了，妳們都各自回宮吧。佳慧隨朕去養心殿。」

第七百四十三章 難過

望著胤禛帶著忐忑不安的舒穆祿氏離去，年氏臉都青了，戴佳氏等人也好不到哪裡去；唯有那拉氏從頭到尾都帶著輕淺的笑意，沒有任何不悅之色。

那拉氏接過翡翠遞來的暖手爐，溫言道：「好了，眾位妹妹辛勞一夜，早些回去歇著吧，別累著了。」

年氏心中恨極了那拉氏，皮笑肉不笑地道：「臣妾等人怎及皇后娘娘殫精竭慮，娘娘才該好生歇著才是。」

那拉氏似沒聽出她話中的諷意，輕笑道：「本宮身子不好，精神也短，往後還有許多地方需要倚重妹妹。」

看著那拉氏掩藏在脂粉下的那張笑臉，年氏恨不得一掌摑下去，強忍了怒意道：「娘娘客氣了，娘娘日有差遣，臣妾等人又怎敢不從，臣妾先行告退。」

在年氏離去後，戴佳氏等人亦三三兩兩離去，心中皆有些發沉。今夜之後，本已被人遺忘的舒穆祿氏崛起已是不可阻止之勢，只是不知她會盛寵到何等地步，會是另一個熹妃或年貴妃嗎？

風水，轉得可真是快……

在凌若扶著水秀的手要離開時，那拉氏忽地道：「本宮瞧熹妃適才喝了許多酒，可還走得了路？要不要去抬肩輿過來？」

瓜爾佳氏剛要幫著說話，凌若已經開口：「多謝娘娘關心，臣妾尚可步行。」那拉氏笑意深深地道：「那就好，本宮會囑御膳房煮一碗薑茶送去承乾宮，妹妹好生休息。若明日起不了身的話，就免了新年請安，本宮自會向皇上解釋。」

在那拉氏離開後，凌若立刻彎身嘔吐起來，只是她一直沒吃東西，吐出來的自然都是酒。

胃中翻江倒海一般的難受，可是又怎及得上心中的痛，凌若一邊嘔吐一邊不斷落淚。

胤禛，胤禛真的是一點兒都不在意她了，又或者，他根本就沒有在意過，否則怎可以做到這樣無情？

「若兒，若兒妳怎麼樣了，是不是很難受，妳別嚇我啊！」瓜爾佳氏被她一邊吐一邊哭的樣子嚇住了，扶著她不知如何是好，勉強定一定神後，對從祥道：「快，趕緊去請太醫來，另外再讓人把本宮的肩輿抬來。」

在感覺整個胃被吐空後，凌若虛弱地道：「姊姊，我沒事。」

「我不是皇后，妳不用在我面前強撐。」瓜爾佳氏哪裡肯聽她的話，將身邊的人派下去，而她就和水秀一道扶著凌若到乾清宮暫坐。

「妳啊，早叫妳別喝那麼多了，就是不聽。現在好了，都吐出來了，肯定是剛才吹了風的緣故。」瓜爾佳氏一邊抹著凌若嘴角沒拭去的痕跡，一邊心疼地說著。

凌若不願瓜爾佳氏太過擔心，忍了淚道：「我都說了沒事，姊姊不要擔心了，而且吐出來後舒服多了，就是把姊姊衣裳弄髒了。」

凌若這麼一吐，她身上髒汙了不說，瓜爾佳氏與水秀身上亦是沾染不少，且還瀰漫著濃濃的酒氣。

瓜爾佳氏不在意地道：「無妨，左右這套衣裳我也不喜歡了，扔掉就是，我只是擔心妳啊……唉，妳這樣折磨自己算是怎麼一回事呢。皇上……他又瞧不見。」

這句話，頓時讓凌若悲從中來，好不容易止住的淚水就像是斷了線的珍珠一樣，無聲地出現又無聲地消失。「皇上如今眼裡只有慧貴人，如何還能瞧得見我，就算我死了，他也不會看顧一眼。」

瓜爾佳氏聽著不對，趕緊道：「呸呸呸！不許說這麼不吉利的話，再者皇上也不是這麼涼薄無情的人，妳莫要想這些不該的。好生歇著，待肩輿來了之後我便送妳回去。唉，好好的除夕夜鬧成這個樣子。」

「皇上若不是涼薄無情，溫姊姊何以會對他死心。」凌若澀聲笑著，聲音在黑暗中聽來，格外淒涼。

「妳與溫姊姊不同。」瓜爾佳氏撫著她的背道：「就算皇上如今眼裡真的只有慧貴人一個，日後也自會想起妳來，畢竟妳與皇上有著那麼多年的感情，豈是說拋便能拋的。」

「有何不能拋？李氏、宋氏同樣伴在皇上身邊多年，還有涵煙，不一樣說拋就拋了嗎？始終，在皇上心中，唯有一個納蘭湄兒是真正不可取代的，先是佟佳梨落，如今又是舒穆祿氏，她僅是一雙眼相似，便立刻由答應晉為貴人。至於其他人，皆不值一提。」說出這句話，淩若心如刀割，大滴大滴的淚溼了瓜爾佳氏的錦帕。

「妳只看到皇上晉舒穆祿氏為貴人，卻不曾看到皇上這幾個月對她的不聞不問。」瓜爾佳氏撫著淩若的背道：「也許今日的妳在皇上心中尚無納蘭湄兒的分量，但我相信，假以時日，皇上一定會明白。」

「假以時日……」淩若痴然一笑道：「好些年前，允祥就曾這樣說過，結果呢？還是如此。根本沒有人可以越過納蘭湄兒成為皇上心中的最重，我也一樣。」她揪緊了胸口的衣裳道：「明明一切都明白，可為何心還是那麼痛，痛得就像要死掉一樣？」

瓜爾佳氏無言地看著她，許久，將她攬入懷中，輕聲道：「罷了，不要再想這些了，好好歇一會兒，等回去後睡一覺就沒事了。」

淩若閉目不言，然她心裡清楚，只要心裡一日尚有胤禛，就一日不可能會沒事。

凌若又歇了一會兒後，從祥帶著肩輿過來。儘管有水秀等人在，瓜爾佳氏還是不放心，跟著凌若一道去了承乾宮。沒一會兒工夫，太醫便來了，緊接著楊海又進來稟報說御膳房奉皇后之命送來薑茶。

礙著太醫在，瓜爾佳氏不便說什麼，待太醫一走，她立刻道：「去把那碗薑茶倒了，哪個曉得裡面會不會有什麼古怪。」

「她不會這麼明目張膽地動手腳。」凌若輕聲道。經過這麼會兒工夫，她已經平靜許多，不像剛才那麼失控，但也僅止於表面而已，心裡依然是不可碰觸的劇痛。

第七百四十四章　新年

「哪個曉得她會有什麼手段，還是不碰為妙。」自噬心毒一事後，瓜爾佳氏對那拉氏就極為忌憚小心，凡與她相關的東西從不碰，更不要說吃了，即便是去坤寧宮請安，那茶水也是從不沾口。「待會兒吃了醒酒的藥就好好睡一覺，省得明日一早頭痛。至於皇后，她嘴上說得好聽，讓妳明日不用去請安，可若這新年頭一天妳真不去，她背後不知要怎樣編派妳的不是了，到時候妳更吃虧。」

「我曉得，不過眼下再吃虧又能如何，左右不過是這個樣子罷了。」手指撫過光滑的錦衾，即便蓋著被子，屋中又燒著炭火，她依舊覺得渾身冰冷。

「別想太多了。」除了這句話，瓜爾佳氏不知還能勸什麼。所謂當局者迷，旁觀者清，真是一點兒都沒錯。她身在局外，並不覺得胤禛對凌若絕情，哪怕出了今日舒穆祿氏的事，也沒有改變想法。「今夜我在這裡陪妳，明日也好一道去坤寧宮請安。」

見瓜爾佳氏說得堅決，凌若沒有拒絕，她與瓜爾佳氏之間並不需要什麼客氣的言語。

這個時候弘曆匆匆奔了進來，想是因為半夜驚醒的緣故，頭髮有些亂。今夜的宴席他也一道去了，不過在燃放煙花之前就忍不住睡著，被宮人背回承乾宮，後面發生的事他並不知曉。

「額娘，您怎麼樣了，哪裡不舒服，太醫怎麼說？」弘曆一奔到凌若床榻前，就連珠炮似地問了一連串問題。

「額娘沒事，倒是你怎麼醒了，可是有人吵你？」凌若憐惜地撫著弘曆的臉頰。

「沒有，是兒臣自己聽到響動醒了，問了楊海，說是額娘醉酒嘔吐，兒臣擔心額娘有事，所以過來看望。額娘真的沒事嗎？」

「不過是一時高興多喝了幾杯，吐掉就沒事了。」凌若不想弘曆擔心自己，輕描淡寫地說了一句。

弘曆略鬆一口氣，隨後又一本正經地叮囑：「這樣兒臣就放心了，不過額娘以後可是不能再多喝了，否則容易傷身。」

弘曆關切的言語令凌若眼底泛酸，冰冷的身子卻漸漸有了暖意。不論胤禛待她怎樣，也不論得寵、失寵，至少她還有弘曆，這便足夠了。

「好了，沒事了，你回去睡吧，明日還得早起去給你皇阿瑪還有皇祖母他們問安呢，若是再不睡，可是要沒精神了。」

見弘曆還是不放心，瓜爾佳氏在一旁道：「聽你額娘的話，快下去吧，你額娘這裡有本宮陪著呢，出不了事。」

弘曆想想也是，朝瓜爾佳氏行了一禮道：「那勞煩謹嬪娘娘了，弘曆先行告退。」

待得弘曆離開後，瓜爾佳氏感慨道：「瞧瞧妳這個兒子，恕不得皇后她們眼睛一直盯著妳不放，連我都有些嫉妒了。」只要凌若一日是寵妃，再加上弘曆展露出來的天賦與能力，就一日會是弘時皇位路上的最有力爭奪者，那拉氏對凌若的仇恨與忌憚可想而知。

「弘曆是上天對我最好的恩賜，不過……」凌若難得露出一絲笑意。「他同樣是姊姊的兒子。」

瓜爾佳氏拍拍她的手道：「所以啊，就算是為了弘曆，妳也要想開一些，沒有額娘的皇子在宮裡是很難出頭的。當初妳不在宮裡的那段日子，弘曆日子實在不好過，所幸後來皇上知道了，他護著弘曆才好些。妳想想，昔日皇上對妳誤會成那個樣子，最終也沒起殺心，可見他對妳是有情的。」

凌若低頭不語。過了一會兒，藥端了上來，瓜爾佳氏看著凌若全部喝下去後，方才吹熄了燈離開，隨水秀去了專門安排給她的廂房。

在一切皆歸於寧靜黑暗時，凌若無聲地閉起雙眼，晶瑩鹹澀的淚水從眼角緩緩滑落，化為繡枕上的一點兒暗沉……

凌若不記得自己是何時睡著的，只是覺得剛睡了一會兒，便模模糊糊聽到有人在耳邊喚著自己，想要睜開眼，又覺得渾身都疼，特別是腦瓜仁，像是有千軍萬馬從自己腦袋上踏過一般，只想繼續昏睡過去。

可是耳邊的聲音一直不停，聽著像是水秀，凌若勉強睜開一絲縫，眼前出現幾個模糊的人影。她無力地道：「怎麼了？為何這麼早喚醒本宮？本宮頭很疼。」

水秀接過莫兒絞好的面巾，仔細搭在凌若額上，小聲道：「主子，已經天亮了呢，您該去給太后她們請安了，謹嬪娘娘也過來了。」

「姊姊……」聽得天亮，凌若微微一驚，不過也感覺到周圍亮得不似晚上，當下將目光疑向那個疑似瓜爾佳氏的人影。頭疼的她根本沒辦法凝聚起目光，始終只能看清一個輪廓。

「怎麼，頭還是很疼嗎？」瓜爾佳氏關切地問著，半扶了凌若起來，道：「來，再喝碗醒酒藥，看看是否好一些。」

凌若無力地答應一聲，就著她的手一口接一口地喝著苦澀的藥，隨後又歇了一會兒，方覺得有了些精神，同時眼前的景象也更清楚了一些。

「如何，能起身嗎？」瓜爾佳氏示意水秀在凌若身後塞了兩個蘇繡軟墊。她自己是早就起來了，為著等凌若才一直拖到現在。「時辰已經不早了，再不去，怕是那邊該說話了。至於弘曆，我已經讓他先行過去了。」

凌若點點頭，喚水秀替她更衣。因著時間較緊，梳洗動作很快，不過一盞茶的時間就已經全部收拾停當。凌若撫臉振一振精神，又喝了一口莫兒備在旁邊的熱茶後，方道：「姊姊，咱們趕緊過去吧。」

瓜爾佳氏道：「我已經讓人備了咱們的肩輿，乘著過去也好快一些。水秀，扶著妳家主子，仔細小心摔了。」

待得走到外面，凌若才發現外頭正淅瀝瀝地下著雨，外頭兩頂肩輿都已經撐起了頂傘，抬肩輿的小太監也穿戴起防雨的蓑衣、斗笠。

被帶著重重水氣的風一吹，凌若感覺整個人都精神了些。「正月初一便下雨，看來今年是個多雨的年節。」

瓜爾佳氏一邊坐上墊有軟墊的肩輿，一邊笑道：「那不是正好嗎？今年咱們可是受夠了沒雨的苦楚。」待見凌若坐穩後，她一拍扶手，吩咐道：「速去慈寧宮。」

第七百四十五章　殊榮

「嗻！」八個小太監齊齊應聲，隨後快步而穩健地往慈寧宮行去。

這一路上一個嬪妃也沒有見著，想是都先去了。好不容易到了慈寧宮，進去後，發現裡面已經滿滿坐了一殿的人，眾太妃在，胤禛在，那拉氏與一眾宮嬪，還有昨夜剛剛承寵的舒穆祿氏也在，簇擁著坐在最上首的烏雅氏。見得凌若與瓜爾佳氏進來，所有人都將目光投到了她們身上。

在眾人的注視下，凌若兩人硬著頭皮上前行磕拜大禮，齊聲道：「兒臣叩見皇額娘，願皇額娘鳳體安康，年年稱心，歲歲如意。」

「平身。」烏雅氏漠然注視著她們兩人。「來得這樣晚，哀家都要以為妳們不來了。」

凌若聽出烏雅氏言語間的冷意，惶恐地道：「請皇額娘恕罪，一切都是兒臣不好，昨夜一時高興貪歡多喝了幾杯，險些誤了給皇額娘請安。」

烏雅氏神色越發不悅。自凌若從大清門回宮後，她對此就一直耿耿於懷，不過眼下是新年，不便指責，只是淡然道：「這宮裡除了皇后與素言之外，就屬妳與惠妃的位分最高，做什麼事之前都先想想自己身分，皇帝嬪妃貪杯誤事，傳出去成什麼樣子。」

凌若連忙跪下道：「是，兒臣謹記皇額娘教誨，往後絕不會再犯。」

烏雅氏頷首道：「希望妳是真的記得，起來吧。」

「謝皇額娘恩典。」凌若起身後，與瓜爾佳氏一道去溫如言身邊的空位坐下，站在溫如言身後的弘曆歡喜地喚了聲額娘。

若是往日裡，胤禛早已幫著凌若一道在烏雅氏面前說好話，可是這一回，從始至終，胤禛都沒有說過一句話，甚至沒有正眼看過凌若，彷彿那只是一個無關緊要的人。

在她們落座後，有宮人端上熱騰騰的餃子，正吃到一半，忽見一個小太監冒雨奔到蘇培盛身邊，附耳說了幾句話；隨即蘇培盛的臉色就變了，揮退小太監下去後，自己進得殿中，走到胤禛身邊，同樣是附耳低語。

胤禛舀餃子的手勢一緩，低聲道：「消息屬實嗎？」

「是，送信來的軍士就在宮門外等著。」蘇培盛頓一頓又道：「皇上，要不要奴才去傳他進來？」

「傳他到養心殿見朕。」胤禛說完將碗往旁邊的小几上一擱，起身道：「皇額娘，突然有軍情急報送來，兒臣得先去處理，晚些再來陪皇額娘。」

烏雅氏體諒地道：「既是朝廷有事，皇上趕緊去就是了。至於哀家這裡，有皇后她們陪著說話，你不必掛心。」

話，自是說得無比好聽，若只聽這些話，任誰也看不出他們母子之間的關係已經惡劣到不同尋常的地步。烏雅氏根本不願看這個在她瞧來冷血無情、不念親情的兒子。

胤禛離去後，凌若等人在慈寧宮陪烏雅氏說了一陣子話後，方才起身告辭。外頭的雨勢比來時更大了些，飛速滴落的雨珠落在地上濺起細小的水滴，一些宮人的衣角、鞋襪都被淋溼了。

「真是討厭，大年初一就下雨。」武氏在一旁抱怨著，她身後的宮人已經撐開了傘。肩輿是只有嬪以上的宮嬪方能用的，像她這樣的貴人乃至更低等的宮嬪，便只能步行。

武氏嫉妒地看著凌若等人一一登上肩輿，沒好氣地對身後的宮人道：「你們撐小心一些，莫要讓雨濺上來溼了我的衣裳，否則仔細你們身上的皮。」

「是。」宮人一邊答應一邊叫苦。這雨水濺不濺的他們哪裡能做得了主，可是主子發了話，他們哪裡能不應。

武氏剛走了幾步，忽的看到一頂肩輿從自己身邊抬過，退開時無意間看了一眼，臉色頓時變得極其難看，坐在肩輿上的人居然是舒穆祿氏。她明明是個小答應，就算昨夜晉封，也不過與自己同是貴人，如何可以乘坐肩輿？分明就是僭越。想到這裡，武氏突然高興起來。舒穆祿氏這樣不知進退、恃寵而驕，不正好可以拿來作文章嗎？這樣想著，她催促宮人趕緊上前，然後踩著地上的積水走到年氏肩輿旁邊，帶著諂媚的笑意道：「娘娘萬福，臣妾適才看到慧貴人坐在肩輿上，頗為不解，不是說只有嬪位以上的娘娘才可以乘肩輿嗎，怎的她也可以？」

年氏彈一彈殷紅如丹朱的指甲道：「這話妳應該去對皇后說才是，與本宮說什麼？」

武氏被這句話噎得說不出話來。她當然想要去跟皇后說，甚至恨不能讓所有人都看到舒穆祿氏僭越的舉動；可是舒穆祿氏分明是皇后一手抬舉起來的，皇后定會偏袒對方，昨夜她已經當了那隻出頭鳥，今日可不想再當一回。

在這樣的想法中，握有協理後宮之權的年氏自然成了最好的人選，她相信年氏也正嫉恨著呢。

年氏怎會看不出她那點兒小心思，不屑地撇一撇嘴。旁邊的綠意說道：「不瞞寧貴人，適才來的時候我家主子已經看到了，只是慧貴人的肩輿是今晨皇上破例賜的，就是皇后娘娘也不好說什麼。」

聽到這話，武氏的臉頓時綠了，連年氏什麼時候離開的都不知道。她怎麼也想不明白，就憑舒穆祿氏那張中等姿色的面容，如何能得胤禛這般歡喜，連肩輿都賜下了。再這樣下去，舒穆祿氏豈非還要爬到自己頭上去？

另一邊，已經走遠的溫如言道：「這個舒穆祿氏是怎麼一回事，怎麼一夜之間成了貴人不說，今晨還乘著肩輿與皇上一道過來？」

瓜爾佳氏瞥了未曾作聲的凌若一眼，將昨夜的事大致講了一遍。溫如言聽完後，內疚地道：「若兒，是我不好，連累了妳。」

凌若搖首道：「此事哪裡能怪姊姊，是我自不量力，以為可以幫到姊姊，結果反倒是將自己也搭了進去。不過也好，至少讓我看得明白，不再被人蒙在鼓中。」

「早些看清也好，省得將來更傷心。」隔著肩輿，溫如言伸過手來，於冰涼的雨水中緊緊握住凌若的手。「天下男兒皆負心薄倖，更不要說皇上，何況他冷落妳也不是一次、兩次的事了。」

第七百四十六章　有情無情

「不管怎樣，至少妳還有一個弘曆在身邊，這已經勝過無數人。」說到這個，溫如言語氣有些發沉，不須說，定是又想到了涵煙。

瓜爾佳氏心中明白，溫聲道：「有姊姊在佛前為涵煙祈福，她一定會很好的。」

「希望吧。」溫如言聲音一頓，忽的帶上幾分諷刺的意味：「怨不得宮中人人想生阿哥而非公主，至少阿哥沒有遠嫁一說。」

「生阿哥便一定好嗎？怕也是不盡然。」瓜爾佳氏不以為然地說道：「先帝那麼多阿哥，最後能善始善終的能有幾個？即便是現在還活著的那幾個，也難以討到好。」

凌若接過話道：「姊姊是在說廉親王幾人？」

瓜爾佳氏瞥著外頭密密落在地上的雨水，道：「可不是嗎？廉親王幾次三番欲謀帝位，後面還與其他人聯手來給皇上施壓，早已超過皇上的容忍範圍，剷除是一定的事。只是皇上登基之後，先是羅布藏丹津叛亂，緊接著是京城大旱，如今又有郭羅克之亂，一直騰不出手來，這才讓他們平安到今日，不過這樣的好日子也過不了多久了，皇上早晚會下手。」

溫如言任由雨水打溼手掌，聲音冰冷地道：「當年先帝將皇位傳予皇上，真是一點兒也沒錯，這樣的冷心冷情，是帝位最適合的人選，父女之情都可不念，更何況是手足之情。像十三爺這樣的，只能說是一個例外。」

涵煙的和親，令她對胤禛充滿怨意，莫說區區一個惠妃之位，就是貴妃、皇貴妃也平息不了她心中的恨。

「別的人我不知道，不過廉親王只怕是未必吧，好歹他身上還有一塊保命符。」

瓜爾佳氏話音剛落，凌若便明白她的意思。「姊姊是說納蘭湄兒？」

瓜爾佳氏頷首道：「姊姊說十三爺是個例外，我卻認為納蘭湄兒才是真正的例外，這樣的皇上竟然也有傾心相愛的時候，且二十年如一，當真是不可思議。」

此言一出，溫如言與凌若皆是沉默了。胤禛當真是一個極為矛盾的人，說他無情，他偏對納蘭湄兒情深似海；說他冷酷，偏生聽說他以前是一個極謙和、溫和的人，比之允禩更襯溫潤如玉這四個字。

「罷了，想這麼多做什麼，四面紅牆，咱們是一世跨不過去了，唯一能做的，就是不要再交付真心。榮也好，辱也罷，守住這顆心，那麼日子就不會那麼難熬。」

溫如言輕輕說著，眸光一如新年這場雨水一般冷。

是啊，想在後宮中很好地生存下去，不交付真心便是第一要緊的事，否則就只能淪為輸家，可是凌若能做得到嗎？

這個問題，連凌若自己也不知答案。

這樣說著，眾人先後到了坤寧宮。新年第一天，先要去慈寧宮請安，然後再去坤寧宮。

這一路過來，乘肩輿的人尚好些，步行過來的人便慘了，衣襬還有花盆底鞋都被濺溼了，每走一步都不住滴水。一到坤寧宮簷下，宮人便趕緊蹲下身子替各自主子拭著衣鞋上的水。

武氏沉著一張臉，對正在替她清理衣裳的宮人謾罵不休，尤其是在看到衣不沾水的舒穆祿氏時，罵得更凶，嚇得兩個宮人顫抖不止，連求饒的話也不敢說。

「不過是沾了些許衣角罷了，姊姊何必如此動氣，再者他們也不是故意的。」佟佳氏見那兩個宮人可憐，不由得上前勸了一句。

武氏不高興地道：「我訓斥我的宮人，與彤貴人妳何干。」

佟佳氏被她這樣頂了一句，神色頗為尷尬。溫如傾見狀，過來拉了佟佳氏的手道：「姊姊莫理會她，自己沒本事就拿宮人撒氣，真是可笑。走，咱們進去給皇后娘娘請安吧。」

「妳說什麼？」武氏像是被踩到了尾巴的貓一樣，渾身毛都要炸起來了。

溫如傾可不會怕她，兩人皆是一樣的位分，當下道：「我說我的罷了，妳那麼激動做什麼，還是說真被我說中了？」

「妳、妳大膽！」武氏氣得口不擇言，恨不能一掌打掉溫如傾那張礙眼的臉，而她也真作勢抬起手掌，只是沒等她打下去，旁邊已經傳來一個帶著幾分威嚴的聲音。

「妳們在做什麼？」

沒等武氏回頭，站在她對面的溫如傾與佟佳氏已經欠身行禮。「臣妾見過熹妃娘娘，見過惠妃娘娘，見過謹嬪娘娘。」

武氏趕緊回頭，見溫如言三人站在自己身後，剛才說話的正是溫如言。她連忙轉身行禮，不等她開口，溫如言又道：「寧貴人，妳還沒回答本宮的話，哪個大膽？妳揚手又是準備教訓哪個，溫貴人嗎？」

武氏強笑道：「娘娘誤會了，臣妾不過是與溫貴人玩笑罷了，溫貴人這般天真可愛，臣妾喜歡都來不及呢。」

「如此最好。」溫如言不假辭色地看著武氏，對她的話顯然不信，卻也沒有去揭破，只是過去扶起溫如傾，道：「溫貴人是本宮的嫡親妹妹，本宮如今雖不管事，但也不許任何人欺負她。還有，寧貴人這樣的玩笑本宮不喜歡，所以，以後還是少開為妙。」

「是，臣妾記下了。」武氏一直覺得溫如言在這宮裡是個可有可無之人，從來不懼她，可今日的溫如言卻令她膽顫心驚，興不起半點不敬之意。敢情一直都是自己小瞧了她嗎？

也是，能在這吃人的後宮中一直片葉不沾身，牢牢占據一席之地，又怎會沒有一點兒本事。

此時翡翠走了出來，笑著欠了欠身道：「幾位娘娘怎麼都在外頭站著不進去？裡面燒了地龍跟炭盆，正好可以暖暖身子呢。」

「這就進去了，剛與寧貴人說話呢。」溫如言笑言了一句，拉著溫如傾與淩若等人一道進去。

到了裡頭，與在慈寧宮時一樣，眾人一一跪下請安叩首。因是新年第一日，所以特別鄭重，皆行三跪九叩之禮，先是嬪妃，然後是幾位阿哥。每一位阿哥起身時，翡翠都會遞上一個紅包，打開來，裡面是一張五十兩的銀票，算是給幾位阿哥的壓歲錢，而每一年那拉氏都會這樣準備。

第七百四十七章 午宴

「謝皇額娘。」弘曆幾人叩謝起身，隨後站到各自的額娘身邊。

至於弘時，因為已經成年且大婚，是以他得以與蘭陵坐在後面，不過他們兩人貌合神離，全無一絲交流，蘭陵更是麻木得像一個牽線木偶，一言不發。

那拉氏和藹地道：「午膳已經命人在準備了，眾位妹妹再耐心等一下便可入席了。若是餓了，便先用些點心。」

戴佳氏輕笑道：「剛剛才在慈寧宮用了一碗餃子，正飽著呢，哪裡會餓，臣妾倒是擔心等會兒會吃不下。」

「吃不下就少吃些。」那拉氏環視眾人一眼，忽的嘆了口氣。「只可惜靈汐與涵煙不在，否則更熱鬧。」

殿中一下子靜了下來，只聽得炭火在銅盆中燃燒的聲音，還是弘時道：「等過段時間，靈汐姊姊出了月子，便可與孩子一道來給皇額娘請安了。至於涵煙，以後總有機會見的，皇額娘不用太過介懷。」
那拉氏撫著裙間金線繡成的鳳尾，澀然道：「本宮沒什麼，就是惠妃……唉，惠妃，妳還是要想開一些才好。」
溫如言坐在椅中微一欠身，平靜地道：「多謝皇后娘娘關心，臣妾已經沒事了。而且臣妾相信，涵煙身為帝女必然能夠福慧一生。」
「妳能這麼想就好。」那拉氏欣慰地點點頭，隨後又與一眾嬪妃說話。
待到了午間，孫墨進來回話：「啟稟主子，偏殿已經備好了午膳，隨時都可開席。」
那拉氏微一點頭道：「嗯，皇上那邊呢，去請了沒？」
孫墨恭謹地道：「回主子的話，奴才去請過了，但是蘇公公說皇上有要緊事要處理，不能過來，請主子與幾位娘娘自行用膳。」
「知道是什麼事嗎？」那拉氏問道。剛才胤禛中途離去，令她一直心存疑惑，大年初一的，究竟會是什麼事這麼要緊，令得胤禛連一刻都不能多待。
「這個蘇公公沒說，奴才著實不知。」孫墨如實稟道。
那拉氏頷首起身。「既是這樣，那咱們入席吧。」
「是！」所有人皆站了起來，隨她一道去偏殿。
正殿與偏殿之間有一扇小門相連，而偏殿又是早早就燒了炭的，是以一點兒也不曾受涼，任外面冷雨瓢潑，裡面溫暖如春。

舒穆祿氏正待與佟佳氏等人一道坐下，卻見那拉氏朝她招手，和顏道：「慧貴人，過來與本宮一道坐。」

舒穆祿氏尚未說話，與那拉氏同桌的年氏已是揚眉道：「娘娘這般怕是有些不妥吧，慧貴人始終只是一個貴人而已。」敢這樣當面頂撞那拉氏的，闔宮上下也只有年氏一人了。

與那拉氏同桌而坐的還有凌若與溫如言，她們兩人皆未言語，只靜靜地看著事態發展。

那拉氏瞥了年氏一眼，道：「妹妹這話可是生分了，貴人也好，貴妃也罷，都一樣是伺候皇上的，何必非要分得這麼清楚呢。眾位妹妹，妳們說是不是？」

眾人連忙答：「娘娘慈和，實乃臣妾等人之福。」在這樣的言語下隱藏的究竟是什麼心思，只有各自心裡最清楚。

「話雖如此，但終歸要分個尊卑上下，否則人人都能同桌而食，還要規矩做什麼，倒乾脆將宮規都廢了，更隨意自在。」年氏絲毫沒有給那拉氏面子的意思，堅決不許舒穆祿氏同桌。

這樣的話令那拉氏有些下不了臺，但礙於身分，又不好同年氏爭執，偏殿裡的氣氛一下子變得僵滯起來。

舒穆祿氏見勢不對，趕緊低眉道：「臣妾多謝娘娘垂愛，臣妾坐在這裡就行了，正好可以與彤姊姊和劉妹妹她們說說話。」

那拉氏知道她這是在替自己解圍，暗自點頭，道：「既是這樣，那本宮就不勉強妳了。起蓋吧。」

隨著那拉氏的話，宮人將覆在盤碟上的銀蓋紛紛開啟，香氣頓時撲鼻而來，勾起眾人的食慾，且陸續有熱菜上來，著實豐盛。席間嬌聲軟語，眾人一道說說笑笑，尤其是新選入宮的幾位，更是趁著機會想方設法地逗那拉氏歡心，想要像舒穆祿氏一樣得到那拉氏的賞識，從而一步登天，得到皇上垂青。

只是，舒穆祿氏只得一人，所以，哪怕那拉氏被逗得再高興，也不曾對任何一人特別示好。

待得席散之後，眾人又陪著坐了一會兒方才告辭。出來的時候，雨還是沒停，地上有幾處積了小小的水坑，鞋子踩上去濺起小水花來。

宮人在偏殿收拾東西時，發現原先年氏坐的位置放著一個紅包，當即呈給那拉氏。

翡翠正在服侍那拉氏梳洗，見狀頗為不平地道：「年貴妃好不知進退，主子好心給三阿哥紅包做壓歲錢，她卻扔在這裡不拿回去。」

「她若知進退，就不會是現在這個樣子了。」那拉氏不在意地撫撫臉。她身子一直不好，再加上這幾日勞累過甚，一旦卸了脂粉，臉色就顯得有些蒼白。

翡翠取下那拉氏髻上的累絲金鳳，道：「按說，主子給紅包也不是頭一年了，以前她都是收下的，怎麼這一次……」

「她這是在跟本宮撒氣呢，本宮扶持慧貴人一事，可是讓她不高興得很。再者五十兩銀子，以她的手筆又怎麼看得上眼呢？」如此說著，她隨手將紅包扔給一旁伺候的小寧子。「賞你了，拿著吧。」

小寧子大喜過望，連忙跪下磕頭，喜孜孜地道：「謝主子恩典，謝主子恩典。」

看他像寶貝一樣地捧著紅包，那拉氏不禁笑道：「不過是五十兩銀子，用得著高興成這樣嗎？」

「只要是主子賞的，莫說是五十兩，就是五個銅板，奴才也會拿回去供起來。」小寧子一本正經地說著。銀子是小事，最重要的是主子的態度。

那拉氏忍不住笑著對翡翠道：「瞧瞧他那張猴兒嘴，慣會討人歡心，可是不老實得很。」

翡翠動作有輕微的停滯，飛快掃了一眼旁邊低著頭的三福，笑道：「咱們做奴才的，第一要緊的事就是討主子歡心，小寧子可是沒做錯呢。」

第七百四十八章　準噶爾

「連妳也幫著他說話。」這樣說著，那拉氏卻沒有任何不高興的意思，想是小寧子的話正好討了她的歡心，在瞥過一直沒說話的三福時，目光一閃道：「三福，怎麼今日這麼安靜，一句話也不說？」

三福沒想到那拉氏會指名叫自己，愣了一下方抬起頭，陪笑道：「回主子的話，奴才正在想皇上那頭出了什麼事呢。奴才聽說十三爺、十七爺還有幾位相爺及兵部尚書都去了乾清宮。」

被他這麼一說，那拉氏也沉默了下來，半晌方喃喃道：「兵部尚書……難道是青海那邊出事了？明明才聽說小勝了一場啊。」

小寧子連忙湊上去道：「主子，要不要奴才去乾清宮打探一下？」

三福冷冷道：「蘇公公與喜公公的嘴都很嚴，不該說的話，任你怎麼套都不會吐露一個字的，還是別自作聰明得好，否則給主子惹了禍回來，看你怎麼收場。」

小寧子訕訕地低頭道：「師父教訓得是，是徒弟考慮不周，下次不會了。」

不等三福再說，那拉氏已道：「好了，你也別說他了，畢竟是剛入內殿伺候沒多久，許多事都想不到。」

既是那拉氏開了口，三福自然不會再多嘴，只是在瞥過小寧子時，眼裡的忌憚更多了幾分。

那拉氏並未注意這些，只是想著三福剛才的話，不論怎樣，看這架勢定是出了什麼大事。

在伺候那拉氏歇下後，剛出了內殿，小寧子便趕緊追上三福，討好地將剛才那個紅包呈到他面前。「師父，這是徒弟一點兒心意，請您收下。」

三福睨著那個紅包，以一種帶著諷刺的口吻道：「你剛才不是說要拿回去供起來嗎？怎麼一轉頭又說送咱家了？你是想讓咱家被主子責怪嗎？」

小寧子一聽這話立時慌了神，趕緊道：「徒弟絕無此意，只是一心想孝敬師父，再說這事師父不說，徒弟不說，主子又怎麼會知道呢。」

不管他怎麼說，三福都沒有收下那個紅包，為免小寧子繼續糾纏，道：「你的心意咱家明白了，紅包還是好生拿回去收著，你在宮中攢些銀子也不容易。」

見三福執意不肯收，小寧子只得道：「那徒弟改日弄幾罈好酒來孝敬師父。」

三福頷首，在小寧子離去後，他對不知何時來到身邊的翡翠道：「妳怎麼看？」

翡翠撐開傘遞給三福，緩緩道：「他比你更懂得討主子歡心，雖說才這麼些日子，但主子已經漸漸開始信任他了。你要當心他，他這種人，為了上位，任何手段都使得出來。可能前一刻還在對你百般討好，後一刻已經在背地裡捅刀了。而且你以前曾為難過他，他怕是會對你懷恨在心。這世道，小人才是最難防的。」

「就怕防不住啊。」三福嘆了口氣，露出些許挫折之意。

「防不住也得防，否則他早晚害死你。」翡翠神色凝重地說著。「還有，往後在主子面前，該討好還是要討好，哪怕有任何不滿也別露出來，我瞧著今日主子問你那句話已經有些不滿了，幸好你及時轉移話題，沒有讓主子深究下去。」

三福顯得有些詫異。「連妳也瞧出來了？」

「我還看出你對小寧子不滿。」翡翠沒好氣地說了一句，又道：「而且我相信主子也能看得出來，所以你真的要當心了。」

三福點點頭，神色越發凝重，站了一會兒道：「好了，妳快去歇著吧，昨夜幾乎沒睡過。我也得去前頭守夜。」

翡翠確實睏得不行，打了個哈欠道：「總之你記住我的話，主子如今性子不定，千萬不要大意了。」見三福要走，她又叮嚀：「看這雨勢，今夜是不會停了，你自己小心一些，別被淋著了。」

感受到翡翠的關心，三福心中一暖，不由得握住翡翠的手，情真意切地道：「虧得有妳在，否則這宮裡的日子可真不知該怎麼熬。」

掌心傳來的溫暖與宮中慣有的冷漠截然不同，翡翠甚至生出一種希望可以一世相握的感覺，可是現實卻不允許她如此。她以一種慌張的語氣道：「你趕緊放手，萬一被人瞧見可就麻煩了。」

她一邊說著一邊四下張望，雖說此刻外頭沒人，可難保不會突然走出一個來。萬一被人看到她與三福這樣拉拉扯扯，然後傳到主子耳中，她簡直不敢想像會有什麼樣的後果。

三福也明白這個道理，無奈地鬆開手，帶著幾分感慨道：「若宮中允許對食該有多好，咱們也不用這樣偷偷摸摸。」

翡翠何嘗不是做此想，只是宮規無情，而主子又極其反感宮人對食之事，所以他們的事是絕對不能被第三個人知道的。

「罷了，別想這些了，咱們心下明白就好。」扔下這句話，翡翠急急離去，再不走，她怕自己會忍不住難過。明明就是互相喜歡，卻不能光明正大地在一起，連偶爾送件衣服過去，也要趁夜半無人時分，還提心吊膽地怕被人發現。

在她身後，三福面容黯淡地搖搖頭，執傘深一腳、淺一腳地往外走去。

且說凌若那頭，離開坤寧宮後她並未直接回承乾宮，而是與瓜爾佳氏一道陪著溫如言去了延禧宮，準備在那裡用晚膳，也好熱鬧一些。中途還叫了裕嬪，她倒是沒拒絕，與弘晝一道過來，再加上溫如傾，滿滿坐了一桌人，雖說不及坤寧宮時那般人多，但勝在少拘束，反倒是用得更高興。

宴席上，溫如傾最是會說話，常惹得眾人發笑，好不熱鬧。待得晚膳撤下後，眾人圍著炭盆說說笑笑，直至夜深時分才各自散去。

這樣歡喜笑鬧的新年在初二這日戛然而止，一則消息從朝堂傳到了後宮，也讓宮中眾人明白了胤禛昨日匆匆離去的原因——準噶爾起兵叛亂！

這樣的消息令眾人震驚莫名。涵煙不是剛剛去和親嗎？按理此刻差不多剛到準噶爾，怎的準噶爾一轉眼就叛亂了，這……這究竟是怎麼一回事？

第七百四十九章　人心惶惶

其中最擔心的莫過於溫如言。準噶爾起兵，那麼身為大清公主的涵煙就會首當其衝，萬一汗王噶爾丹喪心病狂，做出什麼殘忍的事來，那後果不堪設想。

溫如言越想越擔心，幾次去求見胤禛，想知道關於涵煙的消息，哪怕隻言片語也好，可是胤禛只見過她一次，就讓她回宮去好生待著，不要多想。至於涵煙情況怎樣，是否有事，他隻字未提。

隨著時間的推移，關於準噶爾的消息不住傳來，原來準噶爾根本沒想過要與大清同氣連枝，所謂和親且指定要皇帝嫡女，不過是出於試探的目的罷了。噶爾丹很清楚，若在正常情況下，以大清一貫的強勢態度，是絕對不會同意嫡女和親的，宗女已是最大的讓步。

可是這一次，大清居然同意了，再加上郭羅克戰事未定，噶爾丹敏銳地判定大清如今自顧不暇，是起兵的最好時機。而且大清以為和親之後，雙方會相安無事，邊關守將定會鬆於防備，不堪一擊。

事情也果然如噶爾丹所料，邊關守將根本不是準噶爾大軍的對手，甚至於軍隊已經到了城下，守將才堪堪反應過來。至於戰事結果不用說，一夜之間，城門被破，軍隊潰敗，逃的逃、虜的虜，城內百姓更是連夜舉家奔逃。

噶爾丹的目標，從來就不是什麼公主，也不是財帛，而是整個中原。他要重演近百年前清兵入關奪取大明天下一樣，奪取萬里江山。

這個消息於正月初一堪堪傳到京城，胤禛連夜召集允祥等人就是為了商議對策。年羹堯與岳鍾琪皆忙於郭羅克那邊，不能動用，眼下京中還有何人可以帶兵對敵？

有人提議允禵，胤禛不許，告誡眾臣以後都不許再提；隨後允祥自動請纓，然胤禛擔心他身子，同樣不許。

在連續否決了兩個人選後，眾臣竟再提不出合適的人，堂堂大清，面對異族叛亂，竟然尋不出可平定叛亂的將領，令胤禛龍顏大怒，言道若真尋不出人選，他便御駕親征，誓要平定準噶爾，活抓噶爾丹這個背信棄義的卑鄙小人。

眾臣連忙跪地請罪，之後商議半夜，決定命允禩與允禟率領左路軍，宋可進率領右路軍，征討噶爾丹。

宋可進是岳鍾琪的得力部下，是臨時從青海抽調過來。原本調岳鍾琪是最合適的，他身經百戰，無奈胤禛之前命他給年羹堯下套，如今正是收網的時候，輕易動不得，否則前功盡棄，只能由他部下代征。

不過宋可進也是一個奇人，他原是一個無名小卒，在羅布藏丹津一役，憑著斬敵無數的軍功，一躍成為岳鍾琪的副將。

大軍未動，糧草先行，在整頓軍隊的同時，胤禛命戶部全力支援此次征討，一定要保證糧草充足。

虧得入秋以後，沒有再繼續大旱，糧草勉強還供應得上；不過戶部尚書硬著頭皮告訴胤禛，糧草最多只能支撐兩個月，如果兩個月後，叛亂未定，而年羹堯那邊又沒有捷報傳來的話，便會出現糧草供應不上的局面，到時候只能二擇其一，否則兩邊都會拖垮。

不管怎樣，左右二路大軍順利出發，征討準噶爾。胤禛對允禩兩人帶兵並不信任，是以宋可進除了征討準噶爾之外，還另有一重祕密任務，就是監視允禩的左路大軍，並且在他有任何異動時進行制衡。

單論帶兵的能力，允禩不及常年帶兵在外的允禵良多，就算兩個人加一起也是不及；然正因如此，胤禛才放心讓他們帶兵，否則一旦心懷不軌，收拾起來就無比麻煩。

另外，還有一則傳得沸沸揚揚的消息，說當初入京求親的使者就是噶爾丹本人，為的是親自打探大清虛實，以便決定是否出兵，至於消息真假就無從知曉了。

雍正三年的春天在不斷傳到京城的軍情急報中到來，征討準噶爾一事並不順利，噶爾丹詭計多端，連宋可進也不是他的對手，再加上後面糧草供應出現短缺，左右路大軍連續慘敗；而清軍的外強中乾也被噶爾丹看在眼中，趁機南下，一路逼進，令京城乃至後宮也瀰漫著緊張氣氛，所有人都在討論這件事，唯恐準噶爾不知何時會逼到京城。

在萬般無奈之下，胤禛終於同意暫時提高賦稅，但他也命各州府縣衙貼出通告，只要叛亂一平定，便立刻減免百姓未來一年的賦稅。

在這樣的安撫政策下，提高賦稅一事並未鬧出什麼事來，有了銀糧，征討一事自然可以繼續。而允祥在多次自薦後，胤禛終於同意他的要求，由他接任左路大軍，與宋可進合力征討。

這個時候，清兵再一次慘敗，噶爾丹已經逼近薩里克河邊，距京師不足六十公里，京城處於戒嚴狀態。如果允祥這一次不能得勝，那麼京城就將成為直面噶爾丹的最後一道防線，一旦失敗，京城就會易主。

宮裡人心惶惶，皆沒有了欣賞大好春光的心思，不住讓身邊的宮人去打探消息，看噶爾丹有沒有再逼進來。

她們身在後宮，早已享慣了榮華富貴，一旦兵敗城破，她們將會流離失所，或者成為俘虜，這樣的生活是她們不敢想像的。

唯一不關心這些的便是溫如言了，她一心想知道涵煙的消息，但越想知道就越無從得知，且眼下兵荒馬亂，交戰不止，根本無從打探。

至於淩若，在擔心準噶爾之餘也擔心著胤禛的身子。自從準噶爾進犯的消息傳來之後，他就再也沒有踏足過後宮，近兩個月的工夫，不曾見過他一面。

她心中恨胤禛的無情，可終歸還是放不下，怕他一味忙著處理政務，不在意身子，不按時用膳，傷了本就不怎麼好的胃。

而從四喜那裡得來的消息也確實是這樣，胤禛這麼多天幾乎沒有好好吃過一頓飯，都是什麼時候餓得受不了了，什麼時候讓御膳房隨意弄幾個菜，然後湊合著吃一點兒。

第七百五十章　放不下

得知這個情況後，凌若去小廚房做了個點心，然後讓莫兒交給四喜，著他悄悄放在胤禛桌上。若是胤禛問起，就說是御膳房送來供他墊飢用的，以免說了是她所做的之後，胤禛不肯吃。

送了幾日，凌若再讓莫兒去問時，四喜說胤禛頗為喜歡她做的點心，經常吃上幾塊，有時甚至一盤都吃乾淨。

得知胤禛喜歡吃，凌若便每日做幾樣送過去，怕胤禛吃膩了，就變著花樣做，這樣下來，一日裡倒是有大半時間是待在廚房中。

這日，水月在小廚房中幫忙揉麵粉，揉著揉著忽的落起了淚，把凌若嚇了一跳，忙問她為何要哭。

水月不肯說，最後還是水秀猜到她的心思，道：「是不是因為主子？」

水月抹了把淚，低聲道：「主子待皇上那樣好，可皇上呢？這麼些天了，連問都沒問起過主子一聲，奴婢越想越替主子不值。」

凌若哂然道：「妳這傻丫頭，本宮道是什麼，卻是為了這個。罷了，想這麼多做什麼，沒得讓自己心裡添堵。」

水月不忿地道：「主子，您真的就一點兒都不在意嗎？皇上心中根本就沒有您的位置，否則哪會這麼多天了，一直不聞不問。」

「皇上國事繁忙，自然沒時間過問後宮之事。」凌若灑了一點兒水在略有些乾的麵團上，然後用力地揉著。

水月激動地道：「才不是呢，奴婢聽說慧貴人去養心殿的時候，皇上就見了，還有溫貴人、彤貴人也是。偏就是主子去的時候，連通報都不許。還有啊，一說準噶爾要打過來，宮裡那些娘娘就自危不已。像慧貴人那樣，往好聽了說是去看皇上，往不好聽了說，就是去打聽消息，根本不是真心在意皇上，結果呢？皇上將她們當寶。奴婢真懷疑皇上的眼睛是不是——」

「夠了！」凌若打斷水月的話，厲聲道：「不許亂言亂語，再者，她們是她們，管那麼多做什麼。」

「可是……」

水月還待要說，水秀一把拉住她道：「好了，妳非要把主子說難過了才高興嗎？」

「我不是這個意思，我只是……唔！」水月剛說到一半，嘴裡突然被塞進了一個早上剩下來的蟹肉包子，卻是水秀。

只聽水秀沒好氣地道：「少說多做，別真的惹主子不高興。」後面那句話她說得特別輕，唯恐傳到主子耳中。

水月還是一臉不甘，但看著水秀嚴肅的表情，終是沒有繼續說下去，拿下嘴裡的蟹黃包子道：「我去瞧瞧灶裡的火燒上來沒有。」

凌若什麼也沒說，只是默默揉著麵團，柔軟的麵團在手下隨意變成任何形狀，就像這宮裡頭的人一樣，因勢而變。

若她足夠聰明，就該像溫姊姊說的那樣，對胤禛徹底死心，可終歸……終歸還是無法放下啊！

所以，這一世，都註定她拔不出來，哪怕雙眼已經看得再明白不過，心卻難以控制。

隨著春光漸盛，戰況也有了新的進展。允祥統兵能力可與年羹堯相提並論，最重要的是，他並沒有年羹堯的好大喜功、剛愎自用，相反的，他聆聽勸言，細心謹慎。在抵達薩里克河後，他並沒有貿然與準噶爾大軍開戰，而是先觀察地形、刺探敵情，做到知己知彼。

而這一次，胤禛為了允祥可以一舉克敵，特意將整個火器營調給他，而這也意味著，如果允祥再戰敗，京城除了豐臺大營與步兵衙門之外，將再無可用之兵，而靠這些是絕對不可能抵擋住準噶爾大軍的。

胤禎這樣做，等於是將大清的命運交給允祥，這樣的託付重之又重，也讓允祥更加謹慎。

不出兵便罷，一旦出兵就必須取勝，他亟需這樣一場勝利來穩定軍心和六十里外京城內惴惴不安的人心。

三月初九，雙方第一次短兵相接，不過一觸即退，算不上正式交戰，而當時，從後方運來的糧草已經捉襟見肘了。據運送糧草的官員說，皇上已經在想辦法籌糧了，但是即便有加重賦稅所收上來的銀糧，情況依然不容樂觀。畢竟一來時間尚短，偏遠些的地方不能及時將賦稅交上來；二來賦稅可偶爾重徵，卻不能肆無忌憚地重徵，否則不等準噶爾打進來，大清自己就要先滅亡了。

在重重壓力下，三月二十日，在試探數次後，允祥終於與右路軍合併，與噶爾丹進行了第一次正式交戰。不得不說噶爾丹很有指揮天賦，在面對允祥與宋可進的突然合圍並不驚慌，守著薩里克河一步不退。

他好不容易才征討至此，若就此退去，那就什麼都沒有了，所以六十里外的京城他志在必得。

這場戰役足足打了大半個月，雙方都奈何不了彼此。兵是準噶爾的勇猛，可裝備卻是清軍優良，再加上火器營的大炮火槍，讓噶爾丹像啃了塊硬骨頭一樣，明明在嘴邊卻怎麼都咬不動。

四月，青海終於有好消息傳來，郭羅克之亂平定，現在只有零星的小戰役，完全可以交由邊關守將鎮壓。

胤禛大喜過望，青海平定，那麼就可以集中兵力對付噶爾丹。敢算計他胤禛者，必要付出血的代價。他當即命年羹堯與岳鍾琪率領兩萬精銳騎兵前往薩里克，支援允祥。

另一邊，岳鍾琪的密報亦到了京城。他們所設下的局被年羹堯好運地避過去，毫髮無傷，不過好在他沒有察覺，更沒有意識到是胤禛要殺他，一接到聖旨就立刻調兵遣將，帶領最善戰的屬下前往薩里克。

岳鍾琪請旨，是否在中途祕密處決年羹堯，胤禛思索良久，命岳鍾琪暫緩動手。

年羹堯固然可恨，但是眼下外敵才是最重要的，一切以平定準噶爾之亂為大前提，餘下的稍後再說。

四月中，年羹堯與允祥會師，有了這兩萬精銳騎兵的加入，噶爾丹壓力驟增。雖他手下的將士個個是驍勇之輩，也難以做到以一當十，激戰一天之後，準噶爾大軍第一次出現敗退之勢。

允祥敏銳地抓住時機，乘勝追擊，準備給噶爾丹一個慘痛的打擊。可是沒想到噶爾丹詭計多端，居然在敗退時，撒下金銀財帛，還留下許多隨軍的女妓，這一切擾亂了清軍的陣勢，出現大範圍的混亂。

除卻年羹堯那兩萬精銳之外，餘下的人都成了一盤散沙，四處哄搶，任允祥與幾位將領怎麼喝斥都無法止住。這樣一來，對噶爾丹的追擊自然無從繼續。

百足之蟲，死而不僵，更何況噶爾丹只是小敗一場，憑年羹堯那兩萬人是無法將其殲滅的，反而可能會覆沒。

第七百五十一章　平定

此戰之後，允祥以違反軍紀、不聽指揮為由，下令所有參與哄搶的士兵一律杖責五十，哄搶最凶的那些人當場處刑；剩下的，礙於噶爾丹軍隊隨時會再度襲來，先行記下，待得戰役平定之後再行刑。

隨後，允祥與宋可進整肅軍隊，嚴律不許再有哄搶之事。有士兵激動地指出，他們拚死拚活，冒著生命危險與敵軍作戰，可得到的餉銀在層層剝削之後卻少得可憐，根本不夠養家餬口。允祥經察屬實後許諾，只要此戰得勝，回朝之時，定然向皇帝進言，犒賞大軍；但有一個前提，就是必須要守軍紀、服軍令，否則殺無赦。

五月初，噶爾丹重整軍隊，再次襲來，可是兩路大軍巍然不動，任他怎樣衝擊都無濟於事。一日就這樣過去，夜間當準噶爾大軍在軍帳中休息時，清兵突然來襲，雖然噶爾丹早有準備，但如此凶猛的來勢還是打了他一個措手不及，損失慘重；而這一次，他故技重施卻未能奏效，錢財固然好，但也要有命享受才行。

這一次，準噶爾大軍遭到了前所未有的慘敗，元氣大傷，連夜退出五十里，之後因為軍心已亂，更是節節敗退。噶爾丹見難以再討到好處，含恨退走。

此次叛亂，終得以平定，遠在京城的胤禛在接到奏報後，長長地出了口氣，他登基以來的最大危機終於熬了過去。這段時間內憂外患，他承受了難以想像的壓力。

五月的最後一日，允祥與年羹堯率領大軍回到京城，允祥兌現他的諾言，向胤禛進言獎賞每個士兵二十兩銀子。胤禛因為打了勝仗，龍心大悅，同時也體諒士兵的辛勞，應允了允祥的要求，由他全權負責此事。

左右路大軍因此事而歡呼雀躍。以往朝廷不是沒有過獎賞，只是經過層層剝削後，二十兩銀子到他們手裡能有個五兩就不錯了，可是這一次沒有任何剋扣，是實實在在的二十兩。

相反的，年羹堯那邊對此就顯得淡漠了許多，甚至還有微詞，說將士在外出生入死，朝廷居然才賞二十兩銀子，實在小氣。

透過暗探，胤禛聽到這些話，思忖一番後，命暗探立刻去西北調查。若是將領不將二十兩銀子放在眼中尚且情有可原，但那只是普通士兵，一年兵餉才多少，居然也這樣囂狂，可見年羹堯的這群親兵平常拿到手的餉銀絕對不只幾十兩之數。

除了軍士之外，胤禛也對允祥、年羹堯、宋可進幾人進行封賞，封允祥為鐵帽子王，世襲罔替；封年羹堯為一等輔國公，賜三眼花翎；封宋可進為昭勇大將軍，餘下者按功封賞。當中值得一提的是，凌若的弟弟榮祥也在這一次平叛當中，因戰功晉為參將。

而允禩、允禟兩人，因為之前吃了敗仗，所以這一次封賞並無他們的分，且一回京便立刻卸了他們所有職務，並沒有再次起用的打算。

允禩兩人心有不甘，但如今權力握在胤禛手中，由不得他們說半個不字。允䄉知道此事後，氣得直罵胤禛不講道義，需要時就將他們兄弟拉出去，不需要時就過河拆橋，實在可恨得緊。

胤禛待年羹堯多番優厚，他竟猶不知足，要求對他所帶的兩萬軍士另行獎賞，以慰他們千里奔波之累。

胤禛初時不允，畢竟同為平定準噶爾之亂的士兵，若一邊多賞，另一邊肯定會有怨言。但年羹堯多番請求，言詞強硬，令胤禛頗為不喜，雖最終答允了年羹堯的要求，卻也更加深了剷除年羹堯的決心。

回京之後，照例要在京中留一段時間，年羹堯自恃功高，驕橫跋扈之風日甚一日，甚至在胤禛面前也行止失儀，御前箕坐，無人臣禮。

朝中數位大臣先後上奏彈劾年羹堯，胤禛都以年羹堯立下大功為由，不予追究，這令得年羹堯誤以為胤禛依舊信任、倚重自己，行事越發沒有規矩。

與之相對的還有年氏，因兄長之功勞，她在後宮驕狂更甚，全然不將皇后放在眼中，晨昏定省也是數日難見她來一次。至於宮中其他嬪妃，凡稍有不敬者，她一律嚴懲，這般雷霆手段，令眾嬪妃敢怒不敢言。

朝堂、後宮，皆是年氏一家獨大，眼見皇帝對此置之不理，群臣憂心不已，長久下去，誰能遏得了年家之勢。

六月初，年羹堯上摺，請求胤禛早日冊立太子，以穩國本。胤禛留中不發，年羹堯又連續上摺數封，之後更在養心殿侃侃而談，逼著胤禛就立太子一事表態。

年羹堯對於自己連立兩功，卻依舊未被封異姓王一事耿耿於懷，但是不論他怎麼旁敲側擊，胤禛都沒有鬆口。年羹堯無奈之下只得作罷，但他一心想為家族掙一個無人可及的榮耀，而太子之位無疑要比異姓王更寶貴百倍。

年羹堯始終還是天真了，胤禛既連一個異姓王都吝嗇給，又怎麼會捨得拿出太子之位。

朝堂之上，胤禛與百官心裡都明白，年羹堯所謂的立太子，無非是想立三阿哥弘晟為太子，唯有弘晟成為儲君，年家的地位才是真正穩如泰山。

在年羹堯話音落下後，允祥第一個開口：「皇上如今春秋鼎盛，立太子未免言之過早。」

年羹堯不以為然地道：「太子乃是國本，自是越早冊立越好，當年先帝爺不是早早就立了太子嗎？」

年羹堯當著胤禛的面提起廢太子，令胤禛本就不怎麼好看的面色越發陰沉，盯著與允祥爭論不休的年羹堯，一言不發。

相較於年羹堯的肆無忌憚，允祥許多話不能放在明面上說，是以表面看來，倒是年羹堯占了上風。

他正得意洋洋之時，一直不語的張廷玉終於說道：「輔國公一片忠心，為國為民，實在令我等欽佩，只是冊立太子事關重大，需要從長計議，何況眼下皇上有四位阿哥，立哪一位也需要慎重考慮，不是三兩日便能定下來的。」

第七百五十二章　促立太子

年羹堯不耐煩地一揮手道：「考慮什麼，四位阿哥當中，二阿哥平庸不堪大用，四阿哥生母家族尋常，五阿哥年幼，唯有三阿哥堪當大任，自然是立三阿哥為太子。」

這等狂妄膽大的話一出，縱是向來喜怒不形於色的張廷玉也不禁為之色變。至於胤禛，已經用力捏緊掌下的扶手，面色因浮雕嵌入掌心的疼痛而呈現一種不正常的潮紅。

帝王家事最是忌諱臣下提及，更不要說過問，可是年羹堯偏偏犯了這個忌諱，當真是不知死活。

「輔國公此話有些偏頗了吧，熹妃娘娘兄長在朝中任職，其弟更在準噶爾戰役中獲立軍功成為參將，怎能說家族尋常。還有二阿哥，輔國公說他資質平庸不堪大用，可是據我所知，論聰慧，以四阿哥為最，那麼豈非該立四阿哥為太子？」說話的是鄂爾泰，他與張廷玉一樣是朝中宰輔，對於年羹堯的囂張極看不慣。「還有，三阿哥是輔國公的外甥，輔國公勸皇上立他為太子，恐怕是存了私心吧。」

年羹堯眼睛一瞪，怒道：「你休要以小人之心度君子之腹，本公對皇上一片忠心可表天地，何來私心二字。倒是你一意說四阿哥聰慧，難道你是熹妃的人不成？」

後宮最忌諱的就是結交外臣，一旦被查實，不論是后妃還是朝臣都將受到嚴懲。年羹堯一句話就給鄂爾泰扣上一頂大帽子。

鄂爾泰氣得渾身發抖，指著年羹堯道：「你！朝堂之上不得胡說八道，我什麼時候變成了熹妃的人。」

「哼，是不是你自己心裡清楚，不用本公多說。」年羹堯這般不敬的言詞聽得張廷玉等人直皺眉頭。

關於年羹堯不滿自己爵位，口出狂言，說當封異姓王的傳言，他們都有所耳聞。之前是異姓王，如今又為三阿哥圖謀太子之位，再這樣下去，過幾日豈非要逼著皇上退位，由三阿哥繼承皇位？

允祥上前打圓場道：「輔國公與鄂大人都是國之棟梁，忠心耿耿，不論做什麼、說什麼都是為大清考慮，實在無謂爭執，免得傷了和氣。」

允祥是親王，又剛被封了鐵帽子王，就是年羹堯也要給他幾分面子，輕哼一聲不說話。至於鄂爾泰則梗著脖子，朝胤禛道：「皇上，恕微臣直言，冊立太子一事關係重大，馬虎不得，當慎之再慎之；何況皇上繼位不過三年，又正值春秋鼎盛，實無謂過早冊立。」

「老臣也如此認為。」隨著張廷玉的表態，文武百官紛紛敘明立場，大半不贊成立太子。剩下的那些，或是武將，或是與年家有著千絲萬縷的關係。

胤禛微微點頭道：「張相與鄂爾泰所言極是，冊立太子一事急不得，待朕慎重考慮之後再說。」

年羹堯一聽這話頓時急了眼，他已經上過好幾封摺子，胤禛都不予理會，今日若再不定下來，不知要拖到什麼時候，忙道：「皇上，奴才——」

胤禛截住他的話道：「輔國公一片為國之心，朕很清楚，只是朕四個兒子各有所長，一時實在難以決斷，需得好好考量才是，輔國公不必心急。」

見胤禛已將話說到這個分上，年羹堯再不甘也只得答應。

退朝之後，允祥被留了下來，在殿中沒其他人後，胤禛森然道：「年羹堯越來越不受控制了。」

允祥深有同感，今時今日的年羹堯，實在令人擔心。「皇上有沒有問過岳鍾琪關於西北大軍那邊的情況？如果咱們這裡動了年羹堯，那邊是否有什麼異動？」

要嘛不做，要嘛做絕，這八個字允祥比任何人都清楚。若真要問罪年羹堯，就絕對不可以給他任何反擊的機會，否則後患無窮。

胤禛雙眸微瞇，冷聲道：「年羹堯這次帶來的兩萬騎兵，是最精銳也是最得他倚重的一支隊伍。這兩萬人，在他多年經營拉攏下，不奉君令，不認虎符，只聽年羹堯一人之命。但也僅限於這兩萬人，剩下的近十萬大軍，還是聽奉朝廷之命，只要沒人蓄意挑撥，應不至於生出事端來。而且年羹堯在西北時，對他們也並非一視同仁，底層那些軍士頗有微詞。允祥，朕問你，你可有辦法控制住城外那兩萬人馬？」

「皇上放心。」允祥眸光一亮道：「兩萬騎兵，縱是再精銳，臣弟也可以控制住，讓他們生不出任何事來。」

「好！」胤禛用力一拍扶手，起身肅然道：「你立刻調集兵馬，暗中控制住城外的人馬後，朕立即下密旨，由岳鍾琪接任撫遠大將軍一職，刻日啟程前往西北，務必要控制住那邊的人馬。」

「臣弟遵旨。」允祥答應一聲又道：「皇上可是準備現在就要問罪於年羹堯？」

胤禛陰陰一笑道：「不急，慢慢來，朕要讓他一點一滴地感覺到什麼是絕望。」

從來沒有人可以將他逼到這個地步，連允禩也不曾，年羹堯是第一個，自然不能輕易放過。

這一日朝堂之事，毫無例外地傳到了後宮。瓜爾佳氏來看凌若，彼時，凌若正伏在繡架上仔細繡著一幅江山萬里圖。素錦長達三丈，用的繡線多達上百種，裡面層巒疊嶂、浩翰無邊，只是一幅繡卷而已，卻令人心生渺小之感。

在閒聊幾句後，瓜爾佳氏將話題轉到了冊立太子一事上，彎唇道：「年羹堯迫不及待地想要讓皇上立三阿哥為太子的心思，已是路人皆知，偏他還在那裡說什麼為國為民，真真是可笑。」

凌若抬起頭來，取過銀剪子剪掉打了結之後的多餘繡線，漫然道：「皇上是絕不會冊三阿哥為太子的，年羹堯只能是竹籃打水一場空。」

「這個道理我也曉得，我就是有些不能理解，號稱一代儒將的年羹堯竟然如此愚鈍，皇上已經對他不滿到這個地步了，還毫無察覺，難道非要等一無所有時才反應過來嗎？」瓜爾佳氏一邊說一邊搖頭。

「姊姊錯了，年羹堯不是蠢，而是他太過自信了，總以為皇上離了他不行。然事實是，這個世間不論離了誰都照樣日升日落。」凌若將一根煙灰色的繡線穿過細小的針眼，再次穿過緊繃的素錦，繡的是山峰一角。

第七百五十三章　夜來

「年家落敗已是必然之勢，就不知年氏何時會倒臺？這幾日看她那副嘴臉，真是看得我想吐。」瓜爾佳氏靠著椅背，言語間透著一絲說不出的暢快。

凌若笑道：「姊姊都看了二十來年了，怎的偏就現在想吐了？」

「妳這丫頭，倒會挑我的刺。」瓜爾佳氏用手裡的團扇笑拍了凌若一下，道：「以前是沒辦法，再難過也得忍，可是現在眼見著快忍到頭了，這耐心就有些不夠用了。再者，我一想到年氏在宮外那樣害妳，心裡就忍不住來氣。」

「快了，我相信皇上的耐心已經快用完了。」說到胤禛，凌若眸光一黯，手裡的動作慢了幾分。

她這個細微的變化，被瓜爾佳氏收入眼中，拍一拍她的手道：「一切都會好起來的，相信我，妳定能守到皇上回頭的那一日。」

凌若勉強一笑道：「溫姊姊讓我別再盼著皇上，妳卻使勁讓我守著皇上回頭，可是矛盾得很。」

「妳與溫姊姊不同。」這樣說了一句後，瓜爾佳氏道：「涵煙那邊還是沒消息嗎？」

淩若沉聲道：「嗯，準噶爾已經敗退，可是涵煙卻像消失了一樣，一點兒訊息都沒有，送嫁的宮人也是一個沒瞧到。我看溫姊姊這陣子整個人都瘦了一圈，也不知她熬不熬得下去。若非宮規森嚴，不許咱們踏出一步，我看溫姊姊早就去尋涵煙了。」

「唉，只盼涵煙吉人有天相。」這樣說著，瓜爾佳氏心頭卻像是壓著一塊大石一樣，喘不過氣來，也沒了繼續說話的興致，乾脆拈過針線，坐在淩若對面，與她一道繡起了江山萬里圖。

兩人一直繡到天色將晚，才堪堪將山峰的一角繡完，不過與這整幅繡圖比起來，不過是冰山一角。

瓜爾佳氏放下針線，揉著發痠的眼睛道：「妳怎麼想到繡這幅東西，要想全部繡完，非得好幾年不可。」

淩若命宮人將繡架搬下去。「幾年便幾年，左右咱們有的是時間。」頓了一下又道：「姊姊若沒事的話，就在我宮中用晚膳吧。」

「我正有此意。」瓜爾佳氏笑著答了一句。

待弘曆進來後，三人剛要坐下，忽見四喜走進來，打了千兒道：「奴才給熹妃娘娘請安，給謹嬪娘娘請安，給四阿哥請安。」

因為胤禛不待見凌若的緣故，四喜已經很久沒在承乾宮出現了，如今到來，難道是胤禛消了氣，再次召見凌若？

凌若這個念頭還沒轉完，瓜爾佳氏已經掩脣笑道：「公公可是奉皇上之命來傳熹妃娘娘？」

四喜苦笑一聲道：「娘娘猜錯了，是奴才自己過來的。」隨即他將目光轉向凌若，恭敬地道：「娘娘，皇上今日見一直不曾有點心送去，問起奴才。奴才之前得了娘娘吩咐，所以只藉口說是御膳房忘記做。只是奴才想向娘娘問個準信，往後，您這點心還送嗎？」

失望充斥在凌若的心間，勉強振了精神道：「皇上當真這麼喜歡本宮做的那些點心嗎？」

「是，皇上有一次跟奴才說，這點心裡有一種令人回味的滋味，讓他吃了一塊還想吃第二塊。」四喜瞅了一眼凌若的臉色，有些同情地道：「若娘娘不方便，奴才才讓御膳房做去。」

他話音剛落，凌若已道：「沒什麼不方便的，本宮這就去做，晚些送去給公公。」

四喜連忙道：「那就勞煩娘娘了，奴才還得去伺候皇上，先行告退了。」

凌若微一頷首，對站在一旁的莫兒道：「妳送送公公。」

「是。」莫兒答應一聲，送四喜離去。在走到外頭的時候，莫兒小聲道：「公公，這麼些天，皇上可有問起過我家主子？」

四喜自然曉得她問這話的意思，無奈地搖頭道：「沒有呢，看來這一次皇上確實很生熹妃娘娘的氣。咱家跟了皇上這幾年，還從來沒見過皇上這樣待熹妃娘娘呢！」

莫兒聞言跺腳道：「皇上……皇上他可真小心眼，主子不過幫著惠妃娘娘一道求了幾句罷了，他就記恨到現在。」

四喜一聽這話，嚇得不輕，趕緊去捂她的嘴。「哎唷，我的小姑奶奶，飯能亂吃，話可不能亂講，萬一讓人聽到妳這樣議論皇上，不死也得脫層皮。」

莫兒被他捂得喘不過氣來，扒拉下四喜的手，喘了口氣道：「這不是只有您嗎？要不然我哪敢說。」

四喜不放心地四處瞅了一眼。「小心隔牆有耳。」頓一頓又道：「往日裡熹妃娘娘得寵的時候，妳說什麼她都能幫妳兜著，眼下卻是不行了，所以妳更要小心謹慎，省得反害了熹妃娘娘。」

莫兒這一次倒是沒與他頂嘴，拉了他的手道：「我知道，喜公公，您……您能不能幫幫我家主子，主子雖然嘴裡不說，但我曉得她心裡的苦。」

「唉，妳道咱家不想嗎？可咱家只是一個奴才，皇上的事哪裡輪得到咱家管。上次咱家不過是無意提了熹妃娘娘一句，就惹得皇上發了好一通火。妳是沒瞧見，皇上當時那樣子，就跟要吃人一樣。」說到這個，四喜至今仍心有餘悸。

莫兒見左右都不是辦法，不禁沮喪地道：「難道往後都只能這樣了？」

四喜拍一拍她的肩膀安慰道：「俗話話，山重水復疑無路，柳暗花明又一村。熹妃娘娘人那麼好，上天不會對她太過殘忍的。興許有一日，皇上氣消了，娘娘就又跟以前一樣得寵了。」

「希望這樣吧。」莫兒對此不抱太大希望，畢竟事情都已經過去半年了，皇上那頭一直沒消氣，也許這輩子都不會消氣了。

「好了，妳趕緊回去吧，別送了。」今夜起了霧，夜色特別濃重，即使四處燃著宮燈，也照不見多遠。

「嗯，那您路上小心。」莫兒極為自然地叮囑一句，渾不覺字裡行間透露出來的親近之意。又或者她早已習慣這樣，除了承乾宮裡的人之外，她便與四喜最是親近。

第七百五十四章　難測

望著莫兒很快沒入黑暗的背影，四喜笑著搖搖頭，連他自己都覺得很奇怪，怎麼會與這個小丫頭如此親近，甚至生出那麼一絲想與她結為菜戶的念頭。也許，這就是所謂的緣分吧。不過這種事想想就好，千萬不要太過認真，否則只會招來災禍。

四喜轉身往養心殿走去。他已經出來很久了，再不趕緊回去，萬一皇上問起來，可是不好回答。畢竟御膳房就那麼點兒路，來回怎麼著也用不了太多時間。

四喜剛走幾步，就看到前方隱隱站了兩個人影。原先只當是別處的宮人，可隨後發現那兩道人影竟是一動也不動，且最奇怪的是，他居然瞧著那身形有些眼熟？無奈夜色太暗，只是這麼一丈多的距離，就完全看不清面容。

「誰在那裡？」四喜提著宮燈走過去，在離得只有半丈時，宮燈散發的光芒終於照見那兩人的面容。

「啊！」剛一看清，四喜便忍不住驚呼一聲，手裡的宮燈一下子掉在地上，裡面蠟燭傾倒，燒著了燈罩，冒出橘紅色的火苗，令這一處為之大亮。

「奴才叩見皇上，皇上吉祥！」四喜戰戰兢兢地跪下請安。站在他後面的不是別人，正是胤禛與蘇培盛。

「你不是去御膳房了嗎？」黑暗中，胤禛面無表情地問著。

四喜自知瞞不過，趕緊磕頭請罪。「奴才該死！奴才該死！求皇上恕罪，奴才並非有意隱瞞。」

「那些點心都是熹妃送來的？」胤禛的聲音清冷一如天上弦月。剛才四喜與莫兒的對話，他一字不落地聽在耳中，再加上四喜無端跑到此處，稍一猜想便有了答案。

四喜硬著頭皮道：「是，熹妃娘娘知道皇上前陣子國事繁忙，經常不用膳，擔心皇上傷了胃，所以每日都送些點心去養心殿，又怕皇上不肯吃，便讓奴才假意說是御膳房送來的。」

胤禛眸中掠過一抹無人瞧見的複雜情緒，聲音則清冷如剛才：「四喜，你跟在朕身邊幾年，該知道何謂欺君之罪。」

四喜大驚失色，連連磕頭。「求皇上恕罪，奴才並非有意，只是熹妃娘娘一再哀求，奴才實在推脫不過，才迫於無奈答應了。」

蘇培盛默默站在胤禛身後，不論是四喜的哀求，還是胤禛的斥責，他都沒有插一句嘴，如一尊泥塑的菩薩。

「這麼說來，你是承認自己明知故犯了？」胤禛並不準備這麼輕易饒了他，聲音越發冰冷。

四喜連求饒也不敢，只是惶恐地跪著，惴惴不安地等待著胤禛發落。

可是胤禛反而沒了聲音，唯有夜風拂過樹林時沙沙的聲音，這樣的安靜令四喜更加不安，不知過了多久，終於等來胤禛再次開口——

「你見了熹妃，她怎麼說？」

四喜一怔。怎的一下子話題轉到了那上頭？他心下奇怪，嘴上卻不慢，趕緊道：「回皇上的話，熹妃娘娘得知皇上想吃點心後，已經去做了，說是過會兒就送過來。」

隨著他話音落下，周圍又變得寂靜一片，甚至於有宮人從不遠處走過，都沒有發現此處尚站著人。

四喜猶豫許久，最終還是鼓起勇氣，咬牙道：「皇上，恕奴才多嘴，熹妃娘娘當真很關心皇上，這麼多日子，每日都親自做點心給皇上。」

以四喜的身分，是不該說這些的，可是他又覺得熹妃實在可憐，這才冒著被責罰的危險說了一句。

「你確實多嘴了！」

胤禛垂目，冰冷的目光落到四喜身上，令他忍不住打了個寒顫，升起些許後悔之意，自己是否太大膽了些。

就在四喜以為自己會受罰的時候，胤禛忽地道：「朕來這裡的事情，哪個也不許說，若洩了一絲出去，新帳、舊帳一起算。」

「奴才萬萬不敢。」四喜趕緊答應，待他抬起頭來時，發現胤禛已經領著蘇培盛走出一段距離。

因為胤禛沒叫他起來，他正猶豫著是該跟上去還是繼續跪著，胤禛已經停下腳步，半回了頭，冷聲道：「還不趕緊滾過來。」

四喜心下一喜，曉得自己這次是有驚無險了，趕緊答應一聲，三步併作兩步地與蘇培盛一道跟在胤禛身後、

不論是四喜還是蘇培盛，都沒有瞧見胤禛臉上的複雜情緒以及……糾結。

胤禛第一次吃點心時，便已感覺到有些不像御膳房做出來的，只是四喜一口咬定是御膳房做的，他也沒再深究，只道是換了一個御廚。

直到今日，一直等到晚間都沒看到點心，問起四喜時，他又有些支支吾吾，不由得起了疑心。在四喜說去御膳房的時候，暗自跟出來，令他萬萬想不到的是，四喜居然來了他刻意冷落許久的承乾宮。

難道，點心是凌若所做？若真是她，她為何不直接送進去，而是要假借御膳房的名義？

他忘了自己曾下過令，不許凌若踏入養心殿，亦不許送任何與她有關的東西進

來，直至聽到四喜與莫兒的對話，才倏然想起來。

凌若……每每想到這兩個字，都令他不能平靜。除卻忙得倒頭就睡的那些日子，這個名字時不時會出現在他腦海中，揮之不去。

想見她，可是又過不去心裡那道坎。他身為九五之尊，要什麼樣的女人沒有，鈕祜祿凌若既然這般不在意他了，他又何必巴巴地去示好，也省得她恃寵生驕，往後更加得寸進尺。

如傾也好，佳慧也罷，都比她更懂事、識大體，就讓她待在宮裡好好反省，等什麼時候悔悟了再說。

在快到養心殿的時候，四喜忽的想起一事來，小聲道：「皇上，那承乾宮送來的點心還要嗎？」

不要！胤禛正要說出這兩個字，心裡忽的生出一絲不捨之意，改而道：「你只作不知，照樣拿進來。」

「嗻！」四喜低頭答應，心下卻是頗為奇怪。皇上已經知道點心是熹妃送的，怎的還要送進來，皇上不是很不喜歡熹妃嗎？

皇上的心思，真是難揣測！

第七百五十五章　對付

且說年羹堯那頭，他在等了幾日後，始終不見胤禛提及立儲一事，忍不住又遞了份摺子，這一回胤禛沒有再留中，而是當即批覆。

朱批當中，沒有任何事關立儲的言語，唯有一段論述功臣保全名節的話：凡人臣圖功易，成功難；成功易，守功難；守功易，終功難……若倚功造過，必致反恩為仇，此從來人情常有者。

年羹堯看到這份朱批時愣了一下，因為一直以來，他從胤禛那裡收到的都是誇讚溢美之詞，從未有半句斥責，更不要說這樣類似於警告的話了。

到了這個時候，年羹堯終於瞧出些許端倪，明白自己的所作所為已經招來胤禛不喜。

在被當頭潑了一盆冷水後，年羹堯收起了慣有的囂張，思索起自己與整個年家的未來。

靜思一夜，年羹堯意識到自己處境的危險，他如今就在京城中，除了城外那兩萬人馬，再無可用之兵，一旦胤禛要對付他，必然凶多吉少。眼下，唯一可以保他繼續享受榮華富貴的，就只有返回西北一途。

只要他一直牢牢掌控著西北十幾萬大軍，那麼胤禛就會投鼠忌器，不敢輕易動他。繼續待在京城中，就只有死路一條。

認清了形勢，年羹堯沒有再拖泥帶水，第二天就向胤禛請旨回西北，然胤禛的答覆卻令他如遭晴天霹靂。

胤禛竟然說前日已經下旨命岳鍾琪接替撫遠大將軍一職，趕赴西北坐鎮；至於他則留在京城，調任軍機處，與張廷玉一樣任總理大臣。

難怪這幾日他一直沒有看到岳鍾琪，原來是悄悄奉旨去了西北。

這樣的調任，看似更接近權力中心，但實際上卻是失去了西北十幾萬大軍的控制權，也失去了他的保命符。

到了這一刻，年羹堯絕望地意識到，胤禛當真是要對付自己，而且並不是這一、兩日的事，否則胤禛不會一早就安排妥當，讓自己連反抗的餘地都沒有。

可是他怎麼也想不明白，自己對胤禛一直忠心耿耿，沒有任何不軌之念，哪怕是擁立三阿哥，也並非全是私心，胤禛為何要這樣對付自己？

不論年羹堯怎麼想，他如今都已經失去了最大的保障，唯一的希望便是城外那兩萬人馬。那些精銳騎兵是他一手組建起來，費在這上面的心血與銀錢不可估量，也正因如此，那些人才完全忠於他，連皇命都有所不受，唯一的缺點就是人數少了些。

此時再後悔已是來不及了，何況年羹堯也沒想過造反，畢竟他眼下位極人臣，榮華富貴享之不盡；一旦造反，那就是將腦袋別在腰間的事，勝了自然不必多說，敗了卻是誅九族的事。

他現在只想把城外那兩萬精銳騎兵作為籌碼，保自己平安，讓胤禛不敢輕易對付自己。畢竟眼下叛亂剛剛平定，朝廷元氣大傷，需要很長一段時間來休養生息，在此期間，胤禛輕易是不會再動兵的；更何況人馬就在京郊，一旦真動起來，隨時可以攻至京城，打胤禛一個措手不及。

他唯一的要求就是回到西北，繼續任他的撫遠大將軍兼川陝總督。

只可惜，他將胤禛想得太簡單了，胤禛都已經決定動他了，又怎會沒有萬全之策，更不要說忽略城外這麼多人馬了。

當年羹堯匆匆趕到城外，想要與領將通氣的時候，意外得知允祥竟然也來了，正與領將說話。

允祥來這裡做什麼？且還是在這個時候？年羹堯帶著滿心疑惑進到裡面，只見允祥正與人談笑風生，而他對面坐著的正是這兩萬騎兵的領將，也是他一手從小卒提拔起來的心腹——丁守正。

看到年羹堯進來，允祥輕咳一聲，起身笑道：「剛與丁將軍在說年公，年公就來了，可是巧得很。」

年羹堯很清楚允祥這個人，幾十年來一直是胤禛的心腹，他的話幾乎就代表著胤禛的意見。如今他突然出現在這裡，絕不是巧合二字所能解釋的，難道是胤禛派他來的？

想到這裡，年羹堯眼中的警惕之意越發濃重，面上則打了個哈哈道：「怡親王說巧那自是巧的，只是不知怡親王紆尊降貴，來這荒郊野外做什麼？」

他一邊與允祥說著話，一邊瞟向丁守正。相較於允祥這個胤禛黨，他自然更想聽丁守正這個自己人說的話。

丁守正明白年羹堯的意思，上前道：「王爺奉皇上之令，來此犒勞軍士，另外……」他吞吐不言，面色有些不對。

「另外什麼，快說！」年羹堯瞧著不對，連忙出聲催促。

丁守正待要說話，允祥已經抬手道：「還是我來說吧。如今叛亂平定，徵調而來的左右路大軍都已經回了各自的駐地，這兩萬騎兵再留在京郊也不合適，所以皇上讓本王來此傳旨，著大軍即日啟程回西北，歸岳鍾琪麾下，聽其號令鎮守西北，以防再有人叛亂生事。」

年羹堯神色大變。胤禛這是明擺著要絕他所有的後路，他已經失去了西北大軍的控制權，再失去這兩萬精兵，在胤禛面前將再無任何可倚仗的東西。

想到這裡，他道：「本公先後平定羅布藏丹津與郭羅克之亂，將所有叛軍一掃而空，哪還會有什麼叛亂生事。」

允祥捂嘴輕咳一聲道：「即便如此，大軍也該早日回駐地，長久待在此處又算是個什麼事，年公你說是嗎？」

年羹堯皮笑肉不笑地道：「照王爺這麼說，那本公也該回去西北了。」

允祥連忙道：「年公乃是國之棟梁，如今西北平定，年公再待在那裡就太委屈了，應該留在京中輔佐皇上。至於西北，有岳將軍守著即可。」又咳幾聲，方續道：「皇上與本王都知道年公帶了一輩子的兵，尤其是丁將軍手下這兩萬騎兵，聽聞乃是年公一手組建的，裝備優良、勇猛果敢，屢屢立下戰功。驟然分開，難免有所不捨，但年公當曉得這世間沒有不散的宴席，更應該曉得國法、軍令，大軍長久滯留在此處，於情不合，於理也不合。」說到後面，他已經帶上了警告之意。

第七百五十六章　奪權

「哼，別拿大帽子來壓本公，本公征戰沙場的時候，你還不知道在哪裡哭哭啼啼呢！」允祥這一通話，令年羹堯心情更差勁，連帶著說話也不客氣。

丁守正聽著不對，想要提醒年羹堯，卻礙於允祥在場，不好多說，只是不住地朝年羹堯使眼色。不管怎麼說，怡親王現在都代表著皇上，對他不客氣就是對皇上不敬，萬一傳到皇上耳中，豈非麻煩。

年羹堯自是瞧見他的眼色，卻渾然不在意。自己為胤禛出生入死幾十年，征戰無數，所有一切都是真刀真槍掙出來的。至於允祥，不過好命的是皇子，又恰好站在胤禛這一邊罷了，想要對他頤指氣使？哼，哪怕他現在今時不同往日了，也休想！

允祥倒是絲毫不動氣，反倒還笑道：「本王自然比不得年公立下汗馬功勞無數，但是……年公立功，皇上不也按功封賞了年公嗎？縱觀本朝，哪個又比得了年公這般風光，如今皇上更是讓你入軍機處，總理朝政。」

年羹堯冷哼一聲道：「這些話不必說了，總之大軍尚未休整完畢，不能前往西北，待過一陣子再說。」

允祥見他如此冥頑不靈，面色不由得漸漸沉了下來。「年公，皇上以國士之禮待你，你也當以忠君之心報皇上。做人還是不要太過分得好。」

「本公過分？」年羹堯聲音一冷，如平地颳起的寒風。「若沒有本公替皇上拚死拚活，皇上能穩坐皇位嗎？你能在本公面前耀武揚威嗎？」

「想不到年公年紀不大，人卻已糊塗至此，居然說出這樣大逆不道的話來。」允祥微一搖頭道：「總之皇上聖旨已下，大軍必須即刻啟程，不得再耽誤。」

「不行！」年羹堯斷然否決，與允祥幾乎等於撕破了臉。若現在任由大軍離去，他將再無可用籌碼。

允祥曉得此行不會順利，卻沒想到年羹堯這般過分，當下道：「年公這是準備抗旨嗎？」

年羹堯揚一揚粗眉，硬聲道：「年某是大清的奴才，是皇上的奴才，如何敢不遵聖命？但是就如年某所說，大軍尚未休整完畢，不宜過早動身，還是再停留幾日為好，再說皇上也不必急於這麼幾日。」

「皇上要大軍即刻動身，自有他的意思，年公如今已經不是西北統帥、撫遠大將軍，如此干預地方軍務，可是有所不妥。」允祥依然輕聲淡言，然眸中的冷意卻不比年羹堯少半分。

「你不必再多費口舌，總之本公說了不行就是不行。」年羹堯心煩意亂，根本理不出一個好的頭緒來，只知想要保住眼前的一切，就必須得留住這兩萬人馬，一個都不許放走。

「既然年公不聽勸，那本王也沒什麼好說的了。」隨著這句話落下，允祥從袖中取出一卷明黃錦書，盯著丁守正道：「副將丁守正聽旨。」

丁守正為難地看了年羹堯一眼，到底不敢抗旨，跪下低聲道：「末將丁守正聽旨。」

「奉天承運皇帝，詔曰：著副將丁守正即日率領大軍回西北聽任撫遠大將軍岳鍾琪指揮，不得延誤，欽此。」允祥依旨唸完，將聖旨放到丁守正面前，雖不說話，意思卻昭然若揭。若不接旨，丁守正便是死路一條。

在自身以及兩萬士兵的生死面前，丁守正無奈地伸手接過，磕頭道：「末將領旨，萬歲萬歲萬萬歲！」

年羹堯看著一幕，臉都綠了，既恨胤禛不留餘地，更恨丁守正貪生怕死，枉他對其百般提攜，讓其不過而立之年，便已成為從二品副將。

允祥瞥了年羹堯一眼，緩笑道：「既然丁將軍已經領旨，那本王就不多待了，希望明日之前，大軍已經離開京郊。」

「恭送王爺。」丁守正連忙躬身施禮。

至於年羹堯只作未見，允祥也不計較，自顧離去。

允祥剛一走出軍帳，便聽到後面傳來年羹堯喝罵丁守正的聲音，笑意不禁染上一層諷刺。年羹堯到如今還看不清形勢，真是枉活了這幾十年。他相信丁守正一定會做出正確的決定，但如果丁守正與年羹堯一道犯渾，他也不在意，豐臺大營就在暗處守著，只要他們一有異動，立刻便可圍剿；而且左右路大軍也不曾真的回到駐地，在距離京城兩百餘里的地方紮營，隨時可以調集。

這道後手，足以讓年羹堯萬劫不復。唯一遺憾的就是若真走到這一步，免不了又要有所傷亡，這是他與胤禛都不願見的。

「姓丁的，這十來年，本公自問待你不薄，你就是這樣回報本公的？」允祥前腳剛走，年羹堯已經迫不及待地指責起丁守正來。

丁守正大感冤枉，道：「大將軍，您誤會了，您對末將的知遇提攜之恩，末將從未有一刻忘記。」年羹堯雖已不任西北大將軍一職，但軍中之人大多慣於這般稱呼。

年羹堯面色稍緩，但仍是疾言道：「既然如此，你為什麼要答應他們領軍回西北，置本公於不顧？」

丁守正道：「末將亦是沒辦法，皇上聖旨已下，若末將不遵便是抗旨。如果只是末將一人也罷了，可事關兩萬多將士的生死，末將實在沒有選擇。」

年羹堯對他的回答甚是不滿。「哼，一派狡辯之詞，若你真不遵，允祥他也拿你沒辦法，分明是你膽小怕事。」

丁守正唯唯應著不敢多言，待年羹堯瞧著沒那麼生氣了，方才小聲道：「大將軍，其實末將有些不明白，您為何執意要讓大軍留在京郊？」

年羹堯哼一聲，走到主位坐下道：「皇上聽信讒言，眼見戰事平定就要削本公兵權，讓本公聽他擺布。什麼軍機大臣，說得好聽，不過是空架子罷了，本公一定要回西北，而這兩萬大軍，就是本公與皇上討價還價的籌碼。」

丁守正解開疑惑的同時也略感心寒。大將軍竟然想要脅皇上，這……這豈不是等於造反嗎？

沒等丁守正說話，年羹堯已經不容置疑地道：「總之你聽本公的話，給本公牢牢守在這裡，不管皇帝下多少道聖旨，都不許離開半步，直至本公談妥為止。」

第七百五十七章　逼迫

丁守正低著頭，面色變幻不止。他明白年羹堯的意思，可是真要這樣做嗎？年羹堯對他有知遇之恩，若僅是他一人，權當還了這份恩情，可是還有那兩萬將士，如何忍心將他們全部送上斷頭臺？

年羹堯等了半天不見丁守正回答，不禁問：「守正，你在想什麼？」

丁守正想了許久，終於有了決定，咬牙猛朝年羹堯跪下道：「請大將軍恕末將之罪。」

「怎麼了？」年羹堯心裡浮起不祥的預感。

「末將不能遵從大將軍之命，今夜末將就會帶大軍離開京郊。」丁守正艱難地說著。若非為了底下兩萬軍士著想，他是絕對不會做出這等背信棄義之事。

「什麼！」在短暫的詫異過後，年羹堯臉上滿是猙獰之色，盯著丁守正的目光像是要把他吃掉一般。片刻後，他猛地揪起丁守正，陰聲道：「你再說一遍！」

丁守正被他揪緊領口，呼吸有些不暢，憋紅了臉重複剛才的話：「末將不能遵大將軍之命，今夜——」

不等他說完，年羹堯已狠狠將他摜在地上，大怒道：「混帳！你忘了本公這些年是怎麼待你的嗎？忘了你是怎麼做到這個副將的嗎？好啊，現在你翅膀硬了，又見本公落魄了，就敢不聽本公的話了，該死！」

丁守正沒想到年羹堯反應這麼大，捂著摔疼的胸口道：「大將軍，您聽末將說，末將這麼做也是為您好……」

年羹堯走過去，用力一腳踹在他正疼著的胸口上，冷然道：「你若還認本公這個大將軍，就乖乖留在這裡，否則什麼也不用說。為本公好？哼，真虧得你有臉說出口。」

丁守正好半天才緩過氣來，忍痛道：「大將軍，末將說的都是真的，縱使這兩萬軍士留在這裡，又能起什麼用？皇上執掌天下，咱們怎麼能跟他對抗？再者，京城還有豐臺大營與步兵衙門，兵力數倍於咱們，末將相信怡親王肯定已經做了萬全的準備，咱們根本沒有贏的機會。」

「不用你教訓本公！」年羹堯憤然道：「豐臺大營如何，步兵衙門又如何，不過是一群庸兵，如何能與本公這支久經沙場的大軍相提並論？只有你這種無膽鼠輩才會懼怕他們，枉本公一直這麼信任你！」

他越說越氣，上前一把抽出丁守正腰間的鋼刀，在半空中劃過一道森寒的痕跡，抵在丁守正脖間，鋒利的刀刃只是輕輕碰觸皮膚，便劃出一道血痕來，令空氣中多了一絲血腥氣。

「丁守正，本公再給你最後一次機會，好生守在這裡聽本公吩咐，否則本公現在就送你去見閻羅王！」

丁守正看也不看脖上的鋼刀，只是痛心地道：「大將軍，您不能一錯再錯，這樣下去，就真的回不了頭了。」

暴戾之色在年羹堯眉間浮現，右手一緊，將刀往前遞了幾分，有猩紅的鮮血順著刀刃流下來。「回不回得了頭是本公的事，你只要聽命行事就好！」

年羹堯的執迷不悟令丁守正失望不已，啞聲道：「大將軍一心只想著自己，可曾替外面的兩萬士兵想過？他們都是有家有妻兒的人，拚死殺敵，就是為了保家衛國，讓家人好過一些。若是死在沙場上，至少朝廷還會給一筆恩恤金；可若是跟著您與皇上作對，就什麼都沒有了，哪怕死也是罪有應得，沒人會可憐他們，朝廷也不會撥下半兩銀子。」

年羹堯哪裡聽得進這些，憤然道：「他們跟著本公這些年，本公何曾虧待過他們？銀子，更是頭一份的優厚，這次本公還在皇上面前替他們力爭了更多的賞銀。養兵千日，用在一時，本公現在要他們賣命那是理所當然的，若是死了，那也是他們的命數！」

「大將軍，您怎麼能這樣說，他們可都是跟著咱們出生入死的好兄弟啊，有些甚至還救過您我的命。」丁守正聽得一陣陣寒心，不敢相信年羹堯居然說出這樣冷酷無情的話來。

「別在那裡廢話了，說，究竟留還是不留？」年羹堯猙獰地問著。

丁守正默然看著他，良久忽的扯了嘴角，露出一絲嘲諷的笑容。「終於知道皇上為什麼要卸大將軍的兵權了，因為大將軍太過自以為是，什麼事都以自己為中心，只為自己考慮，根本不在乎別人的生死。您惜命，別人同樣惜命，我不會留下來的！」

「好！好！好！」年羹堯連說三個好字，面目猙獰猶如地獄來的惡鬼，掄動手裡的鋼刀，狠狠朝丁守正砍去。既然他不肯留下，那麼就由自己接管大軍，隨軍回到西北，只要到了那裡，憑藉自己多年經營下來的人脈，就算沒有朝廷任命，也照樣可以執掌西北。至於岳鍾琪，不過是一個跳梁小丑，以為討了皇帝的好就可以取而代之，簡直是發夢。

眼見鋼刀落下，丁守正連忙就是一個翻滾，險險擦著刀鋒避過，隨後趁年羹堯還沒揮刀之際，趕緊奔出軍帳，大聲道：「快來人！有人行刺本將軍！」

巡邏的將士一聽到這話，立馬奔過來，將丁守正團團圍在中心，警惕地看著軍帳。待發現拿刀奔出來的那人竟然是年羹堯，他們頓時有些反應不過來。

大將軍刺殺丁將軍，這怎麼可能？

其中一個頭領模樣的，朝年羹堯拱手行禮，小心道：「大將軍，出什麼事了？」

見自己在軍中威信猶存，年羹堯心下微定，厲聲喝道：「都給本公退開，本公今日要除了這個謀逆之人！」

謀逆？眾軍士更加摸不著頭腦了。丁將軍怎麼會謀逆，再說，就算真要處置，也該經三司會審再定罪啊，哪有這樣直接殺了了事的。

不等他們再問，丁守正亦大聲道：「不要聽他胡說，是年羹堯意圖謀反，想讓我等替他賣命，我不同意，他便要殺我！」

此言一出，所有將士頓時譁然，皆用不敢置信的目光看著年羹堯，之後則是陷入了長久的靜默。

第七百五十八章　眾叛

謀反——那可不是鬧著玩的，他們如今好不容易能過幾天安生日子，又要將腦袋別在腰上，且還是與朝廷作對，想想便有些不情願。就算這些年在年羹堯麾下，餉銀豐厚，但同樣也是他們拿命換來的，並沒有欠年羹堯什麼。

再退一步說，他們才兩萬人，能成什麼事？根本就是飛蛾撲火，以卵擊石。

這樣想著，他們不自覺地將丁守正圍得更緊。這樣微小的動作並未逃過年羹堯的眼睛，厲聲道：「你們這是做什麼，寧願相信他也不相信本公嗎？還不趕緊將他抓起來！」

過了許久，方有一個領將小聲道：「大將軍，丁將軍是末將等人上官，請恕末將不能從命。」

年羹堯又驚又氣，半晌說不出話來。餘下的人雖然沒說話，但顯然也是這個意思。「連你們也不聽本公的話了？」

眾人低頭不語。這樣的場景，令年羹堯心涼了半截，竟然連他最倚重的這群人也不能相信嗎？一個個皆是貪生怕死之輩！

丁守正對年羹堯已是徹底失望，也不在乎與他撕破臉皮了，道：「大將軍，我等受朝廷俸祿，需得聽朝廷之命辦事，還請您莫要再為難我等。」

年羹堯何曾受過這樣的氣，又見事情難以挽回，將刀一擲，怒罵道：「好！算本公瞎了眼，養出你們這群忘恩負義的東西！」

扔下這句話，年羹堯憤然跨上馬離去，他不住地揮動馬鞭，讓馬兒飛馳在荒郊中，藉此發洩心中的怒意還有……失落。

一呼百應、意氣風發的日子，一夕間成了再也回不去的過往，只能於夢中回憶往日的崢嶸歲月。

當夜，丁守正率兩萬大軍離開京郊往西北行去。在他拔營離開一百里後，一直埋伏在暗處的豐臺大營悄然撤去，守在兩百里外的左右路大軍亦收到離去的命令。

這一切都在暗中進行，無人知曉。

至於年羹堯，在回到輔國公府後，把自己關在房中整整一夜。他想了很多，也認清了很多，如今的自己已經沒有了與胤禛抗衡的資本，想要平安度日，便只能收斂性子，安分守己，同時設法消去胤禛對自己的不滿。

他相信天無絕人之路，胤禛再怎樣，都會念著素言與弘晟，不會對自己太過分。只要給自己時間，就算沒有軍權，一樣可以在朝中扎穩根基，就像是在西北那時一樣。

年羹堯想得很好，可是事實卻並非他所想的那樣，不論他怎樣謹慎，胤禛總能挑出錯來。譬如他參奏曾與他有過節的陝西驛道使金南瑛，胤禛就說他這是以公報私，不予准奏。

在連番遭到胤禛的申斥後，年羹堯越發覺得自己孤立無援，也越發的害怕，一日進宮時，與年氏說了此事，讓她在胤禛面前多幫自己說些好話。

親哥哥的事，年氏自然義不容辭，可是胤禛以一句「後宮不得干政」堵了她所有的話，根本不允許她替年羹堯求情。而在此之後，胤禛召見年氏的次數銳減，更不要說踏足翊坤宮。這樣的變化，令享慣了胤禛盛寵的年氏驚慌不安，無所適從。

年氏已經開始意識到不好了，但如今的她尚想不到，真正等待著自己與年家的命運會是什麼。一切，才剛剛開始。

「年氏的好日子要到頭了。」這是瓜爾佳氏去看凌若時說的第一句話。

凌若凝望著外頭刺目的驕陽，緩緩道：「年氏的好日子太久了，相信宮中有許多人都已等得不耐煩了。」

瓜爾佳氏輕輕一笑道：「頭一個可不就是皇后嗎？這段日子她可沒少受年氏的氣，只是……」笑容突然一黯，有些無奈地道：「年氏一倒，這宮中可再沒有人能遏制皇后了。」

「從來就沒人遏制得了皇后，聽說近日，皇上雖然沒有在坤寧宮過夜，卻常去那裡坐坐。」凌若命人將那幅江山萬里的繡圖搬下去，繡了這麼久，才只完成十分之一。

「看來慧貴人在皇上面前很說得上話。」瓜爾佳氏嗤笑一聲，轉了話道：「若兒，我問妳，妳準備與皇上冷戰到什麼時候？」

「冷戰？」凌若柳眉微挑，旋即搖頭道：「姊姊妳太看得起我了，我如何有資格與皇上冷戰，失寵便是失寵。」

「別說這些負氣的話，只要妳肯多用些心思，皇上一定會回心轉意的。」瓜爾佳氏輕斥她一句，又道：「還有啊，難道妳真準備在這冷冷清清的承乾宮過完下半輩子？」

「有何不好嗎？」

凌若剛說了一句，瓜爾佳氏便道：「當然不好，瞧瞧這都六月的天了，內務府還推三阻四地沒把冰送來，說什麼不夠用，還不是看妳如今不得聖寵，所以就變著法子剋扣。」

見凌若低頭不語，她嘆了口氣道：「若兒，人生在世，不如意之事十之八九，妳得學著去邁過才行。我知道妳心裡對皇上還有氣，可他是皇上，不論他做什麼都是對的。從來只有咱們去討好他的理，哪有他來討好咱們的理，妳說是不是？」

「姊姊說的我都知道，只是皇上如今連我面都不願見，就算想討好也沒法子，還是等過一陣子再說吧。」

瓜爾佳氏哪會聽不出她的推脫之意，有些恨鐵不成鋼地道：「妳啊，再這樣下去，小心慧貴人她們爬到妳頭上去。我瞧著那幾人都不簡單，就連那個平常不聲不響的劉氏也頗有心機，雖恩寵不及舒穆祿氏，皇上卻每月總有幾日翻她的牌子。」

經瓜爾佳氏這麼一提，凌若才想起來，劉氏彷彿是一個很安靜的女子，雖有著與溫如傾不相伯仲的美貌，卻甚少說話，猶如一朵安靜開放的水仙花。

也正是由於太安靜，再加上溫如傾等人頗為奪目，使得宮中注意到她的人並不多，若非瓜爾佳氏提及，凌若幾乎都要忘了這個人。

「想在宮裡生存下去，有心機是好事，我倒是比較擔心如傾，她性情直爽、嬌憨可愛，雖眼下頗得聖寵，但君心難測，誰也不曉得什麼時候，會因為一句話而失了君心。」關於這一點，凌若感觸最深。幾起幾落，始終還是沒能揣測明白，以至於落得如今這樣。

第七百五十九章　風雲初起

瓜爾佳氏斷然搖頭道：「不會的，皇上身邊正缺像如傾這樣敢說真話的人，即便偶爾有什麼小錯，也會寬容相待。只看她如今能與舒穆祿氏平分秋色就知道了。妳啊，還是多擔心擔心自己吧，真是皇帝不急，急死太監。也不知我是否上輩子欠了妳的。」

雖然瓜爾佳氏後面的語氣不太好，凌若聽著卻心裡暖暖的，拉了瓜爾佳氏的手道：「我知道姊姊關心我，能與姊姊結為金蘭，是我此生最大的幸事。」

「知道就好。」瓜爾佳氏斜睨她一眼，自己忍不住笑了起來，旋即道：「有空嗎？有空便隨我去瞧瞧溫姊姊，有陣子沒見著她了。還有妳這裡，坐一會兒便熱出一身汗來，虧妳能待得住。晚些我讓人送幾塊冰過來，不許不要，否則我可要生氣了。」

凌若難得玩笑道：「姊姊有命，怎敢不從。」

「妳啊，少在我面前貧嘴。」這樣說著，瓜爾佳氏站起來，拉了凌若的手待要出去，忽見水秀慌慌張張地跑進來，附在凌若耳邊說了句什麼。

她聲音很輕，瓜爾佳氏未能聽清，卻看到凌若的臉色明顯變了一下，忙問：「出什麼事了？」

「是三阿哥，水秀剛才出去的時候，看到翊坤宮那邊亂成一團，許多太醫都去了。一問之下，方知三阿哥不知怎麼一回事，突然倒在地上面色發黑、口吐白沫，那模樣嚇人得很，年氏把所有太醫都叫了去，聽說情況不容樂觀。」

「面色發黑、口吐白沫。」瓜爾佳氏低低重複一句，驟然抬頭。「這彷彿像是中毒之症？」

凌若面色凝重地道：「我猜也是，只是何人這麼大膽，竟然敢向當朝阿哥投毒，被查出來，可不是一命抵一命就能了結的事。」

瓜爾佳氏頷首道：「不過年氏與她兄長一樣跋扈，不將其他人放在眼中，記恨她的人比比皆是。聽聞前陣子還處死了幾個宮女，有人恨得下毒也不是不可能的事。」歎一歎，她又道：「隨他怎樣吧，翊坤宮的事與咱們無關，咱們也管不著。」

凌若暗自搖頭。不論年氏有怎樣的錯，三阿哥終歸是無辜的，若是將對年氏的恨報復在三阿哥身上，不免有些殘忍。

瓜爾佳氏曉得凌若心腸軟，定然是在同情三阿哥了，遂一拉她道：「別想這些了，走吧。至於翊坤宮那邊，妳要是實在放心不下，就讓水秀去盯著，一有消息就過來通稟，畢竟妳我現在可不方便去翊坤宮。」
「也只好這樣了。」凌若吩咐了水秀後，又有些不放心地道：「這事暫時不要告訴弘曆，他若回來了，妳便傳我的話，讓他待在宮中溫書，莫要出去。」
她知道弘曆與弘晟關係甚好，一旦知道弘晟出事，弘曆肯定會跑去翊坤宮。可這種形勢下，不論她還是弘曆都不適合過去，所以還是瞞住更好一些。
待水秀一一記下後，她方才隨瓜爾佳氏離去。就在水秀準備前往翊坤宮的時候，訝然發現弘曆不知何時站在自己身後。
不等她說話，弘曆已經急促地問：「水秀姑姑，是不是三哥出事了？妳快告訴我！」他來的時間不久，只隱約聽到弘晟出事，但這樣已經足夠讓他擔心了，迫不及待想要問清楚整件事。
水秀記著剛才凌若的話，故作不解道：「三阿哥能出什麼事，自是好好待在翊坤宮中。」
弘曆一臉懷疑地道：「水秀姑姑，妳莫要騙我，我明明聽額娘她們在說三哥的事，還說什麼太醫都過去了。」
「那……那是四阿哥聽岔了，三阿哥真的沒事。」水秀目光閃爍地回了一句，怕弘曆揪著不放，趕緊轉過話題道：「四阿哥，您餓不餓，奴婢給您去做碗燕窩羹來可好？」
弘曆根本不相信她的話，搖頭往後退了一步道：「不，肯定是三哥出事了，妳要是不告訴我，我就自己去翊坤宮。」
水秀大驚失色，忙不迭拉住弘曆道：「不行，四阿哥您萬萬不能過去。」
「不讓我去，就告訴我三哥究竟出了什麼事！」弘曆衝水秀大聲喊著。
「可是……」水秀記著凌若之前的吩咐，此事是萬萬不能讓四阿哥知道的啊，她到底該怎麼辦。
看著水秀的樣子，弘曆猜到她的顧忌，畢竟剛才凌若的吩咐他也聽到了，當下冷著臉道：「水秀姑姑，妳若不說，我便自己去翊坤宮，憑妳是不可能攔住我的。」
水秀也知道他說的是實情，萬般無奈之下，只得將實情相告。
「什麼？三哥可能中毒了？」弘曆剛一聽完便待不住了，掙開水秀的手道：「不行，我要去看三哥！」
「四阿哥，您不能去！」水秀急得不得了，再次握住他道：「主子千叮嚀、萬囑咐，說不能讓您過去，再說您又不是太醫，就算去了也無濟於事啊！」
「妳別管我，總之我一定要去！」弘曆根本聽不進她的勸說。雖然這段時間除了上課之外就沒怎麼與弘晟見過面，但那份兄弟情卻並未因此消退半分。
「四阿哥，年貴妃可是一直都不喜歡您與三阿哥往來的，若您貿然前去，萬一鬧出事來可怎麼辦？」水秀勸了半晌，見弘曆不肯聽，又道：「不若您在這裡等著，奴婢去翊坤宮打探消息，一有什麼事就立刻來向您稟報。」
弘曆猶豫了一下，終是道：「好吧，我不進翊坤宮，不過我要與妳一道去那邊。」

水秀知道弘曆這麼說已經算是讓了一大步，遂點頭同意他的要求，同去翊坤宮。

到了那邊，外頭已經沒什麼人了，不過遠遠看過去，翊坤宮裡卻是人影幢幢。水秀往守門的小太監手中塞了些碎銀子，小聲道：「公公，裡頭怎麼樣了，三阿哥可還好？」

小太監掂了掂銀子道：「齊太醫、柳太醫他們都進去了，一直沒出來過。至於三阿哥怎樣，我不知道。不過剛才徐公公出去過，往養心殿的方向去了，有可能是去請皇上了。」

第七百六十章　慢性毒

弘曆在一旁道：「這位公公，能麻煩你去裡面看看嗎？」

小太監打了個千兒道：「四阿哥這可是為難奴才們了，奴才只是負責看守宮門，哪有資格進內殿啊。您若是想進去，奴才倒是可以為您通傳一聲，至於許不許進就要看娘娘的意思了。」

不等弘曆接話，水秀已經連連搖手道：「不必麻煩，四阿哥不進去。」

弘曆沒有堅持，然望向宮門內的目光卻充滿了擔憂。三哥，你到底怎麼樣了？可千萬不要有事啊。

翊坤宮內，年氏緊張地注視著躺在床上、面色發黑的弘晟，鄧太醫正替他把脈，餘下數位太醫則聚在一起討論著弘晟此刻的情況。

她到現在還是一頭霧水。今兒個中午，弘晟正陪她用膳，突然一下子人就摔在地上，面色發黑、口吐白沫，當場就把她嚇壞了，趕緊命人去請太醫。在等太醫來的那會兒工夫，弘晟還發生了一次抽搐。

好不容易等到齊太醫收回手，年氏趕緊問：「怎麼樣了，弘晟到底是什麼病？」

齊太醫先自隨身藥箱中取出一藥丸放到弘晟舌下，隨後才道：「回娘娘的話，據微臣診脈所得，三阿哥不是生病，而是中毒。」

他的話得到其餘太醫的認同，他們比齊太醫來得早，皆已診過脈，發現不論脈象還是表現出的症狀都是中毒。不過之前齊太醫沒診，他們也不敢隨意說出口。

「中毒？」年氏駭然大驚，隨後又搖頭道：「不可能，本宮與弘晟吃的都是一樣的，若是中毒，本宮又怎麼可能一點兒事都沒有？」

「娘娘誤會了，三阿哥身上的毒並不是今日才中的。」齊太醫此話一出，年氏臉上的驚意頓時又重了幾分，迭聲追問他究竟是何意思。

齊太醫先與幾位太醫磋商了一番後，方才斟酌著道：「據微臣等人診斷所得，三阿哥所中的是一種慢性毒，並非一日、兩日之事，雖不能確認，但時日絕不會少於數月。」

年氏驚怒不已。「你是說，一直有人在給弘晟下毒？」

齊太醫等人默認她的話，這個認知讓年氏面色鐵青一片，那目光更像是要噬人一般。竟然有人敢害弘晟，若讓她查出來，定讓他求生不得、求死不能！不過現在當務之急，是趕緊替弘晟解毒。

豈料當她這麼說時，齊太醫竟然面露難色，支吾半天才道：「請娘娘恕罪，三阿哥身上的毒，微臣等人一時尚且解不了，剛才那粒藥丸只能暫緩毒性發作。」

「你說什麼！」一聽這話，年氏頓時為之色變。

齊太醫苦著一張老臉道：「三阿哥體內的毒並不像普通毒物那樣單一，乃是由數種毒物共同組成，所以微臣實在不知……」

「不知什麼！」年氏厲聲打斷他的話，指著躺在床上昏迷不醒的弘晟，道：「本宮不想聽你解釋，只要你立刻解弘晟身上的毒！」

見年氏發怒，齊太醫等人連忙跪下。「請娘娘息怒，若不能知道三阿哥中的是哪幾種毒，微臣等人實不敢下藥，否則反而會加劇毒性的蔓延。」

「不知道就趕緊給本宮查，若是救不了弘晟，本宮要你們都陪葬！」看著黑壓壓跪了一地的太醫，年氏心裡說不出的慌亂。

齊太醫正要說話，床上的弘晟忽的發出含糊的聲音，負責照顧弘晟的小多子驚喜地道：「主子，三阿哥醒了！」

年氏一聽這話，趕緊奔到床邊，果然見到弘晟半睜著眼，趕緊問：「弘晟，告訴額娘，你哪裡不舒服？」

弘晟臉色青黑得可怕，尤其是眉心與嘴唇，他費力地蠕動著嘴唇：「額娘，兒臣……兒臣覺得好痛。」

「痛？哪裡痛？」看到弘晟渾身冒冷汗的樣子，年氏心痛如絞，恨不能中毒的那人是自己。

弘晟喘息著道：「哪裡……哪裡都痛，額娘，救我！」

年氏用力握住弘晟的手，落淚道：「放心，額娘一定會讓太醫救你，你先忍著些，會沒事的。弘晟，弘晟你聽到沒有？不要睡著。」看到弘晟眼睛漸漸闔起，她心中升起強烈的不安，大聲喚著弘晟的名字，唯恐他會就此一睡不起。

她已經失去了一個兒子，絕對不能再失去等同於她性命的弘晟。

聽著年氏的聲音，弘晟眼睛勉強又睜開一條縫，然渾身的痛令他分不出力氣說話，只能動了一下被年氏握在掌心的手指。

年氏將目光從弘晟身上移開，見一眾太醫還跪在地上，氣不打一處來，怒道：「淨跪著做什麼，還不趕緊想辦法替三阿哥解毒！虧得一個個平常自詡醫術高超，到了緊要關頭皆是一群廢物！」

齊太醫在心裡苦笑一聲，無奈地道：「微臣等人一定盡力而為。」

正當齊太醫等人商量著該怎麼查出弘晟體內的毒時，胤禛到了，後面還跟著溫如傾。不等眾人行禮，他已經焦急地道：「弘晟出什麼事了？」

胤禛原本去看了溫如傾，豈料剛坐了一會兒就有宮人來回稟說弘晟出事，他來不及細問，連忙趕了過來。雖說不待見年氏一族，但弘晟是他的親生兒子，血脈相連。

「皇上……」年氏剛說了兩個字，便忍不住落淚，向來強勢的她竟有些弱不禁風的感覺。

看到她這樣，胤禛也不禁動了惻隱之心，擺擺手道：「先別哭了，快告訴朕到底是怎麼一回事，弘晟無緣無故怎麼就出事了？」

一說到這個，年氏臉上浮起無盡的戾氣，恨恨道：「不是無緣無故，是有人下毒，有人蓄意要害弘晟！」

「啊！」溫如傾第一個驚呼出聲，迭聲道：「這不可能，哪個如此大膽，竟敢謀害三阿哥，除非他不要命了。」

「這世間不要命的人又豈在少數。」年氏森然回了一句，對同樣驚詫的胤禛哭訴：「皇上，太醫已經證實了弘晟是中毒，且此毒蟄伏在他體內已經很長時間，直至今日方才發作。皇上，這宮裡頭有人要害弘晟，他可是您的親生兒了，您一定要替他做主啊！」

第七百六十一章　驗毒

胤禛忍著心下的驚怒道：「朕知道，不過眼下最重要的是救弘晟。齊太醫、柳太醫！」

「微臣在。」隨著他的話，齊太醫與柳太醫趕緊上前行禮。在胤禛的詢問下，兩人將剛才的話又重新說了一遍，隨後更是道：「微臣等人剛才商議過後，覺著要救三阿哥就一定要弄清楚他中的是哪幾種毒，所以微臣等人想了一個法子……」後面的話他似有些猶豫，並未馬上說出口。

「是什麼？」胤禛不耐煩地問道。

旁邊的溫如傾更是道：「是啊，二位太醫，如今人命關天，有什麼話但說無妨，皇上不會責怪你們的。」

齊太醫與柳太醫對望一眼，咬牙道：「這個法子就是放血驗毒。」在年氏悚然而變的臉色中，道：「如今三阿哥體內血液全部流動著劇毒，是以要知道毒素成分，最直接的辦法就是分析其血液。」

「那你們需要多少血液？」年氏緊張地問著，深恐要的血太多，會傷了弘晟身子，他本就已經中毒了，再放血，豈非毒上加傷？

「這個微臣也說不準，若運氣好，幾次便可試出毒物；若運氣不好……」齊太醫沒說下去，但意思不言而喻。

「就沒有別的辦法了嗎？」說到放血，胤禛也覺得有些危險。

「這是唯一的辦法了，不知道所中何毒，就無法配製解藥，而且必須盡快進行。三阿哥體內的毒隨時都有可能爆發，到時候，就算華佗再世，也回天乏術。」

齊太醫話音剛落，柳太醫便接上來道：「另外，微臣等人想查探一下三阿哥平日進食之物，或許可以從中發現毒物的存在，這樣對確認三阿哥體內的毒也有所幫助。」

「皇上，怎麼辦？」年氏握著胤禛的手臂，慌張地問著。事關弘晟，平日果決的她完全失了冷靜，變得六神無主。

「妳先別急。」胤禛安慰她一句，沉思片刻，沉聲道：「就按齊太醫說的辦，放血驗毒，一定要救三阿哥。」

齊太醫聞言，精神一振，忙道：「微臣一定會盡力而為！」

隨著這句話，一切皆定了下來，齊太醫與幾位太醫準備放血驗毒要用的東西，柳太醫則負責檢查弘晟平日的進食。

當年氏看到齊太醫用一把銀刀割破弘晟手指，用力擠出黑色的血時，差點沒暈過去。齊太醫在弘晟手臂上插了一根銀針，令得他的傷口一直往下滴著血。

每次滴到差不多小半杯血時，另幾位太醫便會端去與宮人從御藥房搬來的種種具有解毒功效的草藥相混合，隨後倒入另一個純銀製成的杯盞中，若杯盞沒變黑就表示草藥有效，反之則表明毒血沒有被中和。

只可惜，連試四次，銀杯都無一例外地變黑，而弘晟青黑的臉色也因不斷放血而摻上一絲慘白之色。

有宮人端上椅子，胤禛瞧也不瞧，只一味盯著太醫手中的動作，在銀杯第五次依然變黑後，忍不住道：「到底怎麼樣了？」

齊太醫抹了把額上急出的汗，惶恐地道：「微臣已經將最能解毒的幾種草藥一一混合，可是對三阿哥體內的毒全然無效。此毒詭異至極，這一時半會兒只怕無法解開。」

年氏看著不斷從弘晟指尖流出的血，早就心痛得不得了，只是為了救治弘晟，才強行忍耐。如今聽得齊太醫這話，她哪裡還忍得住，怒喝道：「說能救弘晟的人是你，現在說沒辦法的人也是你！姓齊的，你是在戲弄皇上與本宮嗎？」

齊太醫慌忙跪在地上，一句話也不敢說。

還是溫如傾勸道：「娘娘暫息雷霆之怒，三阿哥中毒，咱們所有人都憂心如焚，臣妾相信齊太醫他們已經盡力了，只是還需要時間，您再耐心一些，也許下一次就成功了。」

因為溫如言的關係，年氏素來討厭溫如傾，眼下對她的話自是半點也聽不進去，冷哼道：「妳說得輕巧，沒看到弘晟流出來的血嗎？再這樣下去，就算毒解了，弘晟也得流血而亡。」

胤禛皺一皺眉頭，瞥了一眼滿臉委屈的溫如傾，不悅地道：「素言，如傾並非這個意思，她也是一番好心。」

「可臣妾說的也是實情！皇上，不能再由著太醫放血了，弘晟……弘晟他都快撐不住了。」年氏忍不住哀哀哭了起來。母子連心，看著弘晟痛苦的樣子，她寧可受苦的那人是自己。

胤禛重重嘆了口氣，不知說什麼好，抬步走到床邊，只見弘晟雙眼微開，眼珠子無力地轉動著。他似乎看到胤禛，紫黑色的嘴唇輕輕動了一下，眼睛也睜得更大了一些。

胤禛見狀，連忙走得更近一些。「弘晟，皇阿瑪在這裡，你忍著些啊，齊太醫是國手，他一定會有辦法救你。」

弘晟費力地蠕動著嘴脣，似想說什麼，但聲音太輕。胤禛將耳朵附在他脣邊，聽了許久方才聽清楚，只有一個字——痛。

隨著這個字，弘晟眼角無聲地流下一滴淚，這個樣子看得胤禛心痛不已，伸手撫去他淚痕。令胤禛感到驚訝的是，手指在碰到弘晟的眼淚時，竟有一種刺痛感，他原先只道是錯覺，但手指持續傳來的痛意讓他意識到這是真的。

胤禛連忙將此事說與齊太醫聽，齊太醫亦是一臉驚訝，過來仔細察看，隨後又沾了點兒未乾的淚水放在嘴裡。然，剛一碰到舌頭，便感覺到火燒一樣的疼，且有不住蔓延的趨勢。他顧不得說話，用力吐著口水，見到桌上有未喝完的茶，趕緊拿過來漱口，連漱了好幾口後才感覺好些。當其他太醫看他口腔的時候，驚愕地發現，齊太醫舌頭破了好大一塊皮。

「好烈的毒性！」齊太醫有一種死裡逃生的感覺，定了定神，趕緊對胤禛道：「請皇上與娘娘趕緊離開此地，三阿哥體內的毒性太過強烈，令三阿哥的眼淚也帶上了毒。剛才微臣只是淺嘗了一下就差點中毒，這種毒帶有腐蝕性，微臣從來沒見過，所以微臣不敢保證三阿哥的皮膚與呼吸是否同樣有毒，若真是這樣的話，皇上與娘娘繼續待在這裡，難保不會中毒。」

第七百六十二章　露水

一聽這話，溫如傾第一個變了顏色，趕緊上前道：「皇上，龍體要緊，您還是趕緊聽齊太醫的話與娘娘一道去外面吧。」

「妳若害怕，儘管出去就是，沒人攔妳。」年氏厭惡地瞥了溫如傾一眼，對於她尷尬的臉色視而不見，只盯著齊太醫道：「世間怎會有連呼吸也帶毒的事？齊太醫你不要胡說。」

「微臣並未胡說。」齊太醫頓一頓道：「微臣年輕的時候，遊歷四方，曾經遇到過一個被江湖中邪門異派精心養出來的毒人。這個毒人不說血液，就連皮膚、指甲都帶著無可救藥的劇毒，凡與他起衝突的人都中劇毒而死，無一倖免。後來有人設計圍剿這個毒人，在付出幾十條人命後，終於困住並殺死了他；可任誰都沒想到，毒人死前呼出的那口氣，竟然同樣蘊含劇毒，那些倖存者皆死在這口氣下。」

不等年氏開口，他已道：「此事是微臣親眼所見，微臣因為離得遠，且又事先含了解毒的藥，才僥倖逃得一死，但回來後也大病一場，纏綿月餘方才漸癒。事隔多年，微臣至今想起，仍然不寒而慄。」

年氏對此嗤之以鼻，根本不信。「弘晟不是那毒人，怎會如此可怖，你別在這裡妖言惑眾。再說若真是連呼吸都帶著毒，本宮又如何能好好地站在這裡？」

「這個，微臣也不敢保證，但是毒性蟄伏這麼久，一爆發出來卻如此恐怖，實在不得不防，還請娘娘暫且避之。」齊太醫苦口婆心地勸著。

年氏連連搖頭道：「不可能，本宮哪裡都不會去，就在這裡守著弘晟，他一定會沒事的。」

溫如傾輕聲對沉著臉、一言不發的胤禛道：「皇上，龍體為重，此處有齊太醫他們在，三阿哥一定會沒事的。」

胤禛微一點頭，心下有了決定。「素言，聽齊太醫的話，暫且去外面，左右只是隔了一道牆，若有事隨時都可以過來。何況妳我在這裡，也做不了什麼。」

見胤禛發了話，年氏只得無奈地點頭，一步三回頭地離開內殿。留下的人各自含了解毒藥，並蒙住口鼻，以防不測。

到了外頭，只見柳太醫正一樣樣地檢查著弘晟平時吃用的東西，時不時問宮人一句。

在一一檢查完畢後，柳太醫並沒有發現什麼異常，眉頭頓時緊緊皺了起來。

「你們確定沒有任何遺漏了嗎？仔細想清楚，若讓本太醫事後查知你們有所隱瞞，必定如實稟告皇上與貴妃。」柳太醫再一次問著眼前這幾個專門伺候弘晟的宮人。

唐七剛要說話，之前出來的小多子忽地道：「奴才想起來了，三阿哥每日清晨都要喝一盅用露水沏的茶，這個算嗎？」

柳太醫精神一振，忙道：「自然算，那茶呢？快些拿過來。」

小多子為難地道：「露水不多，每次沏完茶就沒了，剩下的茶葉也都倒了，實在無從拿起，要不然奴才們早拿出來了。」

旁邊唐七露出恍然大悟之色。「啊，奴才也想起來了，用露水沖茶已經有好幾個月了，三阿哥還說，每次喝完茶後都會覺得神清氣爽，連背書也記得格外牢。」

胤禛在後面聽得真切，以目光詢問年氏。年氏微一點頭道：「確實有這麼一回事，不過那露水沖的茶已經喝了許久了，並不見弘晟有什麼事，相反的，喝過之後精神百倍，臣妾見有益無害，便沒有再管他。」

柳太醫聽到年氏的聲音，連忙回過身來見禮。

溫如傾頗為奇怪地道：「露水雖收集不易，但歸根結柢也不過是尋常凡水，怎會有提神醒腦之功效？好生讓人不解。」

有這個疑問的並不只她一人，柳太醫想了一下，問：「你們誰替三阿哥收集露水？」

小多子與唐七是弘晟的貼身內侍，當聽到柳太醫的問題時，兩人竟同時指了對方道：「是他。」

如此矛盾的話，連他們自己在說完後也是愣住了。小多子驚訝地道：「咦，不是你替三阿哥收集露水的嗎？」

「我以為是你！」唐七的驚訝比小多子更甚。在一番對質後，發現兩人除了年前曾有過一段時間去收集露水，之後就再沒有去過。

胤禛皺緊眉頭。若唐七與小多子都不曾收集露水，那弘晟泡茶所用的露水從何而來？

小多子仔細想了一下後，磕頭道：「奴才雖然不知道是誰收集的露水，但每日三阿哥都會將一個竹罐子交給奴才，讓奴才拿那竹罐子裡的露水去沏茶。奴才當時還以為是唐七收集來的，所以也沒多問。」

旁邊的唐七不住點頭，顯然他對小多子口中的竹罐子也有印象。

聽得有線索，柳太醫忙追問：「那竹罐子還在嗎？」

「應該還在，奴才這就給您拿去。」小多子答了一句後，一溜煙地跑出去，待得再回來時，手中多了一個竹罐子。

柳太醫接過後仔細打量，這東西是利用竹子兩頭的竹節，形成一個天然的罐子，然後在上面弄了個洞，用木塞子塞住。

年氏剛看到這個竹罐子時便覺得有些眼熟，只是一時間想不起來，待看到柳太醫用手指從裡面抹了些水出來時，一道靈光驟然閃現。她想起來了，是弘曆！之前她在竹林附近見到弘曆時，他手上就拿著這東西，而且竹林裡面還綁了許多。

為何弘曆的竹罐子會出現在弘晟屋中？她早已不允許弘晟與弘曆有任何往來，且有宮人監視著，這半年，除卻上課之外，兩人並不曾有任何接觸。

那廂，胤禛已經問：「柳太醫，如何，這露水是否有毒？」

柳太醫甚是謹慎，沒有將露水放到口中，而是不住地捻著手指，隨後又命人取來銀針，剛一沾到露水，銀針便立時變黑了。

柳太醫既驚且喜，終於找到毒源了，當即道：「啟稟皇上，正是這露水有毒，三阿哥應該是長期飲用露水沏出來的茶，才導致中毒。」

第七百六十三章　指向弘曆

胤禛面色一寒，冷聲對蘇培盛道：「立刻去查這只竹罐子的來歷，朕要知道究竟是誰如此喪心病狂，竟敢害朕的兒子。」

蘇培盛正要領命，年氏已經森然道：「不必了，臣妾知道這竹罐子從何而來，也知道是誰下的毒。」

「素言？妳怎麼會知道？」胤禛驚奇地看著年氏。

迎著胤禛疑惑的目光，年氏一字一句道：「是弘曆，那只竹罐子是弘曆的。」

胤禛聽到這話的第一個感覺就是年氏在開玩笑，弘曆才多大的人，怎麼可能下毒害弘晟？再說，他很清楚弘曆的性子，絕不是那種陰狠之人。

溫如傾同樣驚詫莫名，稍一回神之後更是急切地道：「娘娘，您是否弄錯了？四阿哥溫良謙恭，怎麼可能會做出這等殘忍之事，再說三阿哥可是他的親哥哥啊，這……這絕不可能！」

年氏驟然盯著她，那恨到極致的目光讓溫如傾不自覺地後移一步，躲到胤禛身後，耳邊傳來年氏陰冷的聲音——

「妳的意思是本宮誣陷弘曆了？」

「臣妾不敢。」溫如傾低低說了一句，不敢與之對視。

「皇上，臣妾所言句句屬實，毒是弘曆所下，他要害死弘晟，要害死臣妾！」說到後面，年氏的情緒已是有些失控，原本嬌媚的容顏更是變得猙獰恐怖，猶如從地獄來的羅剎惡鬼，望之生怖。

「妳為何如此肯定？」胤禛目光閃爍不定，他不相信弘曆會做出這等喪心病狂之事，可是年氏的神色看著又不似作假。

「因為臣妾親眼看到過弘曆拿著這個竹罐子，還掛了許多在竹林中。當時臣妾還問他拿著這麼多竹罐子做什麼，所以絕不會認錯！」年氏斬釘截鐵地說著。

胤禛想了一下道：「蘇培盛，你去竹林看看，是否一切如貴妃所言；另外問負責收拾竹林的宮人，都有哪些人經常出入竹林。」

年氏激動地道：「皇上這是什麼意思，是不相信臣妾的話嗎？還是說您認定弘曆不會下毒？」

年氏的態度令胤禛不喜，卻沒有過於苛責。畢竟弘晟如今生死未卜，她激動一些也是在所難免的。

「貴妃誤會了，朕只是不想過於草率，一切等查清楚再說。」這般說了一句後，胤禛看向還在檢查竹罐子的柳太醫，道：「如何，可能看出是什麼毒？」

柳太醫苦笑道：「回皇上的話，這罐子裡的露水幾乎已經用光了，剩下的不過幾滴，根本查不出什麼。倒是蘇公公去的時候，若看到那邊有露水不妨帶一罐回來，或者會有用。」

蘇培盛瞥了胤禛一眼後，對柳太醫道：「咱家記下了。」

蘇培盛離去不久，那拉氏到了，她滿面擔心地道：「臣妾聽聞三阿哥出事，而宮人又說不清具體情況，便過來看看。皇上，三阿哥怎樣了，要緊嗎？」

胤禛面色陰鬱地道：「齊太醫正在裡頭，弘晟中了毒，眼下情況很不好。」

「怎會有這種事！」那拉氏掩嘴輕呼，臉上是不敢置信之色，回過神來後，她道：「臣妾進去看看三阿哥。」

「別進去了。」胤禛攔住她道：「齊太醫剛才發現弘晟連眼淚都帶著強烈的毒性，怕會染到別人。」

見他這麼說，那拉氏只得停下腳步，轉而拉了年氏的手安慰道：「妹妹別太擔心了，本宮觀弘晟的面相乃是長命之人，他一定會沒事的。」

「謝娘娘關心。」年氏冷冷回了一句，將手抽了出來，也不管那拉氏是否因此尷尬。

興許是那拉氏已經習慣了年氏無禮的舉動，是以並未露出任何不悅之色，反而不住地安慰著年氏，更關切地問：「妹妹可知是何人下毒害弘晟？」

想要避開。

「蘇公公已經去查了，相信很快會見分曉！」年氏的目光很冷，讓人下意識地

見她這樣說，那拉氏也不好再問，與他們一道等著蘇培盛。約莫過了一炷香的工夫，蘇培盛快步跑進來，手裡還拿著一個竹罐子。

他來不及喘勻因急奔而急促的氣息，快步來到胤禛面前打了個千兒道：「啟稟皇上，奴才查清楚了，御花園角落的竹林裡確實繫著很多竹罐子，其中幾個裡面還有一點點露水。另外奴才問了宮人，他們說確實……」蘇培盛艱難地嚥了口唾沫，在眾人的注視下道：「確實看到四阿哥在那裡掛竹罐子。還有……奴才剛才進來的時候，看到四阿哥與承乾宮的水秀姑姑在外頭打聽三阿哥的情況。」

聽到這裡，年氏連連冷笑，對胤禛道：「皇上，現在事情已是再清楚不過，弘晟的毒就是弘曆下的，他怕著弘晟不死，甚至還特意跑來打聽。小小年紀，就已這般狠毒，實在可怕。」見胤禛不說話，她聲音又尖銳了幾分：「皇上，到了這個時候，您還準備護著弘曆嗎？弘曆是您的兒子不假，可弘晟同樣也是！」

胤禛本就心中煩躁，被年氏連番逼問更是不喜，沉聲道：「貴妃，朕從未這樣說過。」

溫如傾從胤禛身後探出半邊臉，似有些害怕，但又忍不住道：「娘娘，皇上素來公正嚴明，若真是四阿哥所為，皇上絕不會偏袒，您大可放心！」

年氏本就憋著一肚子怨恨，此刻見她說話，立時將氣撒了過來。「住嘴，本宮

與皇上說話，妳插什麼嘴！」

「貴妃。」胤禛語帶警告地喚了一句。今日年氏的言行已經數度越過他的底限，不過他也曉得，今日不將弘晟之事弄清楚是不可能了。「蘇培盛，去將四阿哥帶進來。」

「嗻！」

蘇培盛退下去不久後，便帶了一臉焦急的弘曆進來。弘曆一見到胤禛便急忙奔過來。「皇阿瑪，三哥怎麼樣了？他是不是很嚴重？」

看到弘曆，年氏恨得雙目欲裂，也不知哪來的力氣，一把拖過弘曆，然後一巴掌摑在他臉上，猶不解恨，又連著打了幾巴掌，把弘曆打得暈頭轉向，根本不明白究竟出了什麼事。

第七百六十四章　百口莫辯

胤禛沒想到年氏會這麼做，連忙喝止道：「貴妃，妳在做什麼，還不趕緊住手！」

同時，那拉氏上前緊緊拉住年氏的手。「妹妹，有什麼話好好說，做什麼要動手，再說事情都沒問清楚呢。翡翠，快把四阿哥帶遠一些。」

翡翠連忙答應，護著弘曆退開些許。就這麼一會兒工夫，她頭上便挨了一下，整個後腦杓都疼；至於弘曆，臉上盡是通紅的指印，一邊嘴角還破了。

「好好說？他害得弘晟這個樣子，妳還要本宮與他好好說！」年氏一臉猙獰，若目光能殺人的話，弘曆已經死了不知多少次。

被翡翠拉開後，弘曆詫異地撫著臉上的傷。他知道年貴妃素來不喜自己，但怎麼也沒想到剛一進來，年貴妃便當著皇阿瑪的面掌摑自己，待聽到之後那句話，更是驚愕得不敢相信，抬起頭道：「娘娘，您在說什麼，我害三哥？這到底是怎麼一回事？」

「事到如今，你還跟本宮裝糊塗？」年氏厲言相向，若非那拉氏拉著，她早就再衝過去掌摑弘曆。

胤禛沉著一張臉道：「好了，別跟個市井潑婦一樣，是非曲直，朕自會問清楚。」對年氏，他早就用盡耐心，如今不過是看在中毒垂危的弘晟面上罷了。

面對胤禛，年氏終不敢太過放肆，悻悻地站在那裡。那拉氏放開年氏的手，對胤禛道：「皇上，不若讓臣妾來問四阿哥吧。」

見胤禛點頭，她走到一臉茫然的弘曆面前，溫言道：「弘曆，你告訴皇額娘，是不是你每日送露水給弘晟？」

弘曆微微一驚。這是他與三哥之間的祕密，皇額娘怎麼會知道？不過在瞥見柳太醫手裡的竹罐子時，他便知事情瞞不住，點頭道：「是，三哥喜歡用露水泡茶，所以兒臣在竹林繫了許多竹罐子接露水。因為貴妃娘娘不喜歡兒臣與三哥來往過多，所以兒臣每日都將一個竹罐子放在翊坤宮後門，三哥趁無人注意時過去拿，第二日再將空罐子放在原處。」解釋完之後，他握著那拉氏繡著紫色葡萄紋的袖子，焦心地道：「皇額娘，三哥到底怎麼樣了？」

那拉氏憐憫地看了弘曆一眼，道：「三阿哥中了毒，情況很危險，齊太醫如今正在裡面救治。」

聽得這話，弘曆大驚之餘又似乎明白什麼，駭聲道：「難道這毒與我送給三哥的露水有關？」

年氏忍不住怒罵：「何止有關，根本就是你蓄意下毒謀害弘晟！小小年紀便如此狠毒，實在該殺，虧得弘晟還這般信任你！」

「我沒有！」弘曆搖頭，奔到胤禛跟前，驚慌地道：「皇阿瑪，兒臣根本不知道這是怎麼一回事，更不曾在露水裡下過毒。」

胤禛深深看了他一眼，轉而問柳太醫：「如何，這罐子裡可同樣有毒？」

趁著他們剛才說話的時候，柳太醫已經仔細檢查一番，聞言連忙拱手道：「回皇上的話，微臣以銀針試過，證明確實有毒。至於與三阿哥所中之毒是否一樣，還需再驗。」

「不可能！」弘曆第一個大叫起來。「我根本沒有在裡面下過毒，你胡說！」

柳太醫一臉無奈地看著弘曆。旁邊漆黑的銀針已經說明一切，有毒無毒根本不需要他再多言。

「唉，弘曆，三阿哥到底是你親哥哥，就算有什麼嫌隙，你也不該如此狠毒。」

那拉氏的話無疑坐實了弘曆的罪名，也令胤禛面色越發難看。他最恨的就是兄弟相殘，更甭說下毒害人，若真是弘曆所為，即便弘曆是他最看重的兒子，也絕不會輕饒。

見那拉氏這麼說，弘曆越發慌亂，急切地道：「沒有，我真的沒有下毒。」

「你不必再砌詞狡辯，若弘晟有個三長兩短，我定要你陪葬！」年氏咬牙切齒地說著，心裡早已認定弘曆是凶手。

正在這個時候，一名太醫快步走出來，匆忙行了一禮道：「皇上，三阿哥的情況很不好，院正說，若再尋不出解毒的法子，只怕性命難保！」

胤禛心一緊，忙道：「不是放血驗毒了嗎？難道一點兒效果也沒有？」

太醫澀聲道：「微臣等人已試過所有藥物，皆是無效，實在……實在是束手無策。」

一直強撐著的年氏幾乎要暈過去，眼淚更是止不住地落下。弘晟是她的命根子，她絕對不可以沒有弘晟。

「一群飯桶！」胤禛忍不住怒罵：「你們說要放血驗毒，朕也同意了，如今卻又跟朕來說沒辦法，都是做什麼吃的！」

見其發怒，太醫連忙惶恐地跪下道：「微臣有罪，求皇上降罪。」

胤禛語氣強硬地道：「這些話朕不要聽，朕只要你們解了弘晟身上的毒，讓他平安無事地站在朕面前！」

太醫頭也不敢抬，只是不住說著「請皇上降罪」的話，讓胤禛又氣又急。每過一刻，弘晟的命都在流逝一分，更不要說年氏還在旁邊哭個不停。

「皇上，您先別急。」那拉氏勸了一句後，似想到什麼，走到弘曆身前溫言道：「四阿哥，告訴皇額娘，你下在露水裡的是什麼毒？不管你怎樣恨三阿哥，他始終是你的兄長。」

「皇額娘，我說的都是真的，我沒下毒，您相信我！」弘曆百口莫辯，不知該怎樣證明自己的清白。

「弘曆！」那拉氏向來溫和的面容微微一沉，凝聲道：「做人要適可而止，不要太過了，否則皇上與本宮都很難饒你！」

見那拉氏不相信自己，弘曆急得快哭出來，衝到胤禛面前道：「皇阿瑪，兒臣發誓絕對沒有下毒，再說兒臣一直待在宮中，又哪裡來連太醫也解不了的毒藥？」

看到弘曆這個樣子，溫如傾有些不忍心地道：「皇上，臣妾覺得四阿哥說得不無道理。他才十幾歲，不會有這樣狠毒的心思，而且如此陰損的毒藥，也不是四阿哥能配出來的，除非……」說到後面，溫如傾突然變得吞吐起來，半天不肯說下去。

第七百六十五章　容遠歸來

「除非什麼？」胤禛盯著溫如傾問道。

「除非……」溫如傾咬一咬牙道：「除非有懂醫之人襄助。」說著怕胤禛誤會，又急急搖手道：「皇上別誤會，臣妾不是那個意思，只是隨口說說罷了。」

那拉氏若有所思地睨了她一眼。溫如傾嗎？她似乎小看了這個女人，呵，真是有趣。

另一邊，年氏似想到什麼，猛然推開綠意，淒厲地道：「我知道了，是徐容遠，一定是他幫著熹妃配的藥，讓她跟她兒子來害我的弘晟！」

那拉氏柳眉一皺，輕喝道：「貴妃莫要胡說，熹妃回宮的時候，徐太醫已經失去記憶離開了太醫院，更是一直沒回來過，怎麼可能替熹妃配毒藥？」

年氏神色癲狂地道：「怎麼不可能，指不定他們早早就存了害人之心，只是一直沒尋到機會罷了。」

事情發展到這一步，令胤禛很是為難，他不願相信凌若與弘曆會下毒，可所有證據都指向他們。想了許久，他終是道：「蘇培盛，你去傳熹妃過來。」

「嗻！」蘇培盛剛走出門口，就有一個小太監奔到他身邊輕聲說了句什麼，蘇培盛猶豫了一下折身回來，說了一句令所有人吃驚的話：「皇上，敦恪公主回來了，此刻正在宮外求見，一道回來的還有……徐太醫。」

驚意在眾人臉上掠過。弘晟中毒，而一直遠遊在外的靖雪與容遠就恰好回來，是巧合還是陰謀？

沒有人發現，那拉氏露在袖外的十指輕輕顫了一下。她纖長的睫毛垂落覆在眸子上，投下一道鴉青色的陰影。

胤禛稍稍一想道：「將靖雪兩人還有熹妃都傳來此處，朕有話要問他們。」

這一次再沒有任何意外，很快的，蘇培盛便帶了凌若過來。至於靖雪那邊也有小太監去傳。

凌若剛一進來便察覺氣氛不對，之後更看到弘曆雙頰紅腫，不禁驚道：「皇上，出什麼事了？」

「熹妃，妳與弘曆聯手下毒謀害弘晟，虧得還有臉在這裡裝糊塗！」想到裡面生死懸於一線的弘晟，年氏恨得幾乎要嘔出血來。

「貴妃何出此話？」凌若大驚，待從那拉氏口中知曉事情始末後，連忙拉著弘曆一道跪下。「請皇上、皇后明鑑，臣妾不曾下毒更不曾謀害三阿哥，至於說徐太醫，他向來濟世為懷，又怎會害人？」
「別人求他也許不會，但妳求他就一定會，哪個不曉得你們兩個之間的苟且，簡直就是不知羞恥！」年氏尖銳的聲音猶如劃過鍋底的鐵片，讓人牙根發酸。
雖然眼下情況對自己甚是不利，但聽得年氏這樣誣蔑自己，凌若仍然忍不住出言分辯：「臣妾與徐太醫從來都是清清白白，還請貴妃慎言。」
「慎言？妳配嗎！」年氏嗤之以鼻，她還有更難聽的話沒說出口。
就在這個時候，靖雪與容遠到了。望著由遠及近的兩人，凌若心中一陣激動。終於是親眼看到容遠平安無事了，不知他如今恢復了記憶沒有？
雖然康熙在世時宣稱靖雪暴斃，撤除了公主的身分，但畢竟一脈相承，胤禛登基後，常召靖雪入宮敘舊，蘇培盛幾個熟知內幕的宮人也依舊以公主相稱，直至容遠出事，靖雪陪其遍遊天下，才少了見面的機會。
「民女叩見皇上、皇后。」靖雪含笑上前行禮，重見胤禛這個哥哥，她甚是高興。在其身後，容遠同樣行禮。
胤禛勉強一笑道：「起來吧。如何，徐太醫恢復記憶了嗎？」
靖雪笑望了容遠一眼，後者垂首道：「勞皇上記掛，草民已經在月前恢復了記憶。」
正是因為恢復記憶，想起凌若當日生死未卜，所以今日才與靖雪一道入宮，想問明白當日究竟是怎麼一回事，胤禛又為何要狠下毒手派人追自己與凌若？不過，他剛才已經看到凌若，既然凌若平安無事，那麼當中肯定發生了一些自己不知道的事，便暫時按下不問。

他剛說完，年氏已經迫問：「既然沒失憶那最好，省得一問三不知。本宮問你，你是否給熹妃配過毒藥，讓她藉此害弘晟？」

「草民？」容遠被她問得莫名其妙，一時不知該怎麼回答。

倒是靖雪道：「貴妃何出此言？容遠與我離開許久，又一直不在京城，怎麼可能與熹妃娘娘聯繫，更不要說給什麼毒藥了。」

「哼，除了他還有誰！」年氏早已經認定了是凌若，豈會被靖雪三言兩語說動，隨即指了容遠，厲聲道：「本宮給你最後一次機會，說，你究竟給弘晟下了什麼毒？若弘晟有不測，本宮必要你償命！」

「草民確實沒有下過毒。」

容遠的矢口否認激怒了年氏，咬牙道：「看來不動大刑你是不會招了，來人！」

胤禛皺了一下眉頭卻未阻止，顯然心中對此也有懷疑。靖雪見狀，連忙擋在容遠面前，凜然道：「貴妃，皇上、皇后皆在，您怎可亂用私刑！」

「別擔心。」容遠拍一拍靖雪的肩膀，對胤禛道：「皇上，草民確實不曾下毒，不過草民對藥理、毒性都頗有研究，是否可以讓草民為三阿哥診脈，或許會有救也說不定。」

凌若亦反應過來，忙道：「皇上，徐太醫醫術高超，也許他能解開三阿哥身上的毒，求您讓他一試。」

胤禛沒有馬上回答，而是詢問那拉氏的意見：「皇后以為呢？」

那拉氏目光一閃，凝聲道：「臣妾觀齊太醫所說，三阿哥所中之毒不僅怪異且是由數種毒藥混合而成，若非下毒之人，是不可能在短時間內分辨出毒藥的種類，從而對症解毒的。是以，若真不是徐太醫下毒，他就算瞧了也救不了三阿哥的命。」

凌若飛快地掃了那拉氏一眼，她這話看似尋常，實際卻暗藏殺機。按她這話，不管容遠救不救得了弘晟，都會坐實下毒的罪名。

她真是夠狠毒的……等等，難道弘晟中毒的事與那拉氏有關？

第七百六十六章　祛毒

凌若越想越覺得有這個可能。她初時懷疑是年氏作賊喊抓賊，給弘晟下毒嫁禍自己，可隨後看年氏悲痛欲絕的樣子，又覺得不太像。若真是如此，只能說年氏的演技太好，讓她完全瞧不出破綻。

排除年氏，那拉氏便是最可疑的那個。弘時以外的皇子，都是她欲除去的對象，這次若坐實是自己指使弘曆在露水中下毒，那麼便可一舉除去兩位皇子，可謂是一石二鳥。

所以，弘晟絕對不能死，只有弘晟活著，自己與弘曆才有洗清冤屈的可能。想到這裡，凌若連忙磕頭道：「皇上，不論怎樣，三阿哥的性命才是最重要的，誰下毒可以稍後再查，但是三阿哥的情況卻是絕對不能再拖了，求您讓徐太醫進去診治。昔日皇上的時疫亦是徐太醫所治，他的醫術如何，您該是最清楚的。」

那拉氏淡淡地道：「醫術越高，害人的手段便越是高，臣妾聽聞江湖中有人可以在不動聲色間置人於死地。眼下齊太醫正在裡面想辦法，也許可以救三阿哥；可若是徐太醫去了，結果會怎樣，臣妾就不敢保證了。」

「皇后娘娘這話，可是認定了臣妾與徐太醫勾結謀害三阿哥？」那拉氏越不讓容遠去診治，凌若心中的懷疑就更甚。

那拉氏一臉悲憫地道：「本宮也不願有此懷疑，只是事關三阿哥性命，本宮不得不慎重一些，不怕一萬，只怕萬一。」

「皇后說齊太醫在想辦法，可是據臣妾所知，齊太醫已經無法可想，徐太醫是最後一絲希望。」說到這裡，凌若用力磕了個頭道：「請皇上以三阿哥性命為重！」

「妳會有那麼好心？」在那拉氏的連番暗示下，年氏根本不信凌若說的任何一個字，固執地認定她是凶手。

胤禛默然盯著凌若的雙眼，許久之後，方才心情複雜地道：「讓他進去。」見胤禛聽了自己的話，凌若喜極而泣，再次叩首道：「多謝皇上。」

另一邊，容遠謝恩之後快步走進內殿，剛一入內，便聞到空氣中瀰漫著一股混合著腥臭的草藥味。只憑這氣味，容遠便辨別出一二，皆是具有解毒功效的草藥。再看殿中情況，只見齊太醫等人正無奈地站在床邊。弘晟指上的血已經止住了，可是他臉上黑氣卻更甚了，連脖子底下都泛著青黑色。

「齊太醫，三阿哥情況怎樣？」容遠走上去問道。

「很不好，怕是無救了。」齊太醫答了一句方才驚覺身邊多了一個人，轉頭見是容遠，不禁訝然道：「咦？徐太醫，你怎麼會在這裡？」雖然容遠已不是太醫，但宮中眾人還是習慣以此稱呼。

「現在不是說這個的時候。」容遠一邊說著一邊將手指搭在弘晟腕間，在翻過弘晟手腕的時候，恰好看到他指尖的傷口。「你們在放血驗毒？」

「是，只可惜，試了所有可能的藥草，都不奏效，唯有一種連翹能稍微延緩毒性的發作，但效果並不明顯。」齊太醫有些羞愧地說著。他學醫數十年，對自己醫術頗為自信，想不到如今被一種來歷不明的毒藥給難倒。

在齊太醫說話的時候，容遠已經診完了脈。「借銀針一用。」

「快，快拿銀針來。」齊太醫聞言精神一振，趕緊命人拿過銀針，待容遠以獨特的手法將銀針一一插入弘晟周身幾處大穴後，問：「徐太醫，你可是有辦法解毒？」

「我也不敢保證，不過我在外面遊歷的時候，曾見過與這類似的劇毒，當時僥倖解開。」不管怎樣，容遠的話都令本已經絕望的齊太醫等人再次升起一絲希望。弘晟身為阿哥，他如果死了會很麻煩；而他們太醫院也會被追究醫治不力之罪，雖不至於陪葬，但懲處降職是絕對免不了的。

齊太醫催促道：「既然有辦法，還請徐太醫盡力而為，我等定會全力協助。」

「好。」容遠沒有矯情，接連報了好幾味藥，讓他們速去御藥房取用。這些藥稀奇古怪，平常很少用到，虧得御藥房藥材齊全，否則一時半會兒還真不容易湊齊。

除卻取用一小部分藥拿去煎之外，剩下的全部放在一個盛滿水的大木桶中，然後容遠命四個身強力壯的太監分站四周，用繩子纏好桶子後，拿木棍抬起來。底下架火隔鐵鍋燒開，稍微涼卻一番後便將弘晟衣襪除去，將他整個人放在裡面，然後再重新生起火，讓宮人仔細注意火勢，令桶中的水保持在一個極熱的溫度。

至於那抬桶的四個太監一步也不能動，否則木桶裡的水受涼，那就沒效果了。在他們抬累之後，又喚四個人進來替換，周而復始，如此一直蒸了兩個時辰。其中，御藥房送了煎好的藥過來，因為弘晟昏迷不醒，無法吃藥，所以只勉強灌了小半碗進去。

齊太醫心裡明白，容遠這是以桶蒸之法，將毒從弘晟體內分離出來。這個法子用來祛除蔓延全身的毒是最好不過的，但是若用不對藥，反而會讓劇毒在高溫下爆發。

不過看弘晟臉上的青黑色漸退，容遠的藥應該是起了效果。在弘晟臉上的青黑色淡得幾乎看不到的時候，齊太醫道：「徐太醫，可以了嗎？」

容遠重新把了下脈，道：「嗯，抬出來吧。三阿哥中毒太深，桶蒸只能排出一部分，剩下的還是要慢慢服藥祛除。」在太監動手抬弘晟的時候，他忙道：「小心些，桶裡的水有劇毒，千萬別被濺到嘴裡或眼睛。」

「嗻。」太監們小心翼翼地把弘晟抬出來，擦乾身子後套上衣服放到床上。當容遠將他身上的銀針取下時，他眉心只是稍稍變黑了一些，並沒有像剛才那麼恐怖，可見毒性已經得到控制。

齊太醫感慨道：「一年不見，徐太醫的醫術又精進不少，老夫雖痴長幾歲，論岐黃一道卻遠不及你啊，真是後生可畏。」

容遠對齊太醫的醫術、人品還是頗為敬佩的，聞言趕緊道：「院正千萬不要這麼說，我也只是僥倖，要不是之前遇到過，如今同樣一籌莫展。」

「好了，趕緊出去吧，皇上他們怕是已經等急了。」齊太醫一邊說著，一邊命人將窗子開一條縫，散一散剛才桶蒸時的熱氣。

第七百六十七章　相信

容遠一出來，年氏就衝上來緊張地問：「怎麼樣了，弘晟他是不是沒事了？」

胤禛雖未說話，但憂心之意不言而喻。

容遠的下一句話令他們長出了一口氣，只聽他道：「回貴妃的話，草民幸不辱命，已將三阿哥體內的毒祛除大半，剩下的，只要按時服藥便可無事。」

「當真沒事了？」大悲之後的大喜，令年氏激動得有些難以自持。

容遠肯定地道：「是，請貴妃放心。」

「弘晟！」年氏輕呼一聲，顧不得胤禛尚在，飛奔進內殿，那拉氏與溫如傾亦急忙跟進去。

到了裡頭，只見年氏正抱著弘晟喜極而泣，這一幕看得那拉氏眼眶發酸，按了按眼角，自言自語地道：「總算他們還有良心，沒真的害死了三阿哥。」

聽著這句話，胤禛身子一震，轉身走出來，心情複雜地看著跪在地上的凌若與弘曆。這樣的目光讓凌若心底一涼，啞聲道：「皇上可是還在懷疑臣妾與弘曆下毒？」

胤禛沒有回答她，因為一旦說出口，就必然是傷人之語，何況他心裡確實還有些疑問沒弄清楚。「徐容遠，你如何知道三阿哥中的是哪幾種毒？」

容遠從容不迫地道：「回皇上的話，三阿哥中的根本不是幾種毒，而僅僅是一種。」

「這不可能！」第一個驚呼出聲的不是別人，正是剛剛出來的齊太醫，只見他肯定地道：「我與眾太醫都診過，三阿哥體內分明存在了好幾種毒，絕非單只一種。」

「那是因為齊太醫不曾碰到過紅娘子的毒。」

容遠的話落在剛出內殿的那拉氏耳中，令她臉頰微微一搐，瞳孔更是急速收縮一下。

「紅娘子是什麼？」齊太醫茫然問道。

「那是西域的一種毒蟲，形似蠍子，但毒性比蠍子更可怕，草民遊歷在外的時候，曾經遇過一個人中此毒，他的毒不像三阿哥那樣蟄伏了很長時間，當場就毒發。虧得他自己也是一名大夫，且對紅娘子有所了解，在昏迷過去之前告訴了草民解毒之法，這才撿回一條命。」

他這麼一說，靖雪亦想了起來，確實有這麼一回事。

「凡中此毒者，若只憑脈象診斷，就會以為是同時中了幾種劇毒。殊不知，毒物本就難以控制，想要將幾種毒物混合在一起，並且長期安然待在一個人體內不發作，幾乎是不可能的事。」

溫如傾疑惑地道：「依你這麼說，一旦中了紅娘子之毒就會立即發作，可三阿哥卻是中毒很久了，這似乎有些說不通。」

容遠不識溫如傾，不過看其裝扮亦知是宮嬪，低頭答：「並不奇怪，有人在紅娘子毒中摻雜了其他壓制毒性的藥物，令它變成一種慢性毒，不累積到一定的量是不會發作的。」

「紅娘子……」那拉氏低低說了一句，道：「這種聞所未聞的毒，徐太醫偏偏那麼湊巧地遇到了，又那麼湊巧地救了三阿哥，實在是令人覺得匪夷所思。」

容遠面色一變道：「皇后娘娘是不信草民的話嗎？」

那拉氏為難地瞥著他道：「本宮也很想相信，只是這麼巧合的事，總讓人覺得有些勉強。」眸光一轉，落在胤禛臉上。「皇上您看呢？」

胤禛背在身後的手指微微一收，道：「毒是在弘曆送來的露水中發現的，弘曆，除了你還有什麼人碰過收集的露水？」

弘曆認真想了一下道：「除了兒臣，就只有小鄭子。」怕胤禛疑心到小鄭子身上，他連忙補充道：「皇阿瑪，小鄭子對兒臣忠心耿耿，他絕對不會下毒害三哥的。」

「皇上，要不將小鄭子傳來問一問？也許他會知道些什麼。」

溫如傾的話令胤禛微微點頭。私心裡，他並不希望自己最看中的兒子會是喪心病狂之人，還有凌若……

胤禛不知道，如果最終查出來確是凌若與弘曆下毒，他會怎麼處置，廢入冷宮嗎？還是革黃帶子，乃至處死？

死……凌若已是死過一次的人，他永遠不會忘記失去她下落的那段日子，每日都在煎熬中度過。這一回自己可以狠下心處死她與弘曆嗎？並且保證永不後悔？

終歸是他在意的人，哪怕這半年故意冷落，也不過是因為心裡有結解不開，並非真的一點兒不曾想起，腦海中常常會閃過她的身影。

「皇上。」

年氏的聲音將胤禛從沉思中驚醒。「怎麼了？」

年氏臉上透著掩不住的喜悅。「弘晟醒了，他說有話想要當眾說，問臣妾能否請皇上進去。」

「弘晟醒了？」胤禛一喜，旋即快步走進去，在其身後，包括凌若與弘曆在內，也一併跟進去。

進到裡面，果見弘晟睜開了眼。看到胤禛進來，弘晟虛弱地喚了聲「皇阿瑪」。

看著失而復得的兒子，胤禛略有些哽咽地道：「朕在這裡，如何，感覺好些了嗎？」

「嗯，已經沒那麼痛了。」這般說了一句，弘晟忽的露出幾分急色，道：「皇阿瑪，整件事兒臣已經聽額娘說了大概，也知道是因露水中毒，不過兒臣相信弘曆，他絕不會下毒害兒臣。」

弘晟這話大出眾人意料，年氏更是驚得張大了嘴，好半晌才道：「弘晟，你可知自己在說什麼？」

「兒臣很清楚，也知道你們都懷疑弘曆。」弘晟眼中的毅色是年氏從未見過的，他望著胤禛詫異的目光，一字一句道：「可是兒臣依然相信弘曆。」

「三哥……」站在門邊的弘曆低呼一聲，眼前早已模糊一片。他怎麼也沒想到在這種情況下，三哥還會毫不猶豫地選擇相信自己。在宮中，相信二字，看似簡單，做起來卻是千難萬難。

在驚訝過後，凌若露出欣慰的笑意，微低了頭道：「看來你有一個好哥哥。」

弘曆用力抹了一下眼眶，拭去擋住視線的水氣，驕傲地道：「兒臣一直都知道。」

那廂，胤禛已經問弘晟：「為何這麼肯定？」他自問，若易地而處，絕不可能像弘晟這般堅決。

弘晟喘了口氣，吃力地道：「因為在兒臣最落魄困難的時候，是弘曆依然將兒臣當成兄長看待，並且替兒臣向皇阿瑪求情。試問這樣的人，又怎會下毒害兒臣？」

「三哥！」聽到這裡，弘曆再也忍不住，撲到弘晟身上大哭起來。所有人都懷疑他與額娘，就連皇阿瑪也不例外，只有三哥選擇相信他。

「不要哭。」弘晟吃力地抬手撫著弘曆的肩頭。「咱們是兄弟，相信你是應該的。」

「還有我！」後面突然傳來一個猶帶著幾分稚氣的聲音，竟是弘晝。

他身後還跟著裕嬪、瓜爾佳氏和溫如言，想是知道翊坤宮的事，所以特意過來瞧瞧。他們在外頭已經站了有一會兒，只因裡面在說話，所以沒有即刻進來。

弘晝邁腿跑到弘晟床前，用力握住弘晟與弘曆的手，大聲道：「我也相信四哥不會下毒害三哥！」

第七百六十八章　驚覺

看著眼前這一幕，胤禛感慨萬分，他沒想到這三個孩子竟有這般深的感情，尤其是弘晟與弘曆，以前可是針鋒相對、互不相讓的。

而他，甚至還不及兩個孩子；還是說經歷多了之後，對任何事與人都不再相信，包括自己的親生兒子？

這件事雖然處處指向弘曆，但並不能就此認定，其中還有許多可疑之處，既然弘晟與弘晝都選擇相信，那麼他也該考慮放下疑心，去重新審視這件事。

裕嬪慌張地進來道：「皇上恕罪，弘晝他不懂事，臣妾這就帶他出去。」

「不必了，讓他留著吧。」見胤禛這般說了，裕嬪只得退到一邊。

溫如言趁機道：「皇上，熹妃她……」

「朕心裡有數，妳不必再說。」胤禛的神色比剛才緩和許多，他轉向容遠道：

「你再與朕說說紅娘子這種毒，朕要知道它是如何從西域傳進來的。」

既然弘晟已經沒事了，那他便可以靜下心來好好查這件事。紅娘子是西域來的毒，宮裡不可能有，只能是從宮外帶進來，順著這條線查下去，應該會有發現。

這個時候，弘曆不知想到什麼，整個人彈了起來，慌張地看著凌若。「糟了，露水有毒，那額娘豈非也中毒了？我每日都會留一半給額娘泡茶！」

胤禛臉色劇變，來不及細想，一個箭步衝到凌若身前，攥了她的手，緊張地問：「妳可有覺得不舒服？或是哪裡疼痛？」

胤禛驟然表露出來的關心還有言語令凌若愕然，待反應過來後，心中頓時盈滿了溫暖。他始終還是在意自己的……

她露出了這些日子難得的微笑。「臣妾沒覺得哪裡不好，再說，就算真中毒了，不也還有徐太醫在嗎？」

這個乾淨明澈的笑容令胤禛微微失神，待回過神來後，胤禛忙道：「徐太醫，你快替熹妃看看，她是否也中了毒。」

這樣不加掩飾的關切，令年氏等人臉色很不好看。剛才胤禛就已經頗向著凌若母子，如今再這樣，又算是怎麼一回事。

在替凌若把過脈後，容遠沉聲道：「啟稟皇上，娘娘體內確實也有紅娘子的毒，不過她的毒不像三阿哥那麼深，所以尚不到爆發之時，只要依法祛毒服藥，並不會有性命之憂。」

竟然是真的？莫說旁人，就是凌若也震驚不已，她根本就沒任何不適，反而精神甚好，怎的說中毒就中毒了？虧得今日有容遠在，否則不說三阿哥，就是自己也難逃一死。

聽得不會傷及性命，胤禛長出了一口氣，直到這個時候，他才發現自己抓著凌若的手在微微顫抖。竟然是這樣的害怕嗎？害怕失去凌若，害怕看不到那個乾淨明澈的笑容……

半年的冷落，並沒有讓自己忘記她一分一毫，反而更加深刻，倒像是刻入了心間一般，這種感覺令胤禛覺得不可思議，到底是中了什麼魔咒啊！

而另一邊，年氏也漸生出一絲疑心來。若真是熹妃母子下的毒，怎的連她自己也中了毒，總不至於有人笨得明知道露水裡有毒還去喝吧？

那拉氏的臉色只在最開始時變了一下，旋即又平靜如初，淡淡道：「臣妾曾聽聞有人以苦肉計脫疑，希望熹妃不是那個人。」

一句「希望不是」，頓時令眾人的目光再次凝聚在凌若身上。是啊，也可能是熹妃施的苦肉計，她是下毒人，自然有的是辦法解毒。

溫如言看不過眼，出聲道：「臣妾為何聽著這話，反倒覺著皇后娘娘希望熹妃是那個人呢？」

這話說得極不客氣，那拉氏卻不曾生氣，用一貫溫和的聲音道：「惠妃誤會了，本宮並非這個意思，本宮與熹妃姊妹多年，如何忍心看她行差踏錯。」

溫如言對她的話嗤之以鼻。什麼姊妹多年，不過是欺騙世人的謊言罷了，不管是多年的積怨，還是為了將來弘時的皇帝之路，那拉氏都一直視凌若為眼中釘。

「皇阿瑪，兒臣相信弘曆，所以也相信熹妃娘娘，求您一定要查清楚，千萬不要冤枉了他們。」見氣氛再次僵持，弘晟連忙強打起精神說道。

「弘晟，你身上毒還未清，不要說太多話。」弘晟一味幫著凌若母子，令年氏百般不喜，若非在胤禛面前，免不了要一頓喝斥。

弘晟不理會年氏，一味哀求地看著胤禛，見胤禛不語，他狠一狠心道：「皇阿瑪，兒臣願用這雙眼睛做保，若真是兒臣錯看了，兒臣願將雙眼剜出。」

年氏被他狠絕的話嚇了一跳，連忙道：「弘晟你瘋魔了不成？怎能說這樣的話！還是你被那什麼紅娘子的毒藥傷了腦袋，弄得神智不清。」

弘晟知道年氏不高興，但他已經顧不得許多了。這宮中，除了年氏，便只有弘曆是真心待他好，他實不願失去這份難得的兄弟之情。「額娘，請您相信兒臣，兒臣很好，每一句話也都是兒臣的肺腑之言。」

「三哥。」弘曆好不容易止住的淚又有落下之勢，弘晟堅定不移的信任讓他感動不已，在心底暗暗發誓，不論將來發生什麼事，都要記著今日三哥對自己的這份信任之情，永不辜負。

弘晟今日的表現，令胤禛刮目相看，不只是因為他對弘曆的信任，也因為他敢於在這麼多人面前說出自己的想法。胤禛帶著幾分嘉許道：「你放心，皇阿瑪絕不會冤枉任何一個人，也不會讓你白受這些苦。」

說著，他轉向容遠道：「徐太醫，紅娘子的毒，你了解多少？」

容遠沉吟了一下道：「紅娘子這種毒蟲在西域也不多見，不過牠也並非百害而無一利，據草民所知，微量的紅娘子之毒經草藥中和後，人服之後並不會有害，反而會有提神醒腦的作用。」

說了這麼久的話，對此時的弘晟而言已是極大負苛，他剛剛閉上眼準備休息一下，忽聽得容遠的話，身子一震，猛然睜開眼來。

弘晝的手就放在錦被上，感覺到手下那股震意，回過頭來問：「三哥，你怎麼了，可是哪裡又不舒服了？」

第七百六十九章　下毒之人

「我記起來了，是她，下毒的那個人一定是她！」弘晟語無倫次地說著，因為沒什麼力氣，他的聲音極輕，再加上眾人的注意力都在容遠身上，是以除了弘晝，並沒有人聽到他的話。

弘晝精神一振，忙問：「三哥，是誰害你的，快告訴我。」

弘晟像是沒聽到弘晝的話，死死盯著某一處，更確實地說，應該是盯著某一個人，眼神充滿了恐懼。

弘晝等了半天不見他回答，又見他神色不對，不禁順著他的目光望去。那不是皇后娘娘嗎？三哥盯著她做什麼？還有，為何皇后娘娘的眼神這麼怪異，只一眼便讓他渾身都覺著不舒服。

另一邊，容遠的話還在繼續：「因為紅娘子毒性的獨特，所以西域有些地方有賣，但也僅限於西域一地，在咱們大清幾乎沒有。」

靖雪插了一句道：「我想起來了，咱們上次碰見中了紅娘子毒的那個人，差不多也是在快靠近西域的地方。」

容遠點頭道：「不錯，肯定是有人去西域帶了紅娘子的毒回來，若非事有湊巧，如今三阿哥已經死於非命。」

「此事朕會派人去查明。」胤禛面色陰冷地說著。雖然這樣盤查需要耗費大量的人力、物力，但絕不能姑息下毒者。

「臣妾還有一事不明，若不是四阿哥下的毒，別人又是怎麼將毒投到露水中，且每日如此？要知那露水可是四阿哥親手收集的。」溫如傾疑慮地問道。

「自然是趁四阿哥將露水放在翊坤宮後門的時候下的，那些工夫足夠有心人下毒了。」瓜爾佳氏不以為然地說著，但旋即又覺得有些不對。若是這個時候下毒，凌若便沒有理由中毒，因為給她喝的露水早在之前就已經倒出來了。

胤禛也意識到這個問題，用疑慮的目光看著容遠。後者想了一下道：「皇上，草民想去四阿哥收集露水的地方看看，也許會有發現。」

胤禛正要答應，忽然聽到弘晟的聲音——

「皇阿瑪，兒臣——」

他剛說了幾個字，那拉氏便出聲打斷他的話。「三阿哥額上怎麼這麼多汗，定是說太多話累著了，翡翠妳快去絞熱面巾來給三阿哥拭汗。」

這般說著，她走到弘晟床前，弘晝趕緊讓開。那拉氏坐下後，取過絹子，一臉關心地拭著弘晟額上的汗。「本宮知道你怕四阿哥有事，不過皇上已經說了會去查，你不要太擔心了。只要四阿哥確實沒做過，就一定不會有事。」

弘晟死死盯著她，眼裡的恐懼不斷加深，那拉氏的每一下碰觸都讓他毛骨悚然。他怎麼也沒想到，慈眉善目的皇額娘竟然一直包藏禍心。

藉著替弘晟拭汗的動作，那拉氏俯下身，湊到弘晟耳畔，用只有彼此才能聽到的聲音道：「你以為告訴皇上是本宮讓你服用露水的，皇上就會相信，從而治本宮的罪嗎？別天真了，既然敢動手，本宮就自有脫身之計，憑你是不可能扳倒本宮的，但是本宮卻可以讓你跟你額娘求生不得、求死不能。你若不信，盡可試試，看上斷頭臺的人究竟是你們母子還是本宮。」

因為有著簾幔遮擋，是以沒人看到那拉氏的嘴唇蠕動，包括離得最近的弘晝，他只是覺得皇額娘拭個汗拭了好久。

感覺到手下僵硬的身子，那拉氏脣角微勾，此時翡翠絞了面巾進來，她順手接過，拭著弘晟身上不斷冒出來的冷汗。「瞧瞧這身子，果然是虛得很，一直在冒冷汗呢。」

望著那雙幽冷如毒蛇一般的眼睛，弘晟有一種動一下手指就會被連筋帶骨吃掉的錯覺，實在是太可怕了！

怎麼辦？他要說嗎？萬一皇阿瑪不信，又或者像她說的早有了脫身之計，那豈非惹禍上身？她肯定不會放過自己與額娘的。如今外祖父一家與舅舅勢力大不如前，額娘在宮中的日子本就已經不易，再惹上皇額娘，更是雪上加霜。可若是不說，便沒有人知道皇額娘的惡行，讓她繼續用溫慈的假面貌欺騙他人，也許還會有更多的人受她迫害，甚至到死都不知道是誰害了自己。

正當弘晟內心天人交戰的時候，胤禛已是問：「弘晟，你想說什麼？」

「兒臣……」弘晟緊張得咬到了舌頭，眼睛不自覺地瞥向那拉氏，只見她若有所指地瞥了一眼年氏。這一眼令弘晟如遭雷擊，他自己可以冒險，但是額娘……他說什麼也不可以讓額娘有危險。

「弘晟？」胤禛感到奇怪地又喚了一聲，不明白這個兒子究竟想說什麼。

弘晟艱難地搖了搖頭，無力地道：「沒什麼，兒臣只想請皇阿瑪千萬查清楚，不要放過真正的凶手。」

笑意在那拉氏精心描繪的妝容上擴散，這絲若有似無的笑容，也令她看起來更加高貴得體、雍容華貴。

胤禛在安撫弘晟一句後，對容遠道：「走吧，朕隨你一道過去瞧瞧。」

他話音剛落，年氏便接上來道：「臣妾也想去。」弘晟已經沒事了，她如今只關心那個下毒的凶手，既然徐太醫指名說要去竹林，想必那邊會有線索。她倒想看看，究竟是何人這麼膽大包天，敢害她的弘晟。

「額娘……」弘晟有些急切地喚了一句。他想讓額娘留下來，好將事情原原本本相告，豈料年氏會錯意，只當他是關心凶手，拍一拍弘晟蒼白的手背，道：「放心吧，額娘一定會抓到那個害你的人。」

那拉氏微微一笑道：「都過去吧，否則待在這裡，三阿哥也沒法休息，留兩位太醫照料就是了。柳太醫。」

柳太醫身軀一震，趕緊上前道：「微臣在。」

「你與靳太醫留在這裡照料三阿哥，他身子裡還有毒，你們仔細著些，千萬別出了什麼差錯。」那拉氏語重心長地吩咐著。

「微臣遵旨。」柳太醫與另一名年輕些的靳太醫趕緊答應。

那拉氏轉頭問著胤禛：「皇上，您看這樣可好？」

「妳向來仔細，就這樣吧。」如此說了一句，胤禛領著眾人離開內殿，往御花園行去。

到了那片竹林，果見掛著許多竹罐子，因此時日正當空，竹葉間並沒有露水的痕跡。

第七百七十章　竹葉

容遠繞著竹林走了一圈，並沒有發現什麼可疑之處，可是他檢查過好幾個罐子，發現裡面剩餘的露水皆蘊含紅娘子之毒，且毒性、分量，都完全一樣。

怪了，究竟是誰神不知、鬼不覺地來此下毒，且還在所有竹罐子當中都下了？要知有好幾個竹罐子是掛在一人多高的地方，他們也是靠著兩名小太監疊羅漢才勉強搆到的。

這麼多的竹罐子，又隔得這麼高，要一一下毒，不是不可能，但要每日如此，就有些不可思議了。難道他下毒時就不怕被人發現嗎？面對容遠的疑問，無人可以解釋，因為他們也覺得不可思議。

夏風拂過碧綠細長的竹葉，響起沙沙的聲音，裕嬪無意中的一個抬頭，令她發現一個奇怪的地方，當下怯怯地道：「皇上，您有沒有覺得這裡的竹葉顏色深淺不一，有些似乎要更綠一些。」

隨著裕嬪的話，所有人都將目光集中在竹葉上，這一瞧之下，倒真令他們看出些許端倪。在夏日的照射下，有一部分生在較高處的竹葉顯得特別碧綠，就像翡翠一樣，且在六、七月的驕陽下，沒有絲毫蔫意。

容遠眸光一動，連忙讓人摘了一片下來，在仔細檢查後，臉上露出一抹喜色。「皇上，微臣知道紅娘子的毒是怎麼下在露水中的了。」

胤禛隱隱也猜到了些許，挑眉道：「可是因為這些竹葉？」

「皇上聖明，正是如此。有人在竹葉上塗抹了紅娘子的毒，所以只要是經過這些竹葉的露水都會染上毒。」

溫如傾被嚇了一跳，失聲道：「好惡毒的心思！」

有此心思的何止她一人，凌若在後怕之餘更是慶幸不已，虧得容遠今日正好回來，否則她與弘曆縱是跳進黃河也洗不清了。

溫如言長出了一口氣，道：「既然已經知道了毒從何來，那麼熹妃與四阿哥身上的嫌疑也可洗清了，三阿哥中毒一事與他們並無關係。」

「或許，這竹葉上的毒根本就是他們塗的呢，這個誰又敢保證？」年氏始終不曾盡信。

溫如言不悅地道：「貴妃這話未免有些強詞奪理了，不說熹妃與四阿哥若要下毒，根本不用費這麼大的勁，就說熹妃自己也中毒，便足夠證明她的清白了。」

「哼，皇后不也說了有可能是苦肉計嗎？惠妃妳與熹妃交好，自是處處幫著她說話，可妳別忘了，本宮的弘晟剛剛在鬼門關繞了一圈，險些沒命！」說到後面，年氏不由得激動起來。

那拉氏輕拍著她的肩膀，安撫道：「妹妹別激動，也許熹妃真是清白的也說不定。」

年氏恨恨地瞪了凌若母子一眼，沒有說話。此時此刻，她心裡最懷疑的人依然是他們。

瓜爾佳氏從剛才起就一直沉思不語，直至這個時候，方才輕聲道：「皇上，三阿哥中毒並非一、兩日的事，據太醫說可能將近半年。這半年時間，不說竹葉自我更替，就是葉上的毒也會在日復一日的曝晒或雨水中漸漸耗盡，所以臣妾覺得下毒之人必然每隔一段時間就要重新來給竹葉抹毒。也許負責修整竹林的宮人會知道什麼，再不然，挨宮挨院搜過來，只要這毒還在，就一定能查到線索。」

那拉氏眼眸微瞇。「謹嬪的意思是要搜宮？」

瓜爾佳氏微一欠身，恭謹但卻堅持地道：「這也是沒辦法的事，沒有什麼比查出謀害三阿哥凶手更重要的事。」

那拉氏斷然拒絕：「不行，搜宮一事關係重大，而且再怎樣也只有搜一宮一院的事，何來搜查整個後宮的道理，若傳揚出去，皇家顏面何存。」

瓜爾佳氏眼角一揚，分毫不讓地道：「那皇后還有更好的辦法嗎？或者說就這麼放任凶手逍遙法外？」

「姊姊，謹嬪娘娘的意思是不是都將咱們當歹人看待？那會不會有事？」溫如傾不安地扯著溫如言的衣袖。

「不會有事的，該擔心的是那些做過壞事的人。」安撫了溫如傾一句後，溫如言冷笑一聲道：「皇后娘娘百般阻撓，難道您心虛嗎？」

這般犀利直接的話一說出口，縱然深沉如那拉氏也不禁為之色變，怒喝：「惠妃，妳大膽，竟敢誣蔑本宮！」

溫如言並沒有表露出多少害怕，稍稍欠身道：「臣妾不敢，只是皇后不讓人搜宮，實在令臣妾費解，所以才斗膽言之。」

自從涵煙遠嫁後，她已經沒有了太多需要在意的東西，既不在意，自然無謂害怕二字。

「妳！」那拉氏氣得手指微顫，她身為中宮，母儀天下，除卻年氏之外，哪個又敢在她面前如此放肆。

「皇后娘娘息怒。」溫如傾連忙跪下替其求情。「惠妃娘娘也是想盡早找出凶手，所以才有些口不擇言，請皇后娘娘看在她並非有意冒犯的分上，饒其罪過。」

那拉氏深吸一口氣，壓了怒火道：「惠妃，枉妳在宮中多年，竟還不及溫貴人懂事明理。」說罷，她轉向胤禛道：「皇上，為證明臣妾的清白，請您下令搜宮。」

「先將收拾竹林的宮人傳來問話。」搜查整個後宮，關係重大，胤禛也有所顧慮，正因如此，他剛才才沒有阻止那拉氏。

蘇培盛交代了隨行的小太監一句，不消多時，有兩名戰戰兢兢的宮人被帶了上來，跪下顫聲道：「奴才們給皇上、皇后請安，給各位娘娘請安。」

胤禛撚著竹葉道：「朕問你們，這半年，可曾見到什麼可疑的人在這竹林附近出沒？」

宮人相互對視一眼，均不解胤禛這麼問的意思，卻不敢多言，仔細想了一下道：「回皇上的話，奴才們並未見到可疑的人，倒是福公公曾來過幾次。」

三福聞言趕緊站出來道：「啟稟皇上，奴才確實來過這裡幾次，不過絕對與下毒一事無關，是主子說想做幾枝竹筆，特意讓奴才來此取幾節能用的細枝。」

「既然如此，你剛才為什麼不說？」溫如言咄咄問道，話雖是在對三福說，目光卻一直望著那拉氏。

第七百七十一章　矛頭

三福委屈地道：「惠妃娘娘容稟，這竹林又不是什麼禁地，誰都能來，所以奴才一時也未想到，並非有意。」

「又或者是此地無銀三百兩？」溫如言總覺著那拉氏可疑得緊，而且三福偏又那麼巧地來過好幾次；再者，此次若無容遠，弘晟必死無疑，弘曆亦會被定罪，怎麼瞧都是她得益最大。

那拉氏撫一撫袖間的花紋，淡淡道：「照惠妃的話，所有來過竹林的人都可疑了？」長眉一挑，指了那兩個宮人道：「妳不妨問問他們，是否這半年只得三福一人來過？」

迎著溫如言的目光，兩個宮人縮了縮脖子，小聲道：「回皇后與惠妃的話，除了福公公，還有許多人來過，只是福公公每次來都與奴才們說些話。一次奴才說起家中老母患病，無錢帶出宮去，福公公還好心地賞了幾兩銀子，所以奴才們印象特別深。」

「惠妃都聽到了，還有什麼疑問嗎？」這般說了一句，那拉氏轉眸看向胤禛，神色懇切地道：「皇上，恕臣妾直言，若三福真是受臣妾之命來此下毒，必是偷偷摸摸，怎敢如此明目張膽。」

「也許是故意的呢？」溫如言揚臉，含了一抹難以察覺的冷意，道：「皇上，既然皇后娘娘百般辯白，那不若讓她將製好的竹筆拿來，若確有竹筆，便證明娘娘所言不虛；反之，便是三福以做竹筆為名，在竹葉上下毒，謀害三阿哥。」

面對溫如言一而再、再而三的挑釁，那拉氏再次動怒，冷聲道：「惠妃，本宮乃是當朝皇后，妳怎可如此肆意誣蔑！」

「若最後證明是臣妾錯了，臣妾自會向娘娘磕頭認錯。」溫如言寸步不讓地說著。她也好，凌若也好，已經忍了那拉氏許久了，如今好不容易有將她扳倒的機會，怎肯錯失。

不等那拉氏再言，胤禛比往日更淡漠的聲音已經飄了過來：「皇后，既然有所疑，就該查個清楚明白，對嗎？」

那拉氏心中一震，知道自己若再拒絕，便真要惹胤禛懷疑了，趕緊低下頭道：「皇上說得是。」

胤禛微一頷首道：「那麼，咱們就去坤寧宮走一趟吧。」

從竹林到坤寧宮，是一段不短的距離，而之前又已經走了不少路，諸女皆是有些腳痠無力，但沒一個人出聲。她們都想知道，究竟那拉氏是否是下毒人。若是，不說后位難保，只怕性命都堪虞。

在去坤寧宮的時候，溫如言故意慢走了幾步，落到凌若身側，輕聲道：「希望這一次可以將皇后連根拔起。如此，妳與弘曆才有安生日子過。」

凌若感動地道：「就算如此，姊姊妳也太冒險了，這樣出言頂撞，皇后定會懷恨在心。」

溫如言嗤笑一聲道：「隨她恨好了，左右涵煙已經遠嫁，這宮中再也沒什麼值得我在乎的了，活著也不過是行屍走肉罷了。」

溫如傾連忙搖著她的胳膊道：「姊姊，妳千萬不要這麼說，妳還有我還有熹妃娘娘和謹嬪娘娘呢，若妳有事，我們都會很擔心的。」

「放心吧，我沒事，不過是說說罷了。」面對這個乖巧懂事的妹妹，溫如言臉上浮起一絲笑容。「總之皇后不除，咱們都沒好日子過。」

溫如傾點點頭，又有些不敢置信地道：「皇后娘娘當真有這樣壞嗎？我瞧著她挺慈眉善目的。」

凌若嘆了口氣道：「等妳瞧見她真實一面的時候，已經太晚了。總之妳記著，在這宮裡，千萬不要輕信任何一個人。」

溫如傾不安地點點頭，面色有些許發白，想來是對她們說的話有些難以接受。

在走了小半個時辰後，終於來到坤寧宮，守在宮外的太監看到一下子來了這麼多人，皆有些發懵，反應過來後趕緊跪下行禮。

胤禛瞧也不瞧，逕自入內，在正殿中坐下後，看著隱隱露著幾分不安的那拉氏道：「皇后，竹筆呢，在哪裡？」

留在宮中的小寧子等人聽到動靜都趕了過來，見殿中氣氛不對，不敢上前，只能不安地站在殿外。

那拉氏咬脣不語，似有難言之隱。她這個樣子，令胤禛越發懷疑。難道真是皇后下的毒？自己的結髮妻子，是一個陰狠毒辣的女子？若真是這樣，那便太可怕了。

在這個想法的驅使下，胤禛道：「若皇后再不說，朕便只有命人搜宮了。」

不論胤禛怎麼說，那拉氏都不肯吐露半字。年氏目光一凜，恨聲道：「不說，就是根本沒有什麼竹筆了？那拉蓮意，竟然真的是妳要害我的兒子！」

恨到極處，年氏竟然當眾冒大不韙，直呼皇后之名。

那拉氏眼皮一跳，驟然望過來，卻始終一言未發，在回視胤禛時，也只說了一句：「臣妾沒有下毒。」

胤禛什麼都沒有說，也沒有斥責年氏，只是道：「蘇培盛，四喜，帶人搜宮！」

「奴才遵命！」蘇培盛與四喜對望一眼，均知這次是出大事了。搜宮不是沒有過的事，但是搜坤寧宮，卻是從未有過的事。難道，這次皇后真的要倒了？

夏日的午後，陽光充足而明媚，帶著灼人的熱意，雖坤寧宮放了冰，可此刻殿門大開，冰塊根本起不了任何作用。眾人渾身冒汗，溫如言等人鬢邊、額角均可見密密的汗珠，卻沒有人說什麼，也沒有人去拭汗。

蘇培盛兩人動作極快，不一會兒就領了小太監挨宮挨院地搜，前後殿、東西暖閣、偏殿別院全部都搜了個遍，均無發現。

「皇后！」聽得蘇培盛他們的回稟，胤禛終於驟現怒顏。「說，為什麼要害弘晟！他雖是貴妃的兒子，卻也叫妳一聲皇額娘，更曾在妳宮中撫養過，何以要下此毒手？枉朕如此信任於妳！」

「臣妾沒有下毒！」那拉氏面色一黯，凝聲道：「再說，沒有竹筆也不能證明是臣妾下的毒，皇上何以一口咬定？剛才熹妃與四阿哥被指下毒時，皇上並不曾說一句肯定的話，甚至可說百般維護。是否，在皇上心中，臣妾便是一個惡毒冷血的人？」

第七百七十二章 莫辯

「那拉蓮意，妳不用在這裡花言巧語，沒有竹筆，就證明三福在撒謊。除了下毒，還有什麼事需要百般掩蓋！」對於任何敢於傷害弘晟的人，年氏都恨不得其死。

那拉氏冷下臉道：「貴妃，妳不要太過分了，本宮始終是皇后，妳這樣直呼本宮名諱是何道理？」

到了這個時候，年氏哪還會懼她，嗤笑道：「哼，妳不用在我面前擺皇后的威風。妳身為皇后，本當視眾子為親生，百般呵護，可妳呢？卻毒辣無情，指使三福在竹葉上下毒，既謀害弘晟，又嫁禍了弘曆，一舉兩得。有妳這樣的嫡母，真是弘晟與眾阿哥的悲哀！」

那拉氏沒有與年氏爭口舌之快，目光哀切地看著胤禛。「皇上，您是否也認定臣妾下毒？」

「若不是，妳就告訴朕，為何要讓三福去竹林？」胤禛言詞冷切地問著。

那拉氏怔怔地望著他，與此同時，透明無色的淚水亦從她眼角滴落。當胤禛親眼看著那滴淚落下時，竟有種不可思議之感。在弘暉逝後，那拉氏就很少在他面前落淚了，更不要說是當眾落淚。不管何時何地，她都保持著身為嫡福晉、身為皇后應有的儀態，一絲不差。看得久了，自己幾乎要以為，她本就如此，永遠沒有其他表情。原來不是，原來她也會哭，與其他女子一樣有眼淚……

想到這裡，胤禛面色不由得一緩。「皇后，妳若是冤枉的，就將事情原原本本說出來，否則平白一句『沒有』，妳讓朕如何相信。」

「皇上如果相信，又何須臣妾多言，始終是不信的。」那拉氏垂淚輕言，斂袖跪下，一字一言道：「總之，臣妾沒有做過任何對不起皇上，對不起大清的事，臣妾無愧於心。」

那拉氏話音剛落，晴朗明媚的天空突然一聲驚雷炸響，轟隆隆的雷聲震耳欲聾。

「天吶，這樣的天氣怎麼會有雷聲？」裕嬪驚疑地看著外頭晴好如初的天空，若非耳朵至今還難受，她都要懷疑是不是錯覺了。

「還用問嗎？肯定是咱們這位好皇后的話觸怒了上天，連老天都看不過眼，所以降下雷來警示。」年氏幸災樂禍地說著。那拉氏害死了她的第一個兒子，如今又要故技重施來害弘晟，她恨不得那拉氏死！

溫如言亦道：「看來皇后所謂的無愧皇上、無愧大清的話並不能信呢。」
「皇后，朕再給妳最後一次機會，妳究竟說還是不說？」那一聲雷，同時也將胤禛壓下去的懷疑重新炸了出來，且疑心比剛才更甚。
那拉氏低頭道：「臣妾無話可說。」
瓜爾佳氏附在凌若耳邊輕聲道：「瞧瞧皇后的演技，都到了這個時候，還演得這般絲絲入扣，可真是讓我等自愧不如。」
她的話雖輕，卻依然讓溫如言聽在耳中，冷笑道：「演技再好也沒用，到了這個地步，謀害弘晟一事她絕對逃不過去。」
「看來妳不是無話可說，而是根本說不了！好！好！好！」胤禛連連點頭，雖不斷地說「好」，眉心的怒意卻湧動不止，手指一次次收緊，依然壓不下那份怒意，驟然抓起一口都沒動過的茶盞擲到那拉氏身上。
滾燙的茶水在半空中灑落，雖沒燙到那拉氏，但那茶盞卻是結結實實地砸在她頭上，當場頭破血流。
感覺到額頭上的劇痛，那拉氏身子一顫，木然地閉上眼。她這個樣子令胤禛更痛心生氣。「皇后，妳是朕的結髮妻子，朕一直敬重於妳，妳怎可做出這等人神共憤的事，弘晟是朕的親生兒子啊！」
「主子！」翡翠撲到那拉氏身上，緊緊抱著她痛哭道：「您為什麼不與皇上說實話，任由皇上這樣誤會您！」

另一邊，三福也含淚跪下朝胤禛磕頭。「皇上，奴才沒有撒謊，真的是去竹林取竹枝做筆。」

「住嘴！」那拉氏睜眼厲聲喝道：「再多嘴，就給本宮滾出坤寧宮去。」

「主子。」三福痛心疾首地回過頭來。「不管您怎麼說，奴才都要說，您沒有下毒，也沒有害過三阿哥。」

翡翠亦泣聲道：「主子，您明明可以證明自己清白，為何隻字不提，難道非要等皇上將您治罪嗎？」

「本宮之事，不用你們多嘴，都給本宮退下！」

在那拉氏的喝斥中，翡翠爬到胤禛面前，與三福並排而跪，用力磕頭道：「皇上，奴婢可以證明皇后娘娘的清白，因為這坤寧宮中確實有竹筆存在。」

翡翠此言一出，眾人皆驚，幾乎定下來的事，再度變得撲朔迷離。蘇培盛和四喜已經將整座坤寧宮搜遍了，根本沒有竹筆的蹤跡，可是翡翠應該不會在這個時候胡言亂語，難道真是漏了哪裡？

年氏冷冷盯著跪地哭泣的翡翠。「本宮知道妳想救妳家主子，可是鐵證如山，就算妳今日舌粲蓮花，也沒用。」

「翡翠，妳是想氣死本宮嗎？」那拉氏喝斥，額間不住流下的血令她整個人看起來悽慘無比。

「主子，奴婢就是因為不想您死，才不得不說實話。」翡翠哭泣不止，旋即衝胤禛連磕了幾個響頭道：「皇上，雖然蘇公公和喜公公搜查了整個坤寧宮，但他們卻漏掉了一個地方。」

胤禛稍一想便明白了她指的是哪裡。「妳是說正殿？」

因為胤禛和一眾妃子都在正殿，所以蘇培盛沒有搜查這裡，但這裡統共就這麼些地方，且一目了然，根本藏不了東西。

「是。」翡翠應了一聲後道：「請恕奴婢們無禮。」

說著她與三福一道站起來，低頭走到胤禛旁邊，掀開他用來擱手的小几上覆蓋的錦布。沒有了錦布的遮擋，眾人才發現，原來那小几是實心的，並不像尋常桌几那樣有四條腿，它看起來就像是一個放大的匣子。

「翡翠，三福，你們大膽！」那拉氏的聲音是眾人從未聽過的尖銳，像是被人戳破了祕密一般。

第七百七十三章 認錯

翡翠兩人沒有理會那拉氏，用力一拉，只見小几下方被拉了出來，卻是一個隱藏起來的抽屜，裡面滿滿的都是竹筆，少說有幾百枝。

這個變故讓所有人都呆若木雞，特別是年氏與溫如言，盯著那一抽屜的竹筆，幾乎要以為是自己眼花了。

怎麼會……怎麼會這樣？既然有這麼多竹筆在，皇后剛才為什麼不說，還不許翡翠他們說出來，任由皇上誤會她？

巨大的反差令胤禛半天回不過神來，盯著那滿滿一抽屜竹筆，喃喃道：「這些都是妳家主子做的？」

「是。」翡翠含淚道：「皇上難得來坤寧宮一趟，二阿哥又已經開府，就算偶爾來看主子，也不過坐一會兒便走。日間還好，有諸位娘娘陪主子說話，可到了晚上，這坤寧宮就冷清得可怕。主子實在無趣，便想著做竹筆打發時間，讓三福去竹林攀新枝，每次都攀回來許多，然後主子一枝接一枝地做著，每做好一枝，主子都會默唸一遍皇上龍體安康，然後就放在這暗格中，日復一日，便做了這麼許多。」

三福在一旁道：「奴才曾問過主子，為什麼要做竹筆，做其他東西不是更好嗎？可是主子說，竹子是有靈性的，用竹子做成的東西，只要誠心對著它許願，就一定會成真，又說旁的東西不會做，所以主子只做這一樣。」

「做了這麼許多？」胤禛聲音發乾地問著，手指從細長圓滑的竹筆間插下去，直至整個手掌都淹沒在裡面，依然沒有碰到底，可見其中的竹筆不計其數。

「是，但是這件事除了奴才兩人外，主子就再沒與任何人說過。」說完這句，三福哽咽著磕頭。「皇上，您相信主子，她一直視您比自己更重要，又怎麼忍心去做傷害您的事。更何況世子的死一直是主子心中的至痛，她絕不忍心將這種痛加諸在別人身上。」

這樣的言語與心思，縱是胤禛這樣冷情之人，也不禁為之動容，望著自竹筆出現在眾人視線中後就再沒有說過話的那拉氏，道：「皇后，真是這樣嗎？」

那拉氏神色複雜地望著他道：「皇上不必理會他們的話，臣妾只是因為閒來無事，所以做竹筆打發時間。」

「那妳剛才為什麼不說？」

胤禛的話讓那拉氏身子微顫，在許久的靜默後，她方才輕聲道：「臣妾是皇后，一言一行皆是天下女子的典範，所以臣妾不可妒、不可嫉、不可恨，可是臣妾也是普通女子，也會想念皇上，盼能與皇上一道用膳，一道圍爐說話。」

她慢慢站起身來，仰頭打量著這座富麗堂皇卻又死氣沉沉的宮殿。「三年了，臣妾在這裡住了三年了，可是皇上來這裡的日子屈指可數。臣妾很想多留留皇上，然臣妾年紀已大，不可能再為皇上生兒育女，如何有臉再挽留皇上。」說到最後，一滴接一滴的淚珠從眼角滑落，劃過滿是脂粉的臉頰，滴在光滑似鏡的金磚上。「臣妾別無所求，只盼皇上可以相信臣妾，只可惜，皇上連這絲信任都吝嗇給予臣妾。」

她這話勾起了胤禛的心思，近三十年的夫妻，他與那拉氏在一起的日子確實少得可憐。

眾多妃嬪之中，論情意，遠不及凌若；論恩寵，遠不及年氏；論喜歡，遠不及新入選的嬪妃。算來算去，她除了一個結髮妻子的名分，除了一個皇后的位置外，便一無所有。

胤禛有些內疚地道：「是朕忽略了妳，妳怪朕也是應該的。」

那拉氏澀然一笑道：「不，臣妾從不怪皇上，皇上是天下人的皇上，臣妾得幸伴在皇上身邊，已是幾世修來的福氣。臣妾唯一的願望，就是盼上蒼保佑皇上龍體安康、無病無痛。若還有什麼，便是希望皇上能以信任待臣妾，如此臣妾便此生無憾了。」

「朕知道了。」胤禛輕嘆一聲，親手拭去那拉氏臉上的淚痕，道：「朕以後都會相信妳。」

冷落、漠視多年的愧疚促使胤禛去相信那拉氏，並且給予她遠超別人的信任，而這也令那拉氏在今後的歲月中，地位越發穩固。

胤禛親手拉了那拉氏在旁邊的椅中坐下，這一個舉動看得凌若眼皮直跳，卻是頗為無奈。滿匣的竹筆已經證明那拉氏派三福去竹林確是為了取竹枝製筆，並無虛假。奇怪了，難道竹葉上的毒不是那拉氏下的？

那拉氏鳳目一轉，最終落在面色難看的溫如言身上，帶著無形的威嚴道：「惠妃，妳剛才說若是妳錯了，便向本宮磕頭認錯，如今事實擺在面前，妳認錯嗎？」

「我……」溫如言心有不甘，她直覺就是那拉氏下的毒手。因為怎麼看，此事一成，得益最多的人都是那拉氏，偏搜遍了坤寧宮，沒搜到證據，倒是搜到了證明她無罪的竹筆。而且剛才那一番言語，使得胤禛對那拉氏更加信任，竟是變相地幫了她，實在可氣。

「怎麼，惠妃不願兌現自己說過的話了嗎？」那拉氏似笑非笑地看著她，然眼底卻瞧不見一絲笑意。她向來在意自己皇后的身分與權勢，厭惡任何敢於挑戰這份權勢的人，年氏如此，溫如言同樣如此。

她才是後宮第一人，無人可以取代，也無人可以妄想奪她的后位。任何不敬她的人，都要除去。

「臣妾不敢。」溫如言這般說著，卻遲遲未有動作。

她不動，那拉氏便一直看著她，任時間一分一秒過去。這一次，她是鐵了心要看到溫如言的屈服。至於年氏……呵，幾次三番直呼自己的名字，不過她慈悲為懷，是不會與年氏計較的，反而還會送年氏一份大禮，真是迫不及待想看年氏收到大禮時的表情，一定很精采。

在靜默了一會兒，胤禛開口：「惠妃，先前妳確有不對之處，向皇后認個錯，至於磕頭，就免了吧，皇后認為呢？」

胤禛開口，那拉氏自不會不給這個面子，微微一笑道：「皇上做主就是。」

胤禛微一點頭，在準備收回目光時，看到翡翠正在替那拉氏拭去額頭流下來的血。傷口的血已經止住了，不過皮肉綻了一個大口子，瞧著還是有些嚇人。他不禁有些內疚地道：「太醫都在，讓他們替妳瞧一下，莫要留了疤痕。也是朕心急了些。」

第七百七十四章　噩耗

那拉氏溫柔地道：「臣妾沒事，皇上不必在意。」

趁著這個工夫，瓜爾佳氏推一推站著不動的溫如言道：「姊姊，好漢不吃眼前虧，皇后剛才擺明了就是設個陷阱讓咱們跳下去，既然咱們輸了就去認個錯，否則皇上面前也不好交代。」

溫如言一句話也沒說，但她的表情已經說明一切。向那拉氏認錯，她是百般不情願，這個女人早已讓她討厭到骨子裡。

溫如傾瞥了一眼沒再說話的胤禛，憂心地道：「姊姊，要不我替妳去認錯吧。」

溫如言伸手攔住道：「不必了，再說皇后也不會領受。」說完這句，她終於走了出來，斂袖朝那拉氏跪下去，沉聲道：「臣妾適才冒犯皇后，請皇后娘娘恕臣妾無禮之罪。」

「知錯就好。惠妃是宮裡的老人了，往後行事說話都要小心一些，同樣的錯，本宮不希望妳再犯第二次。」在訓了溫如言一番後，那拉氏抬一抬手道：「好了，起來吧。」

「謝皇后娘娘。」溫如言低頭退到旁邊，心裡始終憋著一股氣。

「姊姊，對不起，讓妳受委屈了。」凌若在她身後輕輕說著。若非為了自己，溫如言也不會這樣出言頂撞皇后。

溫如言回過頭，安慰道：「與妳無關，是我自己瞧她不順眼罷了。只是這次沒將她扳倒，往後還不知會生出多少事來。」說到後面，她的話中充滿了無奈。

那廂，年氏趁機進言：「皇上，既然坤寧宮已經搜了，不若趁機將其他宮院一道搜了吧，也好早日找出害弘晟的凶手。」

胤禛沉吟未語。搜查整個後宮，影響極大，一旦傳揚出去，必然有損皇室顏面；剛才搜坤寧宮乃是不得已而為之，如今回想起來，胤禛頗覺後悔。

這個時候，忽有一個小太監疾奔而來，被攔在外面後，他急得面色發青，朝阻攔的宮人大喊：「我有急事要稟報皇上，趕緊讓我進去！」

胤禛微一皺眉，揚聲道：「四喜，你去外面看看是誰在喧鬧？」

「是。」四喜退下後不久又回到殿中，神色有些驚奇。「啟稟皇上，是翊坤宮的小多子，他說有很重要的事。」

翊坤宮？胤禛下意識地看了年氏一眼，後者亦是一臉不解。他們剛從翊坤宮出來沒多久，而且弘晟也已經沒事了，怎的又生出事來？

這樣想著，胤禛口中卻道：「讓他進來吧。」
隨著胤禛的話，小多子進到殿中，他似乎受了驚嚇，整個人都在哆嗦，簡單一個打千的動作，卻像是喝了酒的醉鬼一樣，差點沒摔在地上。
年氏對於自己宮中的人當眾出醜，甚是不高興，輕喝道：「小多子，究竟是何事要面見皇上，趕緊如實說來。」
年氏的話令小多子更加惶恐，身子縮得跟隻蝦米一樣，戰戰兢兢地道：「啟稟皇上、皇后和貴妃娘娘，三阿哥他……他……」
「弘晟怎麼了？」年氏心中不祥，連忙走過去追問小多子。
小多子低著頭不敢抬眼，語帶哭腔地道：「回貴妃的話，三阿哥他……他薨了！」
驚呼聲此起彼伏，所有人都用驚駭的眼神望著小多子，連胤禛與那拉氏也失控地自椅中站起來，一臉的不敢置信。至於年氏，整個人都愣在那裡，半天說不出話來。
還是那拉氏最先反應過來，帶著驚怒的神色道：「為什麼會這樣，徐太醫不是已經將三阿哥身上的毒給解了嗎？剛才出來的時候看他都能夠說話了，怎麼突然一下子就……就薨了？」後面幾個字，她說得甚是艱難。
「奴才……奴才也不知道，剛才靳太醫他們突然就說三阿哥薨了，讓奴才趕緊來稟告皇上。」小多子快哭出來了，他自己都還處在驚駭與莫名之中。

「不可能！」年氏突然回過神來，用力踹了小多子一腳，雙目通紅地厲聲道：「你胡說，弘晟明明已經沒事了，怎麼可能突然薨了！狗奴才，居然敢騙皇上與本宮，好大的膽子！」

小多子像塊破布一樣被年氏踹倒在地，他不敢起身，只是哀哭道：「奴才不敢欺騙娘娘，是真的，三阿哥真的薨了。」

「弘晟！」胤禛意識到事情的嚴重性，驚呼一聲，快步奔出去，那拉氏趕緊跟在後面。

餘下諸人，但凡回過神來的也都跟了上去，每一個都面帶驚色，不知為何弘晟會突然死去。

「不會有事的，弘晟不會有事的，一定是你這個狗奴才胡說！」年氏指著小多子道：「待本宮回去看到弘晟安好後，定然回來扒了你這個狗奴才的皮！」

小多子什麼話也沒說，只是嗚嗚地低泣著，這樣的哭泣令年氏越加心煩，轉身不再理會，只是疾步往翊坤宮走去。

路上，弘曆握著凌若的袖子，驚慌地問：「額娘，小多子說三哥薨了，是真的嗎？」

凌若面色沉重地搖頭道：「額娘也不知道，不過小多子應該不會胡言亂語，除非他得了失心瘋。」

「不會的，三哥剛剛還在與兒臣說話，怎麼可能說沒就沒了。」弘曆喃喃自語著，努力搖頭，然雙眼卻忍不住紅了起來。他咬一咬牙，覺得這樣走太慢了，發足快奔，一直越過凌若，直追上走在最前面的胤禛。

他這一快奔，旁邊的弘晝也不顧裕嬪的勸阻，快步追了上去。對此，沒有人說話，沒有人訓斥，所有人的心思皆放在翊坤宮。

本是半個時辰的路，這一路快走，竟是不足一刻便到了，守在翊坤宮外的宮人皆是一副驚魂未定的模樣。

胤禛看也不看他們，直奔入內殿。與離開時一樣，弘晟安靜地躺在床上，柳、靳二位太醫跪地不起，見到胤禛等人進來，垂淚磕首。「微臣照顧三阿哥不力，微臣有罪，請皇上責罰。」

胤禛看也不看他們，疾步來到床前，看著閉目安然躺在床上、蓋著錦被的弘晟，心裡充滿了說不出的恐懼。當伸手放在弘晟鼻下時，他緊張地停住呼吸。

一息……兩息……三息……

在這樣漫長的煎熬中，胤禛始終沒有感覺到弘晟的呼吸，哪怕是一絲微弱的氣息也沒有，怎麼會這樣？

第七百七十五章　薨

「弘晟？弘晟？」胤禛輕聲喚著，帶著最後一絲僥倖，希望弘晟可以突然睜開眼來回應自己，甚至喚一聲皇阿瑪。可是沒有，什麼變化都沒有，弘晟依舊一動不動地躺在床上。

弘晟死了，真的死了……

巨大的悲痛頓時席捲而來，猶如驚濤駭浪，將他整個人都淹沒在裡面。

另一邊，隨後趕到的容遠扣住弘晟的手腕，那裡同樣是死人才有的平靜，沒有一絲起伏。

驚駭染上容遠的眼眸。弘晟身上的毒是他解的，他最清楚弘晟的狀態，雖然體內尚有殘毒，但已經對身體無大礙，只要調養幾日便會無事，根本不足以致命。

「徐太醫，三阿哥怎麼樣了？」那拉氏緊張地追問，臉上滿滿都是擔憂之色。

至於年氏，她在進了內殿後，就一直遠遠站著，不敢上前，只是一眨不眨地盯著胤禛與容遠，想從他們嘴裡聽到一句「弘晟安然無恙，是那個狗奴才得了失心瘋胡言亂語」的話來。

容遠暫時放下心中疑惑，喟然說出令年氏根本不願聽的話來：「回皇后娘娘的話，三阿哥確實是薨了。」

「不可能！」年氏尖叫一聲，快步奔到床前，吃力地抱起弘晟的身子，用力搖晃著他，大聲道：「弘晟，你沒事的對不對？不要與額娘開這個玩笑，快睜開眼！」

不論她怎麼叫，不論她怎麼搖晃，弘晟都沒有任何反應，就像是一個陷入沉睡中的人，不同的是，這一次，他永遠不會醒來。

淚，洶湧而落，怎麼也止不住，撕心裂肺的聲音響徹在偌大的內殿中。

「弘晟！你醒來啊，醒來看一眼額娘，不要睡，額娘求你了！」

這樣淒厲絕望的哭聲讓人惻然，胤禛伸手抹去眼角的淚，扶住年氏的肩頭，啞聲道：「素言，妳不要這樣。」

年氏狂亂地搖著頭，急聲道：「弘晟肯定是與咱們在開玩笑，皇上，您快叫弘晟睜開眼不要再鬧了。」

「素言！」胤禛聽著更加難過。「朕知道妳無法接受弘晟突然離開的事實，朕也一樣，可是他已經死了，妳再怎麼叫他，他都聽不到，更不會睜開眼！」

「不！」年氏驟然大叫，尖銳的聲音落在眾人耳中，像是鋼針在戳一樣，教人有一種捂耳的衝動。

「弘晟沒死，他不會死的！」年氏掙脫胤禛的手，將弘晟抱在懷中，像安撫小嬰兒一樣拍著他的背，一邊落淚一邊道：「他們都在騙額娘，說你不在了，可是額娘知道，你是絕不會拋下額娘獨自離去的。弘晟，不要睡了，求求你，不要再睡了。」說到後面，年氏已經泣不成聲。

那拉氏神色悲慟地走上來安慰。「人死不能復生，妹妹節哀！」

「弘晟沒死！」年氏像是一頭被激怒的雌獸，護著弘晟，凶狠地瞪了那拉氏一眼，隨後又冷笑道：「妳自是盼著本宮的孩子死，哼，別痴心妄想了，弘晟命大得很，連什麼紅娘子的毒都解了，又怎麼可能會死！」說罷，她低頭柔聲道：「弘晟，你告訴皇后，你活得好好的，什麼事都沒有，將來還要開府建牙，娶妻生子，助你皇阿瑪處理朝事。」

這一番話說得胤禛幾乎要落淚，他統共就四個兒子、兩個女兒，涵煙生死未卜，如今連弘晟也死了，若是之前解不了毒倒也罷了，可明明已經無事，卻一下子死得這樣突然，實在讓人難以接受。

「四哥，三哥真的死了嗎？為什麼會死？」弘晝雙目紅紅地問著。年幼的他第一次直面這樣殘酷而血淋淋的生離死別，茫然無措。

弘曆沒有回答，只是看著凌若，在等她回答。凌若輕輕嘆了口氣，悲傷而無奈地道：「去吧，去見你三哥最後一面。」

「三哥！」弘曆悲呼一聲，奔到弘晟床前跪下，一遍遍地喚著，淚如雨下。弘晝亦跟了上去。

一時間，翊坤宮哭聲大作，眾嬪妃亦流露出悲傷之色，尤其是淩若等人。弘晟雖是年氏的兒子，但行徑卻大是有別，更不要說剛才眾人皆疑時，唯獨他堅信不是弘曆下的毒。

生離，尚有再見的可能；可是死別，就真的永無相見了，哪怕是有，也是在奈何橋邊……

「不許哭！都不許哭！」年氏抓狂地叫著，哭聲讓她害怕，讓她越發覺得抱在懷中的身子冰冷，彷彿弘晟真的再也不會回到她身邊了。

因為年氏剛才的喝罵，令那拉氏不便開口，只是默默地抹著淚。胤禛強忍了悲傷道：「素言，弘晟是真的走了，妳就是再不願，他也回不來了。放手吧，不要讓弘晟連死了都不安心。」

年氏緩緩轉過臉，哆嗦著蒼白的唇，堅持道：「沒有，弘晟沒死，等他睡夠了就會醒過來。」

「素言，朕知道妳難過，可是皇后說得對，人死不能復生，還是要看開一些才好。」胤禛一邊說一邊艱難地扳開年氏的手。

年氏一直愣愣地看著他，待雙手空無一物時，才反應過來，趕緊伸手想要再次擁住弘晟冰涼的身子，唯有如此，她才能感覺到弘晟還在身邊，沒有離去。

胤禛緊緊拉住她的手，不讓她再抱弘晟。年氏發了瘋一樣地掙扎著，可是不論她怎麼做，胤禛都不肯放開。

尖銳的指甲劃傷了胤禛的手指，鮮紅溫熱的血液頓時流了出來，染紅年氏的指甲。

一直站在旁邊的那拉氏頓時色變，一改適才的哀戚之色，厲聲道：「貴妃，皇上與本宮念妳驟然喪子，多有安慰，妳不思感恩便罷，反弄傷皇上龍體，是何道理？」說罷，她又急道：「太醫，快替皇上包紮傷口，小心感染。」

「朕沒事。」胤禛擺擺手，示意那拉氏不必太過擔心。

而在血流出的時候，年氏亦停下了掙扎，愣愣地看著代表生命存在的鮮血。她突然有一種衝動，想在弘晟身上劃一道，若他也能流出血來，就證明他沒有死，也省得那些人哭號。只是這樣做，弘晟會受疼。

第七百七十六章　大悲

在這個念頭的驅使下，年氏狠一狠心，再狠一狠心，伸出還染著胤禛血跡的指甲，在弘晟蒼白如紙的手背上用力劃過，同樣有傷口，卻沒有任何血流出，只能看到一絲黑紅隱現。

沒有血，真的沒有血。年氏失魂落魄地看著這一幕，不知過了多久，嗚咽聲從嘴裡逸出。她用力捂住嘴脣，可是依然止不住那絲哭聲，而且越來越大，直至掩蓋了所有的聲音。

胤禛重重地嘆了口氣，攬了年氏的肩膀，輕拍著她後背道：「哭吧，哭過就好了。」

胤禛的話令年氏哭得更大聲了，這一次，她是真切意識到弘晟的離去，十五年的母子情分，終於在今日走到盡頭。從今往後，她再也沒有自己的孩子，再也沒有了啊……

絕望、悲傷，成了這一日翊坤宮的所有情緒。闔宮上下，盡是哭聲，哀悼著弘晟的離去，哀悼著年氏的喪子。

年氏因過於悲痛而哭得暈了過去，胤禛命人將她扶下去休息，隨後才強忍悲傷，看著猶自跪地不起的柳、靳太醫，道：「為什麼三阿哥會突然薨逝？」

弘晟身上的毒已經清得七七八八了，沒理由會突然死去，其中必有原因。

柳太醫與靳太醫對望一眼，皆是為難地道：「回皇上的話，罪臣……罪臣也不知道。」他們兩人倒是很自覺，曉得弘晟一死，必然難逃罪責，直接改了自稱為罪臣。

「荒謬！」胤禛勃然大怒，重重喝道：「朕將三阿哥託付予你們照顧，如今三阿哥死了，你們卻跟朕說不知道！」

兩人皆是害怕不已，唯恐胤禛一怒之下摘了他們的頸上人頭，用力磕頭，不斷地說著：「皇上恕罪！」

胤禛厭惡地別過臉，對正在檢查弘晟的容遠道：「徐太醫，知道三阿哥死因了嗎？」

容遠沉吟一下道：「三阿哥死因頗為蹊蹺，草民不敢斷言，還是讓齊太醫檢查一下吧。」

「齊太醫。」胤禛漠然喚了一聲，後者趕緊上前。

在檢查過程中，他露出驚色，又與容遠交談幾句後，方才拱手道：「啟稟皇上，三阿哥舌苔青紫，眉心泛黑，應該是死於體內毒性突然爆發。可是在離開前，微臣與徐太醫都診過三阿哥的脈象，殘留的毒素極其微小，是絕對不可能致命的。倒像是……」

「是什麼？」胤禛不耐煩地問著。

「是……」齊太醫猶豫著不敢說。

容遠接過話道：「若草民與齊太醫所料不差的話，應該是有人趁無人之際，重新給三阿哥下了毒，造成他毒發暴斃。」

內殿又是一陣驚呼。今日之事實在太過匪夷所思，且一再出乎意料。

那拉氏更是驚呼道：「這怎麼可能？殿中除了伺候的人之外，便只有柳、靳二位太醫，他們怎麼可能會害三阿哥。」

瓜爾佳氏撫一撫臉道：「沒什麼不可能的，也許這些人當中，就有下毒者的幫凶，要不然怎麼會有紅娘子這種毒呢？」說到此處，她忍不住一嘆道：「下毒者真是狠毒，一次害不死三阿哥便害第二次。」

眾人雖覺得有些不可置信，但確實不排除有這可能，一想起，便覺毛骨悚然，可怕得緊。

胤禛目光一閃，恰好看到小多子一瘸一拐從外面走進來，招手喚過道：「你是一直在這裡伺候三阿哥的，將事情原原本本說一遍，一個字都不許漏。」

「是。」小多子有些驚慌地說著，剛才被年氏踹到的地方現在還疼。先是三阿哥無故暴斃，之後又挨了年貴妃一腳，再然後剛才過來時還一個不小心扭了腳，今天真是倒楣透頂，只盼這條小命不要莫名其妙沒在這裡，否則就太冤枉了。

據小多子所言，原來胤禛等人離去後，弘晟便一直都有些不對勁，時而嘆氣、時而皺眉，問他可是哪裡不舒服，他又直搖頭。

這樣大概過了半個時辰後，弘晟突然讓小多子扶他起來，說要去見胤禛，有話要說。小多子問他是什麼事，他又堅持不肯吐露，直叫小多子扶他起來就是。柳、靳二位太醫一聽之下連忙勸阻，說他身子剛剛好一點兒，千萬不能勞累，否則萬一殘餘的毒性進入到尚且虛弱的五臟六腑，會變得很麻煩。

可是這一次，弘晟很堅持，說即便是不能走路，被抬著也要去，還說他知道是誰下的毒，要在胤禛面前拆穿她的真面目。

聽到這裡，胤禛眼中滿是驚意，盯著小多子道：「你說什麼，三阿哥知道下毒的人了？」

待小多子肯定地點頭，他忙問：「是誰，三阿哥說了沒有？」

「回皇上的話，奴才當時聽了也是奇怪得緊，可是不管奴才們怎麼問三阿哥，他都不肯再多說，只說剛才著了那人的當，後悔沒有早些揭穿她的真面目。」

一聽這話，裕嬪有些遲疑地道：「適才臣妾瞧三阿哥態度甚是奇怪，似乎有話要說，是否就是想說這事？」

胤禛對此深以為然，轉目落在那拉氏身上。「皇后，適才妳替弘晟拭過汗，他當時可有與妳說過什麼？」

那拉氏仔細想了一下，搖頭道：「臣妾確實瞧見三阿哥喃喃自語，只是聲音太輕，臣妾未曾聽到，且當時也未往心裡去。」說到此處，她又有些後悔地道：「臣妾當時若是問一聲就好了。」

「此事不怪妳，誰都想不到。」望著弘晟毫無生氣的身體，胤禛痛心不已。「既然他都知道了，為何不立即與朕說清楚，如今就是想問也無法問了。」

凌若輕言道：「也許，三阿哥是有所顧忌，不能說出口。」

「到底……會是誰呢？」溫如傾撫著雙臂，恐懼令她覺得渾身發涼，左顧右盼，總覺得凶手就在哪裡藏著。

這個時候，弘晝似乎想到什麼，暫止了哭泣，扯著弘曆的袖子道：「四哥，我記得剛才三哥一直盯著皇額娘，是不是皇額娘知道些什麼？」

弘曆瞥了一眼正在拭淚的那拉氏。雖然皇額娘對於三哥的死表現得很悲傷，但他總覺得哪裡不對勁，可具體又說不出來。

第七百七十七章 各執一詞

「四哥，你有在聽我說嗎？」弘晝等了半天不見弘曆回答，不禁催促了一句。

弘曆回過神來，有心要說，又覺得不合適，敷衍道：「我聽著呢，不過皇額娘應該不知道，否則她早說了。」

「哦。」弘晝失望地應了一聲，沉寂片刻，他忽的又抬起頭，眸中似有幽微的火苗在跳動。「四哥，我們一定要替三哥找到害他的凶手。」

弘曆定定地看著他，用力點頭道：「嗯，三哥這麼相信我，我一定不能讓三哥白死，哪怕現在找不到，將來也總會找到的。」

話音未落，弘曆突然覺得身子有些發涼，那種感覺，就像是被猛獸盯住的獵物一樣，他甚至能清晰感覺到自己後背的汗毛一根根豎了起來。

當那種感覺達到最強盛的時候，他倏地抬起頭來，可是什麼也沒發現。皇阿瑪在問小多子，皇額娘在默默拭淚，剩下的人也都沒什麼異常。奇怪，難道是自己的錯覺？

只聽得小多子繼續道：「柳、靳二位太醫勸了許久，始終不能令三阿哥改變心意，無奈之下，二位太醫便商量著穩住三阿哥體內的毒，不至於因為走動而發生變故，並且讓奴才下去準備肩輿。等奴才回來的時候，就發現三阿哥已經沒氣了。」

他剛一說完，胤禛便將目光轉向了柳、靳兩人，意思不言而喻。靳太醫剛張嘴要說，柳太醫便搶著道：「啟稟皇上，小多子出去後，微臣們便商量怎麼穩住三阿哥體內的毒。隨後靳太醫說，讓三阿哥先把藥服了，然後再用銀針封穴之法，封住他的奇經八脈，這樣就不會有危險。」

靳太醫在旁邊慢慢張大了嘴，眼中盡是驚意，插話道：「不對，明明是柳太醫你說可以使銀針封穴，我何時說過？」

柳太醫聞言大是皺眉，不悅地道：「靳太醫，皇上面前可不能胡說，我記得非常清楚，此話是出自你口，我只不過是附議罷了，何況用銀針封穴的那個人也是你。」

「胡說！你在胡說！」靳太醫激動地大叫著。「皇上，您莫聽他胡說，一切皆是他的主意，他冤枉微臣！」

面對他語無倫次的話語，胤禛大是皺眉，揮手道：「先將事情說清楚，剩下的等會兒再說。柳太醫，你繼續說下去。」

「是。」柳太醫委屈地道：「在小多子出去後，靳太醫便讓微臣脫了三阿哥的衣裳，用銀針封住他的經脈。在施針期間，他又讓微臣出去拿藥，等微臣再回來的時候，就發現三阿哥整個人都不對了，呼吸急促、面色青黑、雙目圓睜，是毒發之症。微臣當時就嚇壞了，趕緊替三阿哥把脈，想壓住毒性發作，可是微臣脈還沒把完，就聽得三阿哥大叫一聲，然後便不省人事，不管微臣做什麼都無濟於事，最後更是停止了呼吸。」

說到後面，柳太醫激動不已，連君前該有的儀態都忘了，雙手用力地揮舞著。「後來微臣問靳太醫是怎麼一回事，按理銀針封穴是絕不會有問題的，他卻說自己什麼也沒做，是三阿哥自己突然毒發。」

「你血口噴人！」靳太醫激動地叫嚷著。「說施針的人是你，動手的那人也是你，我根本什麼都沒做過，柳華，你冤枉我！」

柳太醫一臉痛心地道：「靳太醫，你自己做的事為何要推到我身上？聖上面前顛倒是非，難道你不覺得羞愧嗎？」

「顛倒是非的人是你！」靳太醫雙目怒若噴火，若非礙著胤禛等人的面，他恨不得當場撕了柳太醫。饒是強忍了，他也按捺不住大叫：「柳華，你別太過分了！」

柳太醫連連搖頭。「你這樣做，就算瞞得了皇上與皇后娘娘，但你自問能瞞過天地良心嗎？」

「我沒有！」靳太醫氣得快發瘋了。「皇上，您別聽他血口噴人，微臣可以對天起誓，所說的每一句話都屬實，絕無虛假。」

柳太醫亦緊跟著道：「皇上，您若不信，可以問問外頭守候的宮人，是否是微臣去端的藥。」

在弘晟床頭放著一碗已經沒有熱氣的藥，想是端來的時候，弘晟已經不行了，所以便一直放在這裡。

胤禛朝四喜使了個眼色，後者立刻會意地走出去，隨後領了兩個年紀不大的宮女進來。她們戰戰兢兢地施過禮後，跪在地上一動也不敢動。

「妳們可有瞧見是哪位太醫去端的藥？」胤禛就著蘇培盛端來的椅子落座，今日這一路奔波，著實有些累了。

「回皇上的話，是柳太醫。」兩個宮女皆一般回答，使得靳太醫的嫌疑無疑又大了幾分。

靳太醫忙解釋：「皇上，原本是微臣去取藥的，可是柳太醫非要微臣在旁邊看他施針，說是萬一有什麼意外，也好共同施救。等針施完之後，他又搶著去端藥，他……他分明就是故意的！」

「故意？」那拉氏揚一揚眉，輕言道：「靳太醫的意思，是說柳太醫故意嫁禍與你？這似乎不可能吧。柳太醫的品行，皇上與本宮都是知道的，不說遠的，就說熹妃的妹妹難產，也是柳太醫費盡心機救下來的。」

柳太醫一聽，頓時涕淚縱橫，連連叩首道：「皇后娘娘聖明，微臣當真是冤枉啊。」

那拉氏的話，令靳太醫頓時陷入孤立無援之地，面對眾人懷疑的目光，他不斷地說著「冤枉」二字。

面對真假莫辨的兩人，凌若凝眸細思，終讓她想到一法。「皇上，臣妾有一法，也許可以證明兩人孰真孰假，不知當講不當講？」

胤禛正因兩人的各執一詞而煩惱，聽得凌若這麼說，當即道：「熹妃但說無妨。」

凌若理了理思緒道：「既然說曾替三阿哥施過針，那麼針上必定留有痕跡，交給齊太醫與徐太醫一驗便知。」

柳太醫瞳孔微縮，旋即已是一副若無其事的樣子。靳太醫則如喪考妣，憤然道：「適才柳太醫說他忘了帶銀針，所以微臣便將自己的銀針借給了他。」一邊說著，他一邊哆哆嗦嗦地摸出一個絨布包來，裡面並排放著十餘根銀針。

第七百七十八章　銀針

「一派胡言！」柳太醫斷然否認了靳太醫的話。「我銀針就在身上，何曾借過你的？」為了證實自己的話，他同樣從身上摸出放有銀針的絨布包來。

這下子連凌若都不確定了，靳太醫的話漏洞太多，實在難以讓人相信。至於柳太醫……自己與他接觸不多，一時半會兒實在難以看透。

「你……你明明有銀針！居然誆騙我說沒有！」靳太醫氣急敗壞地說著。

望著那兩排銀針，胤禛面色陰晴不定，好一會兒方才緩緩吐出一個字來：「驗！」

容遠與齊太醫一道領命，各自拿過一排銀針查驗。齊太醫拿的是靳太醫的針，在查驗當中，他突然輕「咦」了一聲，告罪一聲，拿著銀針走到窗邊，藉著天光輕輕撚著銀針，神色凝重無比。

那廂，容遠已經查看完柳太醫的銀針，並未發現什麼問題。在看到齊太醫怪異的舉動後，他走上去道：「齊太醫，可是有什麼不妥？」

齊太醫將銀針遞給他道：「老夫年紀大了，眼神不濟，瞧不真切，徐太醫若能幫著一道看自是更好。」

這話讓容遠不解。銀針凡沾過毒，若未及時清洗，上面顏色必然會有所變化，這個應該不難瞧，怎的會讓齊太醫這般為難？

然，剛一接過銀針，他便覺得不對了。銀針分量極輕，拿在手裡幾乎不可察覺，可是手上這根銀針卻是有些分量，雖然很細微，但對於經常拿銀針的人來說，還是能夠感覺到的。

且仔細瞧去，它比尋常銀針要粗一些。至於針的顏色，確實有些不對，並非純亮的銀色，而是帶著一絲微不可見的青色，分明是碰過毒物的症狀。

「徐太醫對著天光瞧瞧。」齊太醫在旁邊提醒了一句。

容遠依言為之，當正對著天光時，他的眼睛便一下子移不開了。他竟然發現銀針內部似有液體在流動，特別是針尾部分，感覺更加明顯。他敢肯定，絕不是光線反射，銀針裡面是真的有東西。依室內的光線是看不出的，想來齊太醫也是覺得銀針的分量與大小有所不對，所以起了疑心，特意到天光明顯的地方察看。

那拉氏見他們遲遲不說話，不禁有些發急。「二位太醫，到底怎麼樣了？究竟哪位太醫的銀針有古怪？」

容遠與齊太醫互望一眼，在無言的默契中，容遠突然伸手拔掉銀針的針尾，隨後他將銀針倒過來。接著，眾人看到了匪夷所思的一幕，銀針中竟然緩緩滴落透明的液體，儘管只有一滴，也足夠讓人震驚的了。

「這……這是怎麼回事？」裕嬪瞠目結舌地看著那滴液體滴在金磚上。

「回娘娘的話，這根銀針本就是空心的，有人在裡面灌了某種液體，當以一些特殊手法使銀針的時候，液體就會從銀針裡面流出來。若草民所料不差的話，這液體應該就是紅娘子的毒。」就在容遠說話的時候，滴落在金磚上的液體發出了詭異的變化。

只見那一小滴液體無聲地滲進地磚中，若非腳下真實地踩著堅硬光滑的地磚，幾乎要以為那是會吸水的棉花。

而隨著液體的滲入，地磚上竟然出現一個指甲蓋大的洞，敢情那液體不是滲進去的，而是腐蝕進去的。

「是了，就是紅娘子的毒。純粹的毒液可以腐蝕瓦礫、玉器，若不稀釋，便只能用金銀等物盛裝。」容遠彈了一下手裡的銀針，感慨道：「做這銀針的人，手藝巧奪天工，銀針本就細小，他竟然可以從中鏤空，然後灌毒液進去，若非親眼所見，實不敢相信。不過也因為中空，使得銀針有些透明。」

靳太醫死死盯著銀針，怎麼也想不明白，自己慣用的銀針怎麼會變成中空的，還灌了毒液進去？

「靳太醫，事到如今，你還有何話好說？」那拉氏沉眸問：「即便是柳太醫中途問你借過銀針，可這銀針當中的玄機總不至於是他一時半會兒就能弄出來的吧？」

靳太醫面如死灰，半晌才吐出幾個字來：「微臣……微臣不知道。」

「依本宮看，你不是不知道，而是再也想不出狡辯之詞了吧。」那拉氏聲音清冷如冰凌，令這殿內的溫度一下子冷了下來。「靳明澤，說，為什麼要謀害三阿哥？」

靳太醫汗如雨下，跪在地上不住發抖，強撐著道：「微臣真的什麼也沒做過，求娘娘明鑑，微臣是冤枉的！」

另一邊，柳太醫則是長出了一口氣。「微臣此身總算清白了。」

胤禛慢慢握緊雙手，森然道：「靳明澤，是誰讓你在竹葉上塗毒，又是誰指使你害三阿哥？從實招來，朕賜你一個全屍，否則必讓你受千刀萬剮之刑！」

「微臣實不知怎麼一回事。」靳太醫無力地答著，撐地的雙手已是不堪重負。

胤禛面無表情地看了他一眼。「看來不動大刑，你是不會招了。」

「皇上饒命，饒命！」靳太醫一想到千刀萬剮便心驚肉跳。「微臣真的是冤枉的！」

胤禛根本懶得與他廢話，逕自道：「來人，將他拖下去用刑，什麼時候肯說實話了再帶進來。」

靳太醫的求饒喊冤並不能阻止即將到來的悲慘命運，鐵證如山，只憑一張嘴皮子又怎會有人相信他是清白的。

在靳太醫被帶下去的時候，凌若無意中看到柳太醫眸底一閃而逝的鬆弛，彷彿放下了什麼心事。

她想再看仔細時，柳太醫已經恢復了痛心無奈的神色，再瞧不出任何異樣。

奇怪，是她看錯了嗎？

還是說……此事另有隱情，靳太醫不過是一個替死鬼？

遠處，不時傳來靳太醫悽慘的哀號聲，讓人有一種捂耳的衝動；然沒一個人敢動，皆靜靜地站著，連大氣也不敢喘一聲，唯恐招來災禍。

今日之事，即便到了這分上，依然有一種如墜雲霧中的感覺，先是疑心四阿哥，隨後是皇后，現在又是這靳太醫，也不知這最後咬出的會是誰。

第七百七十九章　險惡

不知過了多久，哀號聲停了下來，不等眾人鬆口氣，蘇培盛走進來小心地稟道：「皇上，靳太醫受不住刑，暈了過去。」

「潑醒了繼續打，總之他不招出幕後主使者，就不許死！」胤禛面無表情地說著，蘊含在其中的冷意讓人無法漠視。

「嗻！」蘇培盛越發垂低了頭，唯恐一個不慎，觸怒了盛怒中的胤禛。

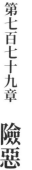

「皇上。」那拉氏輕聲勸道：「勞累一天了，不如您先回養心殿歇著吧，還有眾位妹妹也都累了。至於靳太醫，將他交給慎刑司就是，他們慣會對付那些犯了錯還嘴硬的人。」說到這裡，她瞥了一眼弘晟的屍體，聲音越發低迷：「三阿哥的喪事，臣妾會好生料理，必不讓他受半點委屈。」

胤禛起身走到弘晟床前，手掌撫過他冰涼沒有生氣的臉龐，鼻子禁不住一陣陣發酸。音容笑貌宛在眼前，卻已陰陽相隔。世間最痛苦的，莫過於白髮人送黑髮人，在死亡面前，他縱然貴為九五之尊，亦如孩童一般弱小無力。

他閉目，將熱意逼回眼底，回身哽咽著對那拉氏道：「那就辛苦皇后了。」

「臣妾身為嫡母，一切都是應該的。」那拉氏柔順地應了一句，又有些不放心地道：「倒是皇上千萬要保重龍體，莫要太過哀傷了，您還有朝事要處理呢。」

從眼底退回到喉間的熱意讓胤禛一時說不出話來，只能擺擺手，示意那拉氏不必擔心。

只是，驟失愛子的痛意豈是說壓下便能壓下的，沒走幾步，胤禛便腳步一個踉蹌，差點摔倒。四喜趕緊上前扶住他，關切地道：「皇上小心。」

「沒事，走吧。」胤禛如是說了一句，在眾人的目光中緩步離去。將落未落的夕陽，在他身後映出一道蕭索的影子。

在胤禛離去後，諸女也先後散了，只有那拉氏留了下來。弘曆與弘晝想多陪陪弘晟，凌若和裕嬪念他們兄弟情深，未曾阻攔。

另外容遠那邊，因靖雪要去看望敬太妃，是以隨她一道去了壽康宮。至於給凌若解毒一事，因為所需的藥材都用盡了，最快也要過幾日，等藥材採購齊了才行。

離開翊坤宮後，凌若幾人一道去了溫如言的延禧宮。剛一坐下，溫如傾便捶著雙腿輕吁道：「好累啊，這一日走的路可是比平常多多了，且還一直沒坐過，現在總算能歇歇了。」有一旁伺候的宮人機靈地上前跪下，替溫如傾捏著痠疼的雙腿。

「姊姊，妳們怎麼都不說話？」溫如傾等了一陣子，始終不見有人說話，不禁感到奇怪地問道。

溫如言勉強笑道：「沒什麼，姊姊只是在想靳太醫是受何人主使要害三阿哥。」

「此事慎刑司那邊自然會問出來，左右熹妃娘娘已經洗清了嫌疑，不須擔心了。」

溫如傾不以為然的話語落在凌若耳中，讓她連連搖頭。「話雖如此，卻也不能掉以輕心，靳太醫一日沒說，本宮與所有人一樣就都還有嫌疑。」

瓜爾佳氏揭開剛沏好的茶，輕吹了口氣道：「不管怎樣，今日之事都是妳幸運了，徐太醫這麼湊巧地回來，否則，當真是百口莫辯。」

「是啊，這一點怕是幕後之人怎麼也沒想到的，算是百密一疏。」凌若也是好一陣感慨。

溫如傾天真地一笑。「剛才皇上這般緊張熹妃娘娘，想必，就算別人再說什麼不好的話，他也不會相信了。」

凌若沉默片刻，有些感慨地道：「帝心難測，哪個又能說得準呢。」經歷多了之後，看人看事，便再沒有了年輕時的簡單。她轉眸，看到溫如傾一臉不解的樣子，澀然一笑道：「等以後，妳自然會明白。」

溫如傾嘟著嘴道：「娘娘與姊姊一樣，總是將臣妾當成小孩子看待，臣妾都十七了，還有什麼不明白的。」

「能不明白，未嘗不是件好事。」溫如言這般接了一句後，仰頭道：「若可以，我不知多想回到十七歲時，何來如今這麼多煩惱。」

「姊姊錯了，若妳現在是十七歲時的心智，煩惱自然不多，可是命卻也不保。」瓜爾佳氏悠悠說了一句後又道：「姊姊今日當著那麼多人的面給皇后難看，雖說後來認了錯，可是以皇后的心思，她絕不會善罷干休的，姊姊往後要小心了。」

溫如言撫著衣襬上栩栩如生的玫瑰花，道：「無所謂了，就算沒今日之事，她也早看咱們幾個不順眼。我只是可惜今日沒能扳倒她。」

「姊姊，妳們說皇后表裡不一，那她真實一面究竟是怎樣的？」溫如傾睜著烏溜溜的雙眼，那神色既害怕又好奇。

「她——」瓜爾佳氏剛說了一個字，便被溫如言打斷。

「如傾，妳不是說累了嗎？那就趕緊回去睡一覺。」

溫如傾哪裡肯依，抓著溫如言的胳膊撒嬌道：「不要，如傾想要聽故事，姊姊妳別趕如傾走。」

溫如言不為所動，拂開她的手道：「這裡沒有故事給妳聽。聽姊姊的話，快回去，否則姊姊要不高興了。」

「哦。」溫如傾不情願地答應一聲，跳下椅子，悶悶地向凌若等人行了一禮，離開正殿往自己的居處行去。

望著溫如傾遠去的身影，瓜爾佳氏淡淡道：「姊姊這樣護著如傾，不讓她接觸宮中險惡的一面，對她來說，未必是一件好事。始終這宮裡，適者才能生存。」

「妳說的我又豈會不知，只是如傾這樣單純，我實不忍她與咱們一樣，變得世故且心存算計。」溫如言輕輕嘆了一聲道：「雖然我也知道不可能一世如此，但至少我現在尚有能力庇護她，讓她遠離是非，不染血腥。再說……」頓一頓，帶著幾分淒涼的笑意道：「就算我不在了，不是還有妳們嗎？」

凌若心中一緊，驟然想到了死得極突然的弘晟，連忙道：「姊姊不許說這樣喪氣的話。再說，如傾是妳妹妹，當然要妳自己庇護，哪有說推給我與雲姊姊的道理。我們……我們才不會管呢。」

第七百八十章　猜測

「可不就是，再說要我們兩個庇護，這價碼，姊姊怕是未必出得起。」一旁的瓜爾佳氏也在一旁幫腔。

「妳們兩個什麼時候變得這麼勢利，姊妹間還需要談價碼嗎？」對於她們兩個的拒絕，溫如言不僅未生氣，反而有幾分感動，口中卻是順著她們的話說下去。

「親兄弟尚且明算帳呢，姊姊可休想叫我們做那賠本的買賣。」這般說著，凌若眸中卻浮現一絲溼意。

姊妹多年，溫如言哪會看不出她們兩人真正的意思。

「好了好了，我錯了還不行嗎？隨口一句話便惹出妳們這許多的話來，可真是冤枉。」

「知錯就好。」凌若平息著心裡的感傷，嘴上卻依舊不肯饒人：「往後這話可是不許說了，咱們都說好了，要做一輩子的姊妹，哪個也不許違誓。」

溫如言橫了她一眼，心情是少有的暢快。「這是否就叫上了賊船？」

瓜爾佳氏抿一抿唇，笑道：「那還用說嗎？老早啊，妳就被綁在這艘賊船上了，這輩子都休想跳下去。」

「是啊、是啊，就算妳們趕我，我也不下船呢。」說到後面，溫如言忍不住笑了起來，心中滿是暖暖的感動，一切盡在不言中。

瓜爾佳氏抿了口茶道：「剛才姊姊說可惜沒有扳倒皇后，我倒是覺得，皇后若這麼容易倒，她就不是跟咱們鬥了二十幾年的皇后了。」

「哼，那個口是心非的陰險女人。」一說起這個，溫如言臉色頓時變得極為難看，用力一掌拍在黃花梨小几上。「明明就做了那麼多竹筆，偏支支吾吾不肯直接拿出來，害得我還以為能抓到她的把柄，平白受屈辱。」

「若不先受些委屈，如何能讓皇上內疚憐惜，經此一事，咱們這位皇后娘娘在皇上心中的分量可是大大加重了。也許，從一開始，她就已經這樣盤算好了。」瓜爾佳氏是幾人中最冷靜的，而她的分析，也最是中肯。

「皇后的心思真是深不可測，倒像是未卜先知一般。」凌若剛說完，好看的雙眉便皺了起來，緩緩道：「我怎麼覺得，此事……像是皇后一手策劃的。」

溫如言悚然一驚，訝然道：「妳是說三阿哥是皇后害死的？可是已經證明了三福去竹林是為了攀枝做竹筆，而非下毒。」

「當真不是嗎？」凌若彈一彈指甲，帶著森然的笑意道：「那一匣子的竹筆只能證明三福確實去攀過竹枝，卻不能證明他沒有下過毒。」

瓜爾佳氏細細回味了一下，反應過來。「妳是說，竹筆不過是掩飾，真正的目的還是下毒？」

凌若頷首道：「不錯，只是之前咱們，包括皇上在內，都想當然了，以為既有竹筆為證，三福去竹林就不是為了下毒。」

溫如言想了一會兒道：「雖說我也覺得皇后最可疑，可是三阿哥死時，她可是一直與咱們在一起。另外我也注意過，她心腹那幾人一直都在，沒出去過，她又怎麼害死三阿哥呢？」

「這個……」凌若一時也想不出好的答案來。

還是瓜爾佳氏道：「妳們別忘了，三阿哥被靳太醫害死之前說過什麼，他說知道凶手，還後悔之前沒有說出來。」

「那又如何？」溫如言與凌若均是不解地問著。

「三阿哥被徐太醫救醒後，曾經欲言又止，或許就是想說凶手，偏那麼巧，皇后就上去給三阿哥拭汗了。也許就是在那個時候，她出言威脅了三阿哥。」瓜爾佳氏一邊想一邊道：「三阿哥年紀尚小，論心思怎比得過皇后這隻老狐狸，很可能就是被她拿話嚇住了，這才不敢說實話。後來咱們走了，他回過神來，覺得不對，便急著要來見咱們，可惜被靳太醫施計害死。還有，靳太醫也是皇后指名留下來照顧三阿哥的。」

「如此說來，靳太醫是受皇后主使了？若他能夠供出皇后，那不就可以坐實她害三阿哥的事？」說到這裡，溫如言不覺有些興奮。

「怎麼可能。」瓜爾佳氏當頭就是一盆冷水倒下來。「姊姊何時見皇后被底下人反水出賣過，她控制人的手段可是高明得很。也可能，靳太醫在慎刑司就會被滅口。」

溫如言不想就此放棄，思索道：「那咱們就設法保住靳太醫的命，我就不信有人寧願受千刀萬剮之刑，也不肯說實話。」

瓜爾佳氏搖頭道：「這個……我倒真不好說，不過總覺得希望不大。」

「不管大不大，總要試過方知，要不咱們這就去慎刑司走一趟。妹妹妳說呢？妹妹？」溫如言推了一下低頭不語的凌若，奇怪地道：「在想什麼呢，這麼入神？」

凌若輕「啊」了一聲，道：「沒什麼。姊姊剛才問我什麼？」

溫如言無奈地道：「這個時候妳也能走神，我真不知說什麼好。剛才雲妹妹說咱們可以從靳太醫身上著手，所以我想去慎刑司走一趟，不知妳可願一道去？」

令溫如言感到意外的是，凌若竟然推卻道：「我還有些事，姊姊妳們先去吧，晚些咱們再細說。」

意外歸意外，溫如言並沒有勉強，叮囑了一句後，與瓜爾佳氏往慎刑司去了。

在她們走得不見蹤影後，凌若方對身後的水秀等人道：「回宮！」

「是。」水秀答應一聲，上前扶了凌若的手，在接觸到的一瞬間，感覺凌若手指冰涼得嚇人，不禁偷偷覷了一眼，瞥見她神色陰冷，趕緊低頭盯著自己腳尖，不敢再多瞧一眼。

一路無聲，剛到承乾宮，楊海就迎了上來，小聲道：「主子，柳太醫來了，正在偏殿等候呢。」

「他來得倒快。」凌若冷笑一聲道：「帶本宮去見他。」

「是。」楊海答應一聲，弓身在前頭帶路。

第七百八十一章 請罪

柳太醫心不在焉地飲著茶，見到凌若進來，連忙起身行禮。「微臣見過熹妃娘娘，娘娘萬福。」

「萬福？」凌若看也不看他，逕自在椅中坐下。「本宮沒有萬死就已經是託了柳太醫的洪福，哪還敢說什麼萬福啊。」

柳太醫聽出她話中的冷意，連忙跪下道：「微臣罪該萬死，請娘娘開恩。」

「不敢。」凌若瞥了一眼外面暮色漸重的天空，陰聲道：「你如今攀上了皇后那根高枝，哪還將本宮放在眼裡。不過……」她低頭，陰惻惻地盯著柳太醫。「柳太醫以為這樣就可以安枕無憂，未免太天真了一些。」

「微臣該死！」柳太醫跪在地上不敢起身，面上盡是惶恐之色。

「要請罪，回坤寧宮請去，跟本宮請個什麼啊，讓人瞧見了，還以為本宮怎麼苛待你呢。來人，送柳太醫出去。」

見她這般說，柳太醫面上的惶恐之色越發濃重，說什麼也不肯離去。

「娘娘明鑑，微臣實是有不得已的苦衷，還請娘娘給微臣一個解釋的機會。」柳太醫心裡很清楚，今日他若就此邁出了承乾宮的大門，那麼熹妃一定會將自己與她的關係告訴皇后，以皇后的心狠手辣，自己絕不會有什麼好下場。

忽的，有「噹……噹……」的鐘聲傳入耳中。這樣的聲音在宮中是不常響的，但是一旦響起，便是有人薨了。凌若站起身來，緩緩走到門邊，扶著門框流露出幾許哀色。弘晟，實在是可惜了。

待得承乾宮亦掌燈之後，凌若回過頭來，藉著燈燭的光芒看著一直跪在地上的柳太醫。「本宮給你一個機會，但是你若不能令本宮滿意的話，會是什麼後果，應該清楚了。」

柳太醫聞言頓時鬆了一口氣。只要熹妃肯聽他解釋，一切就有轉機。他連忙磕頭道：「多謝娘娘。」接著正準備起來，水秀忽地道：「柳太醫，主子只許你回話，可沒許你起來，除非你準備離開這裡。」

柳太醫趕緊重新跪下，理了理思緒後道：「不敢瞞娘娘，害死三阿哥的那個人，並不是靳太醫，而是……微臣。」

凌若挑了挑眉，似有些驚訝地道：「哦？倒是肯說實話，本宮還以為你準備繼續瞞著呢。」

「微臣豈敢。」

柳太醫話音未落，凌若已經驟然發難，厲聲道：「本宮與你說過什麼，皇后讓你做的每一件事，你都要如實稟報本宮，可你呢？三阿哥一事，竟是半點風聲也不露，將本宮瞞得好苦啊，還差一點害死了本宮與四阿哥。柳太醫，本宮若要追究，你縱是死一千次、一萬次也不夠！」

「微臣知道。」柳太醫苦著一張臉道：「微臣一直想尋機向娘娘說個明白，可是皇后看得很緊。娘娘別以為微臣在太醫院很是自由，其實太醫院中多有皇后娘娘的眼線，微臣去了哪裡她都一清二楚。而且那套銀針……是在前幾天才給微臣的，當時皇后明著警告微臣，哪宮哪院都不許去，就是怕微臣將此事說出去。」

凌若冷聲問：「這麼說來，竹葉上的毒你並不清楚？」

柳太醫一聽這話，連忙道：「微臣敢對天發誓，絕對不知，更不知道皇后暗中下了這麼久的毒。」

凌若凝眉不語，倒是水秀在一旁道：「主子，難不成皇后在宮中除了柳太醫之外，還有別的太醫襄助？」

凌若緩緩搖頭。「只怕不是。徐太醫說過，紅娘子是西域的毒，宮中太醫未必能接觸得到，應該是從宮外而來。」

「娘娘聖明。」柳太醫不知想起什麼，連忙道：「微臣無意中曾聽到皇后娘娘的心腹福公公與翡翠姑姑說話，好像是說讓人從宮外帶什麼東西進來，所以微臣懷疑，宮外有人襄助。還有那套銀針，也絕非普通手筆。」

那拉氏娘家在朝中雖然低調，似乎處處不及之前的年家，但若論底蘊，年家只怕未必及得上那拉一族。

凌若盯著柳太醫道：「你繼續說下去。」

「是。」柳太醫嚥了口唾沫道：「皇后娘娘在將銀針交給微臣後，就告訴微臣她的計畫，微臣就是在那個時候知道原來她在竹葉間下毒，並將之嫁禍到四阿哥身上。原本依著計畫，這幾天三阿哥是必死無疑的，但是皇后娘娘為防萬一，將藏有紅娘子毒的銀針交給微臣，為的就是萬一計畫有變，微臣便用這套銀針置三阿哥於死地。至於靳太醫，不過是個倒楣的替死鬼罷了。」

他一口氣說了許多，也解開凌若心中的疑問：「那你是怎麼將事情嫁禍到靳太醫身上的？」

柳太醫情緒低落回：「當時皇后娘娘命微臣與靳太醫留在翊坤宮照顧三阿哥的時候，微臣便知道，她是讓微臣動手了。而後來，三阿哥說要去揭穿凶手，所以微臣便趁機說三阿哥走過去會讓毒性擴散，必須要用銀針封住奇經八脈。之後，微臣故意說沒帶銀針，借了靳太醫的銀針，在施針的時候將微臣自己與他的銀針換了。」

「靳太醫以為扎在三阿哥身上的銀針是他的，其實是微臣事先準備好的那一副，等施完針後就還給他。銀針差異極是細微，不仔細瞧根本看不出。後面微臣就去端藥了，在外面故意耽誤了一會兒，等估計著差不多毒發的時候再進去，再後面的事，娘娘就知道了。」

第七百八十二章

叵測

水秀聽完嘖嘖道：「柳太醫，你可真夠狠心的，靳太醫根本什麼都不知道就被你當成了替死鬼。看來皇后找你辦事，真是一點兒也沒找錯。」

柳太醫苦澀地道：「水秀姑姑就莫拿我開玩笑了。這樣害靳太醫，我自己心中也十分不安，可是皇后逼著我害人，不是靳太醫死就是我死啊。」

水秀還待開口，凌若已經抬手道：「人不為己，天誅地滅，這件事本宮不說你什麼。不過看你這樣，是不敢揭發皇后的惡行了？」

「娘娘恕罪，微臣好不容易才尋回小妹，一家團聚，實不想……」柳太醫沒說下去，但那意思是再明顯不過了。

「本宮明白你的意思。」凌若並未失望，說到底，柳太醫並不是多忠於她，不過是有把柄在她手上，怕真激怒了她，會沒好果子吃，所以才趕著過來請罪。至於說捨去性命去指證那拉氏，就是柳太醫肯，她都不敢相信。

柳太醫聽到這裡，如釋重負。「娘娘慈悲為懷，微臣感激不盡。」

凌若嗤笑一聲，對他的恭維並不在意，反而道：「你不是說皇后一直盯著你嗎？怎的現在又敢來承乾宮了？不怕她發現後，疑心你？」

「回娘娘的話，如今三阿哥已死，皇后娘娘對微臣的看管自然沒那麼嚴，而且微臣過來時也是奉了齊太醫的命，取娘娘一滴血去檢查，以便確認與三阿哥之毒一致，否則明日萬一藥用得不對，怕是會傷及娘娘鳳體。」

凌若輕「嗯」了一聲，又道：「既是如此，那你還不趕緊取血。」

這等於是變相地讓他起來，柳太醫心領神會，趕緊磕頭謝恩。他自隨身醫箱中取出銀針，道了聲「告罪」後，刺在凌若指尖，隨後將泛著一絲黑色的血擠在一個西洋來的玻璃瓶中。

「若娘娘沒有別的吩咐，微臣先行告退了。」做完這一切後，柳太醫垂首告辭。

凌若在柳太醫將離開的時候說了一句：「靳太醫難逃死劫，他是因你而死，他若有家人，你就設法照料些，權當是為自己贖罪。」

柳太醫身子一震，趕緊拱手道：「娘娘金言，微臣謹記於心，絕不敢忘。」

待柳太醫出去後，水秀用絹子替凌若按著傷口道：「主子，您有柳太醫的把柄在手，若是您真下了決心逼他揭露皇后，他未必不肯。」

凌若不答反問：「剛才他說的話，妳都相信嗎？」

「咦？」水秀感到奇怪地看了她一眼，復又似想到什麼，眸光一閃，帶著不敢置信的神色道：「難道柳太醫剛才說的都是假的？這……這怎麼可能？難道他真的忠於皇后？」

凌若將手從水秀掌中抽出來，看著指尖仍在冒著血珠的傷口。雖然已經知道自己中毒了，但親眼看到流出來的血帶著黑色，還是有些震驚，恨不能將這身毒血放光。

「都是假的倒不至於，不過也不可盡信。柳太醫這人重親情也重權勢，所以適才那些話，本宮只信一半。」她屈指一彈，將血珠彈去，續道：「再者，柳太醫的投靠摻了太多雜質，本宮強逼他，只會逼得他與本宮反目，從而徹底投靠皇后，這對本宮來說可不是什麼好事。柳太醫不是徐太醫，本宮不可能全然相信他，甚至連一半都沒有。」

水秀不忍心地道：「那就眼睜睜看著皇后逍遙法外，靳太醫慘遭千刀萬剮嗎？」

「不甘心又能如何？皇后事事算無遺策，想對付她哪是那麼容易的。至於靳太醫……」凌若嘆了口氣道：「本宮也同情他，可是再同情又能如何，只能說他命該如此。」

水秀跟著嘆了口氣，嘟囔道：「壞人沒報應，好人偏就不長命，老天真是沒長眼。」

凌若看了一眼外面的夜色，除卻宮燈照到的地方，其餘都是一片黑暗，連懸在空中的月亮也是黯淡無光，更不要說星子。

「老天爺就算真有眼，也被這後宮裡的人想方設法地遮蔽了去，所謂天理昭彰，因果報應，成了一句空談笑話。想要在宮裡生存下去，就要忍別人所不能忍，慢慢再尋機報復，為自己討回一個公道。若單純地以為可以依靠老天，那就大錯特錯了。」說著，她睨了水秀還有站在旁邊的楊海一眼，道：「你們是本宮最倚重的人，這些話在本宮面前說說就好，就算是水月和莫兒她們也一樣。」

楊海與水秀趕緊答應：「奴才們謹記主子教誨，必不敢亂言。」

柳太醫踏出承乾宮後，徹底放下心中大石。適才他真是怕熹妃揪著自己不放，到時候，可沒現在這樣輕鬆了。

不過之前他說的也不盡是實情，皇后並沒有派人監視他，也不曾說過不許他去其他宮院的事，若是想報信，有的是機會。可是他沒有，因為熹妃倒臺，對他來說未嘗不是一件好事，至少沒有人再逼迫他出賣皇后。

熹妃許親情，皇后許權勢，兩者各有所長，可是對他而言，後者無疑更討人喜歡一些。

擁有了權勢，要什麼沒有，副院正不過是塊踏板。齊太醫老邁，致仕是早晚的事，只要皇后肯替他美言一二，院正之位非他莫屬。

但是，在此之前，必須解除熹妃對他的控制才行，否則一旦讓她去皇后面前一說，眼下擁有的一切都會化為烏有，這是他不能忍受的。

所以說，他是有意看著四阿哥被陷害，看著熹妃被牽連，若可以就此除掉熹妃，他將再無顧忌。

只可惜，徐太醫的突然回來，令得他功虧一簣，怕熹妃追究，所以特意趕來這裡解釋，以免惹怒了熹妃。

也虧得是來了，否則看熹妃的態度，怕是沒什麼好果子給自己吃。

第七百八十三章　一夜白髮

弘晟死了，年氏的心也死了，痴痴呆呆地守在弘晟靈前，任旁人怎麼勸都不願離開，只想與她的親兒再多待一會兒。

弘晟死後的第二日，胤禛下旨追封他為成親王，命那拉氏以親王禮操辦喪事，給予弘晟最後的哀榮。

可是這一切對於年氏而言，已經無關緊要了，沒有什麼榮耀比得過她的孩子，更不要說彌補那血淋淋的喪子之痛。

她寧可什麼都不要，哪怕被打入冷宮，也好過將弘晟從她身邊生生奪走。

因為年氏不肯讓人移走弘晟的屍體，是以棺木停在翊坤宮，這裡亦作為弘晟的停葬之地，只待喪禮過後，便移棺下葬。

這日，一身素淨的凌若來到翊坤宮，想給弘晟上炷香。裡面跪了許多披麻帶孝的宮人，還有奉命來替弘晟守孝的仕族子弟，皆在哀哀地哭著，令這裡的每一個角落都瀰漫著悲涼的氣氛。弘曆與弘晝跪在最前頭，因兄弟之故，兩人皆換上了麻衣，髮尾更是繫著白色的喪帶。

守在裡面的宮人燃了三炷香給凌若，凌若是長輩，並不需要行禮，只是將香插上即可。看著「成親王愛新覺羅．弘晟」的牌位，凌若忍不住神傷。

以前，她曾想過，將來弘曆或許會與弘晟為了爭奪帝位，鬥得頭破血流、你死我活，可是隨著弘曆與弘晟關係的改善，這個念頭出現的次數越來越少，到後面更是覺得他們兄弟倆也許可以一改皇家同室操戈的命運，互相扶持，成就一番偉業。可是現在……就是想爭也沒得爭了，真是命運無常，僅僅在幾日前，弘晟還一點事情都沒有。

上過香後，凌若蹲下身問著弘曆兩人：「你們兄弟倆怎麼樣了，熬得住嗎？要不要去歇一會兒？」

弘曆兩人眼中盡是血絲，也不知是因為熬夜還是因為哭的，只聽弘曆道：「兒臣沒事，兒臣想完完整整地送三哥最後一程。倒是五弟，你不比我身子強壯，不若你去歇會兒，等三哥出殯這日再來。」

弘曆話音未落，弘晝就將頭搖得跟個波浪鼓一樣。「不要，我要跟四哥一樣，在這裡送三哥，若是回去了，以後就再沒這個機會了。」

凌若也拿他們沒法，只得道：「唉，那隨你們吧，總之別累到自己了。」目光一轉，看到一直撫棺而坐的年氏，頓時大吃一驚。一夜不見，年氏就像老了十歲一樣，面容憔悴不堪，眼皮浮腫地下垂在那裡，哪還有昔日妝容精緻、奢華雍容的年貴妃模樣？最讓人震驚的是她的頭髮，一夜白頭，三千青絲化成蒼茫霜雪，再難尋到一根黑髮。

不知為何，看到這一幕，凌若覺得很難過，甚至有些同情。她與年氏鬥了二十年，其中各有勝負，而現在，年氏已經再沒有了與她爭奪的資本。

不過，這樣的難過，在想到宮外那段歲月，她對自己的苦苦追殺時頓地化為烏有。雖然弘晟死得有些可惜，但未必不是她作惡多端的報應。

她上前，花盆底鞋在離年氏尚有一步之遙時停住，同時涼漠的聲音落下來：「三阿哥已經往生，貴妃就是再難過也回不來了，還是要保重身體得好。」

年氏眼珠子木然地動了一下，僵硬地抬起一日一夜未動過的脖子，定定地看著居高臨下的凌若。這種感覺令她很討厭，從來只有她俯視別人的分，何曾有過仰視，連皇后也不曾。

在這種感覺的驅使下，她艱難地扶著棺木站起身來。綠意見狀，趕緊扶住她。「主子當心著些。」

「本宮沒事。」年氏推開綠意的手，搖搖晃晃地站定身子，帶著深深的厭惡道：「熹妃這是在嘲諷本宮嗎？本宮知道，你們一個個都盼著弘晟死，好了，現在趁心如意了。」

看著年氏那樣子，凌若突然覺得剛才掠過心間的難過與同情是那麼可笑。年氏絲毫沒有悔改之心，也沒有覺得弘晟的死，是她做了這麼多壞事的報應。「臣妾從未這樣想過，只是貴妃若執意認為如此，那臣妾也無話可說。」

「熹妃的話永遠這麼動聽。」年氏努力讓自己挺直身子。「不過本宮告訴妳，別以為弘晟沒了，妳就可以騎到本宮頭上來，休想！妳永遠不可能越過本宮！」最後那句，透著一股歇斯底里之意。

凌若無言地看著她，忽覺得她很可憐，明明已經一無所有，卻還要抱著貴妃的名頭強撐。一個貴妃之位真可以代表一切嗎？胤禛已經在著手收拾年羹堯了，一旦年家倒臺，年氏的日子又能好到哪裡去。

她低頭淡淡道：「貴妃想說的就是這些嗎？若是的話，那臣妾已經聽到了。」

凌若的淡然令年氏生厭，死死盯了她道：「妳這是什麼態度，藐視本宮嗎？」

「娘娘想多了，臣妾怎敢。」凌若沒有與其爭執，因為已經沒必要了。

年氏並不知道凌若這些想法，凌若的順從令她心裡稍稍舒坦。「不敢最好，否則本宮不會輕饒妳。」

凌若低眉道：「若娘娘沒有別的吩咐，臣妾告退。」

「走吧，弘晟也不希望看到妳。」雖然最後證實毒不是弘曆所下，但若不是弘曆每日送露水給弘晟，他又怎會中毒？弘曆始終要負上責任。至於現在弘曆跪在靈堂中，就當是為他自己贖罪。

凌若沒有再與她多說什麼，在轉身離開時，眼角餘光瞥見弘晟的牌位，一絲若有似無的嘆息逸出唇角。弘晟不在了，年氏若能收斂脾性尚好一些，可惜今日一見，還是與以前一樣。這樣的性子註定她往後的日子不會太好過，甚至會自尋死路，不過也是她咎由自取，怨不得別人。

隨後，弘時、靈汐等人也來過，不過都是上一下香就走了，顯得甚是淡漠，一直自願守在靈堂的只有弘曆與弘晝。若弘晟在天有靈，看到這一幕，不知是該笑還是該哭。

第七百八十四章　偏激

從翊坤宮出來，凌若想了下後去了延禧宮。瓜爾佳氏正陪著溫如言說話，兩人手邊各放著一個荷包，上面的花色栩栩如生，甚是精巧。

凌若取了一個荷包細看，驚奇地問：「咦，哪裡來的荷包，姊姊自己繡的嗎？」

溫如言微微一笑道：「我哪有這心思，是如傾，她剛才來過，說是做了幾個荷包。我原以為能繡得像個樣子就不錯了，哪知還有模有樣的，真虧得她那個性子能靜下心來繡些東西。妳若是喜歡，改明兒我讓她再繡一個送妳。」

「不必麻煩。」凌若放下荷包，在對面的椅子中坐下。

瓜爾佳氏打量了凌若素淨的裝扮一眼，道：「可是從翊坤宮過來？」

凌若頷首道：「嗯，二位姊姊去過了嗎？」

瓜爾佳氏揚一揚袖，道：「我可不像妳好脾氣，明知道年氏不喜歡還湊上去，我準備等三阿哥出殯那日再去。」

另一旁的溫如言沒有說話，不過想來也是如此。

停了一會兒，瓜爾佳氏又問：「怎麼樣，年氏有給妳臉色看嗎？」

凌若微微一笑道：「姊姊都猜到了又何必問我呢？不過她也一夜白了頭。」

「活該！」溫如言對此沒有任何同情。「她自己這些年做了多少傷天害理的事，如今才報已經晚了。」

聽著溫如言略有些偏激的話，凌若眉頭微不可察地皺了一下。「話也不能這麼說，縱然年氏錯的再多，三阿哥都是無辜的。」

溫如言最是聽不得那拉氏與年氏的好話，連帶著將她們身邊的人也恨上了，如今一聽到凌若的話，柳眉頓時豎了起來。「若兒，妳瘋魔了不成，竟然一直幫著年氏說話，妳忘了她是怎麼害妳的，也忘了三阿哥以前是怎麼欺負弘曆的了？雖說三阿哥後來有所悔改，但並不能抹殺從前的一切。如今他死了，也不能說太冤枉，真要怪，就怪他有一個那樣的額娘。」

凌若對她的話不敢認同，分辯道：「我沒有忘記，只是一事歸一事，弘晟終是枉死。」

溫如言越發不高興了，待要再說，瓜爾佳氏已經打圓場道：「好了，一人少說一句，為了一個已經死了的弘晟，咱們姊妹鬧得這麼僵，值得嗎？」

「我可沒與她鬧，是她非得幫著不相干的人說話。」溫如言別過臉道。

瓜爾佳氏一邊勸著溫如言，一邊不住朝凌若使眼色，凌若會意地道：「是我不好，我在這裡給姊姊賠不是，求姊姊莫生氣了。」

「罷了。」到底是姊妹，溫如言也未過於往心裡去，擺擺手，有些怒其不爭地道：「妳啊，就是心太善了些，在宮裡這麼多年還沒徹底歷練出來。看看年氏，她派人追殺得妳上天無路、入地無門時，可沒一絲內疚。如今三阿哥死了，只能說是她的報應。」

「是，姊姊說的是。」看著溫如言那張有些憤世嫉俗的臉，凌若頗覺無奈。該恨的，不該恨的，溫如言怕是都恨上了。她如今的心境，再也不是以前那個與世無爭的惠嬪了。

惠妃……犧牲女兒換來的妃位，給了溫如言太多的痛與傷，讓她變得偏激易怒，失了心中那把秤。這一點，瓜爾佳氏也是明白的，只是她們又如何忍心去苛責？若換了她們是溫如言，怕也好不到哪裡去。

凌若改而問起了自己此來的目的：「對了，二位姊姊，妳們去過慎刑司了，那靳太醫怎麼說？」

溫如言皺了細緻的眉道：「一說起這個，我便來氣。那靳太醫當真嘴硬，都已經被打得體無完膚了，竟還口口聲聲說自己冤枉，說是柳太醫陷害他，我與妹妹勸了他許久，他都不肯說出主使者的名字。」

「可不是嗎？依我看啊，他是真不將自己的小命放在眼裡。」瓜爾佳氏百般無奈。「不知是被捏了什麼把柄，讓他這樣害怕，半個字也不肯說。聽慎刑司的公公說，皇上已經發了話，若再不招，便要動千刀萬剮之刑了，就不知靳太醫到時候還能否這樣嘴硬。」

「他不是嘴硬，是真的不知道，就算被割上千刀、萬刀，同樣不知道。哪怕說出名來，那也是為了免刑而胡謅的。」

瓜爾佳氏最先反應過來，試探地道：「妳……可是知道些什麼？」迎著兩人疑惑的目光，凌若緩緩道：「靳太醫是無辜的，真正害死三阿哥的是柳太醫。」

溫如言輕呼一聲，忙問：「妳是怎麼知道的，難道……昨日妳不跟我們一道去慎刑司，就是因為早已知道真相？」

「當時我只是懷疑，後來見了柳太醫方才清楚。」當下，凌若將她與柳太醫的關係細細說了一遍，當提及幕後黑手是皇后時，瓜爾佳氏兩人先是吃驚，隨後又覺得理所當然。能想出如此縝密計畫的，捨皇后其誰。

溫如言更是拍案而起，冷笑道：「好一個皇后，這演技可是好得無人能及，將咱們所有人都當成猴子耍，還讓我磕頭認錯，真真是好！」

瓜爾佳氏緩緩道：「要不是妳說，我倒是忘了，柳太醫的副院正之位還是拜皇后所賜，他們早已成了一丘之貉。」

在震驚過後，溫如言又浮起一絲興奮。「妹妹，既然柳太醫已經將什麼都告訴了妳，那咱們這就去稟告皇上，讓真相大白於天下，省得總是看皇后那張虛偽的老臉。」

瓜爾佳氏道：「姊姊妳糊塗了，那柳太醫為了保命，怎肯供出皇后，而且他那些話是真是假，還不見得呢。說不定他是有心要坐視妹妹與弘曆被冤枉喪命，怎能將希望寄託在這種人身上。這宮裡啊，人心最是不古。」

瓜爾佳氏的想法與凌若不謀而合，至於溫如言被她這麼一說也冷靜了下來。她只是因為太想扳倒皇后，所以才失了素日裡的沉著。

她沉默了一會兒，有些不甘地道：「那就這樣算了？」

第七百八十五章　劉氏

凌若手指輕輕一叩扶手，道：「不想算也得算，始終咱們旗差一著，不過未必就沒有了機會。」說到這裡，唇角浮起一絲詭異的笑容。「姊姊妳說，若咱們將此事透露給年氏知道，會怎麼樣？」

「妳的意思是，讓年氏去尋皇后的麻煩？」這般說著，溫如言的眼眸漸漸亮了起來。弘晟是年氏的心頭肉，如今弘晟慘死，年氏恨不能生啖凶手的肉，即便只是片面之詞，也足夠她失去冷靜了。這，當真是一個不錯的主意。

凌若肯定地點頭道：「不錯，雖不足以扳倒皇后，也足夠她頭疼一陣子了。」

瓜爾佳氏卻顯得有些遲疑。「可是，她會不會懷疑這是咱們的計呢？從而不肯上當呢？」

「妹妹大可放心，就算她真疑心是計，也沒有心思分辨了。如今的年氏，需要的是一個發洩喪子之痛的管道，相信我，她一定會上當。」溫如言極肯定。在某種程度上，她與年氏是相同的，所以她非常能理解年氏如今的心情。

從延禧宮出來時，正是一天當中最熱的時候，剛走了幾步便渾身冒汗，然凌若卻對正抬手遮著陽光的瓜爾佳氏道：「姊姊有沒有興趣陪我走走？」

瓜爾佳氏驚愕地看了她一眼，旋即失笑道：「這樣的天在外頭走可真是考驗我了，怎麼，可是心裡有什麼想不明白的事？」

凌若苦笑道：「真是什麼都瞞不過姊姊，是有話想與姊姊說。」

瓜爾佳氏想了一下道：「那就去我那裡吧，走可就免了，我怕沒走幾步就暈倒。正好今兒個早上剛浸了個從新疆運過來的蜜瓜，現在取出來吃，最是解暑。」

「好吧。」凌若依言上了肩輿，跟在瓜爾佳氏後面去了咸福宮。

還沒進殿，她便看到一個宮裝女子站在簷下，只見其眉似柳，眼似杏，稍一轉眸，便似有無數花葉飛轉，令人移不開目光。凌若認得她，乃是去年選秀入宮的秀女，管領劉滿之女，其姿色在同一屆秀女中極其出色，唯佟佳氏可與其比擬。不過因家世所限，她只冊了個常在。

劉氏看到她們過來，搭手在腰間行禮，婉聲道：「臣妾見過熹妃娘娘，見過謹嬪娘娘。」

「劉常在無須多禮。」凌若一邊扶著宮人的手下肩輿，一邊示意劉氏起來。

瓜爾佳氏則道：「本宮不是與妳說了嗎？這麼熱的天不必每日過來請安，再說宮裡也沒這規矩啊。」

劉氏柔柔一笑，猶如春風中的拂柳楊花，瞧著甚是舒服。「臣妾在咸福宮中這些日子，一直虧得娘娘照拂，理該向娘娘請安的；再說從臣妾那裡過來，也不過一小段路罷了，又有樹木遮擋，並不熱呢。」

瓜爾佳氏笑笑道：「罷了，左右本宮說什麼，妳都是不會聽的。可是來了很久？」

劉氏還沒說話，她旁邊的宮人已經搶先道：「回娘娘的話，主子過來的時候娘娘剛好出來，差不多有一個多時辰了。」

劉氏忙喝了一句：「娘娘面前，豈容妳一個小丫頭多嘴，還不趕緊退下。」

瓜爾佳氏目光一閃，不在意地道：「無妨，妳也是，既然本宮不在，回去就是了，又何必一直等在這裡呢？還有那起子宮人是怎麼做事的，怎的讓妳就這樣站在外面，真是無禮。吳海，你竟敢怠慢劉常在，是何道理？」

吳海是咸福宮的首領太監，正在一旁候著，此刻聽到瓜爾佳氏的話，連忙上前打千，不無委屈地道：「回主子的話，奴才哪敢怠慢劉常在。主子來之前，奴才不知勸了多少次，可劉常在執意要站在外面等，奴才又怎好勉強。」

劉氏亦在一旁道：「是啊，娘娘，這都是臣妾自己的意思，不怪吳公公。」

瓜爾佳氏面色這才轉陰為晴，拉了劉氏的手，關切地道：「往後可不能再這樣了，否則要是真中了暑，妳讓本宮心裡怎麼過意得去。」

劉氏感動地道：「謝娘娘關心。」

瓜爾佳氏頷首道：「既是來了，就隨本宮一道進去坐會兒，不知娘娘意下如何？」在外人面前，她對凌若保持著應有的恭敬。

凌若點點頭答應道：「自然是好，左右本宮與謹嬪也不過是隨意閒聊罷了，多一個人還熱鬧些。」

劉氏再次行禮，垂首道：「那就叨擾二位娘娘了。」

進殿後，瓜爾佳氏取過宮人遞來的面巾拭著臉頰，輕吁道：「這天可真是熱得讓人害怕，只一會兒工夫，臉便都紅了，也不知是否晒傷。」隨後又吩咐宮人去將井水中的蜜瓜切了端上來。

宮人動作極快，不一會兒工夫便將蜜瓜盛在冰碗中端上來，用銀籤子插了一塊放在嘴裡，輕輕一咬便有清甜的汁水伴著涼意流入喉間，消去身上的暑氣。

凌若正待再插一塊，忽看到瓜爾佳氏在笑，奇道：「謹嬪笑什麼？」

「沒什麼，臣妾只是想到去年夏天京城鬧旱災的時候，冰窖裡的冰都被皇上拿去救濟災民，各宮各院每日最多只一塊冰，哪像現在這樣用得舒心爽快。」

「這事臣妾亦聽說了，還知道熹妃娘娘高風亮節，主動向皇上請求削減承乾宮的用冰，這份氣節，實令臣妾佩服得緊。」

聽著劉氏的話，凌若忍不住笑道：「什麼氣節不氣節的，本宮其實也沒做什麼，何況第一個削減用冰的人可是皇上，該佩服也應該是佩服皇上才對。」

劉氏正色道：「不論皇上還是熹妃娘娘，都是心繫百姓疾苦之人，值得臣妾尊敬。」

「好了好了，別誇讚本宮了，否則本宮可是要坐不住了。」凌若的話惹來兩人輕笑。

待得一碗蜜瓜吃過後，劉氏方起身告辭，瓜爾佳氏也不多留，只是命從祥將剩下的半個蜜瓜送到劉氏院中。

在劉氏謝恩離去後，瓜爾佳氏輕咬著還未收下去的銀籤子，似笑非笑地道：「妳瞧這劉氏如何？」

凌若不答反問：「她每日都來請安嗎？風雨無阻？」

「對，風雨無阻。」瓜爾佳氏笑意深深地回答。

第七百八十六章　倚靠

凌若笑道：「姊姊心中已經有了答案，何須再問我？果然這屆秀女，沒有一個是易與之輩。」

「她雖只是一個常在，但在皇上跟前的寵愛卻不失如傾與佟佳氏，想來，封貴人不過是早晚的事。只是不知她們這幾個人中，誰會是第一個封主位的。」

「主位豈是那麼容易封的，當初一道從王府中過來的老人，被封嬪的除了姊姊與溫姊姊之外，便只有一個戴佳氏了。除非……」凌若目光一閃，徐徐道：「她們當中有人能懷上龍種，並且順利生下。」

「皇后不會允許這種事發生的。」瓜爾佳氏輕搖團扇道：「好了，不說她了，倒是妳，究竟有什麼話要與我說？」

凌若斟酌了一下道：「姊姊有沒有覺得，如今溫姊姊言行似乎有些過於偏激了？」

瓜爾佳氏頓時嘆了口氣。「哪裡會不覺得，自從涵煙遠嫁後，姊姊整個人就變了。以前她雖也恨皇后，卻不會這樣不計較後果地去針對，可以說，姊姊原本已經被磨圓的稜角又重新冒了出來。」

「原本皇上封姊姊這個惠妃，就是出於彌補，並沒有多少情意在裡面，她若繼續這樣我行我素，皇上只怕會更加不喜。還有皇后，她一定會想方設法地加害溫姊姊。」凌若頓了一下又道：「姊姊能否尋機會勸勸溫姊姊，讓她適當地將心放寬一些？」

「沒用的，瞧瞧剛才就知道了，妳不過是隨口提了一句，溫姊姊便立時激動了起來，哪裡還能聽得進勸……除非有涵煙的消息。」

說到涵煙，凌若頓時無言以對。是啊，涵煙就是溫如言的心結，若不解開，她以後只會越來越偏激，直至無法回頭的那一天。

靜寂了片刻，瓜爾佳氏道：「若兒，昨日從翊坤宮回去後，妳去見過皇上沒有？我瞧著這一次妳中毒，皇上很是緊張呢，可見他心裡還是有妳的，妳就別那麼執著了。身在宮中，該糊塗時就糊塗一些，真情假意別分得太過清楚，否則辛苦的只能是自己。再者，他終歸是皇帝，不可能像尋常男子一樣。」

「還不曾去過。」凌若低低說了一句，正當瓜爾佳氏準備再勸時，她已經握住瓜爾佳氏的手道：「三阿哥新喪，皇上需要時間平息心中的痛苦，如今求見並不是恰當的時機，一切等三阿哥下葬之後再說吧。」

瓜爾佳氏驚喜地反握她的手道：「這麼說來，妳是肯放下了？」

凌若無奈地道：「姊姊也說了他是皇帝，我還能說什麼？再者，對皇上我從不曾有過芥蒂，是他放不下。」

瓜爾佳氏鬆了一口氣道：「有妳這句話我就放心了。否則妳與溫姊姊都這樣，只憑我一人，可真不知該如何是好了。」說到這裡，她又有些感傷地道：「妳也知道，皇上在我身上是從不怎麼用心的，如今又有新人入宮，就更不用說了，指不定有朝一日，這咸福宮的主位就要易主，始終舊不如新啊。再說那些新人，還能盼著生個一男半女，後半生有靠，我卻已經沒有任何盼頭了。」

凌若心中一緊，忙道：「姊姊怎麼說這樣掃興的話，管他宮中多少新人，妳都是咸福宮的主位，皇上心裡也有妳的一席之地，除非妳自己不願，否則誰都奪不走，我也不會允許。」

因為害怕，最後一句話她說得格外用力，手上也使了勁，唯恐一個鬆手，瓜爾佳氏便會從身邊消失。

瓜爾佳氏彷彿沒感覺到手上的痛，睇視著凌若道：「所以啊，妳一定要成為最得聖寵的那一個，如此才有能力庇護我與溫姊姊。我沒有孩子，妳便是我後半生的倚靠，記住了嗎？」

「嗯，我記住了。」凌若忍著即將奪眶而出的淚水說道。以前瓜爾佳氏這樣說時，她還能安慰將來會有孩子的；可是隨著年歲的增大，這樣的話越來越蒼白無力，根本安撫不了人。

「這樣才是我的好妹妹。」瓜爾佳氏哽咽著將凌若攬在懷中，心中有著無盡的酸楚。

不論是凌若還是溫如言，其實都比她幸福，一個有皇帝的寵愛和孩子，一個亦有著女兒。即便涵煙如今生死未卜，可至少親手撫育她長大，看著她從一個什麼都不懂的嬰兒長成一個亭亭玉立的妙齡少女。

而她呢？什麼都沒有，日復一日空守著一座咸福宮，這樣的日子，不知何時才是頭，閉眼的那一天嗎？

隨便吧，左右她都是這個命，唯一的心願就是在自己閉眼之前，凌若與溫如言都能平平安安的。

想到這裡，她將凌若攬得更緊了……

凌若回到宮中，宮人稟報說容遠與靖雪來了，她精神一振，快步走進去，果見容遠與靖雪站在裡面。當彼此相對時，一時竟不知說什麼好，還是靖雪打破了沉默：「熹妃娘娘，許久未見了。」

凌若回過神來，但還是有一絲恍然。「是啊，真的很久了，你們都還好嗎？」

「託娘娘的福，草民夫婦一切皆好。」

容遠的回答令凌若好生驚喜。「你們已經結為夫婦了？」

之前靖雪離宮後雖與容遠住在一起，但容遠一直不曾與靖雪成親，靖雪雖口中不說，但心中還是難過的。如今能有一個圓滿，自是最好不過，也不枉她所受的苦。

「是，在回京城的路上，草民與靖雪辦了喜事。這些年，草民實在虧欠靖雪許多，希望現在彌補還不算太晚。」容遠一邊說著一邊握緊靖雪的手。「死過一次後，草民看開了許多，更明白珍惜眼前人是最要緊的，否則後悔莫及。」

聽著容遠的話，凌若知道，他是真的放下了，頷首道：「只要有心，什麼都不會晚。對了，你的傷全部都好了？」

「除了偶爾會有些頭疼外，都好了，記憶也全恢復了。」這般回了一句後，容遠道：「草民這次來，是替娘娘祛毒的。越早祛毒越好，否則萬一生出變故來就麻煩了。」

第七百八十七章

故人遠去

凌若也曉得這個道理，沒有與容遠過分客氣。「那一切就有勞徐太醫了。」

「娘娘放心，藥材都已經備齊了。」

有了容遠的回答，凌若自然沒有什麼疑問，當即命宮人去燒水，然後將內殿收拾出來，按著昨日翊坤宮那般盛水燒火；不過容遠自然不能留在裡面，留下靖雪照看著。

凌若除去衣衫，跨入木桶中，過高的水溫令她忍不住吸了口涼氣，另一隻腳的邁入也變得有些艱難，她的肌膚正在迅速變紅。

靖雪撥了撥水道：「娘娘忍耐些，只有用這個方法才可以祛除深入在妳體內的毒，不過妳不像三阿哥中毒那麼深，泡半個時辰便差不多了。」

「本宮知道。」凌若一咬牙，另一隻腳也邁了進去，然後慢慢坐下，只有一個頭露在外面。很快的，她額頭上的汗就跟下雨一樣不住落下，而隨著時間的推移，桶裡的水也慢慢變黑，且泛著一絲腥臭之氣。

靖雪時刻注意著水溫，不時讓水秀與水月添柴加火，如此一直蒸了半個時辰，方才將凌若扶起來。

凌若長出一口氣道：「總算是好了，本宮差點以為自己要被蒸熟了呢。」

「娘娘說笑了，民女可不敢害娘娘。」

靖雪微微一笑，正要替凌若拭淨身上的水，凌若道：「這些事交給水秀她們做就是了。妳如今雖已不是公主，但在皇上與本宮心中，永遠是金枝玉葉。」

靖雪沒有勉強，只是道：「金枝玉葉也好，平民百姓也好，最重要的是自己覺得開心。」

凌若明白她的意思。「妳能守得雲開見月明，本宮也替妳高興。」說到這裡，凌若忽的想起一事來。「昨日在翊坤宮時，妳說曾在西域附近遇到過中紅娘子毒的人是嗎？」

見靖雪點頭，她忙道：「那你們一路從那邊過來，可有遇到過一支皇家的送親隊伍？」

靖雪仔細回想了一下道：「這個民女倒是沒注意，不過應該是沒有。怎麼了，是哪位宗女出嫁？」

沒有打聽到涵煙的消息，凌若有些失望，搖頭道：「不是宗女，而是惠妃的女兒，靜悅公主，年前和親準噶爾，隨後準噶爾不守承諾，突然出兵襲擊我大清，靜悅公主的行蹤亦再沒有消息，不知她可有安全抵達。」

靖雪蹙眉，頗為奇怪地道：「皇上怎麼會同意涵煙和親，從來沒有聽說嫡親公主和親番邦的理。」

「皇上何嘗不知道，只是準噶爾當初指明要嫡親公主，而青海那邊又正在打仗，皇上逼於無奈之下才同意了，豈料準噶爾的汗王噶爾丹狼子野心，根本沒有與大清修好的意思，趁涵煙和親，朝廷放鬆警惕之時，突然出兵。如今咱們大清與準噶爾斷了交往，涵煙的消息也就無從打聽了。」

「想不到惠妃與涵煙如此命苦。」靖雪嘆了一聲，甚是同情。

見屋裡的氣氛有些發沉，正替凌若更衣的水秀道：「靜悅公主福緣深厚，一定不會有事的，主子與公主不要太擔心了。」

「希望如此吧。」凌若輕嘆一聲。

待她穿戴整齊，又將木桶撤下去後，容遠端了一碗藥進來。「娘娘請喝藥。」

凌若接過後飲盡，皺著臉道：「這藥好苦啊，喝得人舌頭都麻了。」

容遠解釋：「這藥裡不只有解毒的草藥，還有用來中和毒性的其他藥，依娘娘所中的毒，草民估計還需要再喝十日方才可以袪除乾淨。」

想到之後十日都要喝這麼苦的藥，凌若甚是無奈，不過她也知道這是沒辦法的事，示意容遠兩人坐下後，問：「你們接下來可會留在京城？」

「嗯，草民打算重開藥堂，也好維持生計。」對於容遠的回答，凌若沒有太多意外，只道：「藥堂重開之日，本宮一定送上賀禮。」

「草民在這裡先謝過娘娘。」

看到容遠平靜淡然的模樣，凌若暗自點頭。她明白，這一次容遠是徹底放下了曾經的執著，重生於世。

「希望娘娘經此一難後，能夠逢凶化吉，遇難呈祥。」

直至容遠與靖雪離開承乾宮，水秀方才問出一直憋在心中的疑惑：「主子，您為什麼不勸徐太醫回到太醫院，如此，您身邊也好有一個可信之人，那個柳太醫可靠不住。」

凌若苦笑一聲道：「妳說的本宮何嘗不知，只是一來皇上未必會允許，畢竟本宮與徐太醫始終有一段過往；二來，徐太醫好不容易才能過自己想過的日子，本宮不能再這麼自私。」

就讓一切成為過去，不再執著，不再追尋，只要……故人一切尚好。

「可是身邊沒個可信的太醫，您又該怎麼辦？」水秀跟在凌若身邊二十幾年，早已習慣了事事為凌若打算。

凌若拿著團扇，輕拍了一下水秀的頭頂。「妳啊，這麼擔心做什麼，太醫院又不只姓柳的一人，總能找到一個老實可信之人。至於柳太醫……若是用得得當，未必不是一顆好棋子。好了，替本宮去端碗燕窩粥來，本宮有些餓了。」

在水秀下去後，凌若覺得身子有些無力，想是剛才祛毒所致，遂靠著椅背閉目養神。不知過了多久，聽得有腳步聲進來，知道是水秀，她便道：「放在桌上吧，本宮一會兒再吃。」

但她沒聽到水秀答應，倒是聽到一個低沉的男子聲音：「很累嗎？」

這個聲音……凌若倏然睜開眼，果然見到胤禛站在自己面前，她連忙站起來，未等其行禮，胤禛已經擺手道：「免了，朕不是專程來看妳行禮的。」

聽著胤禛略有些淡漠的聲音，凌若一時不知該如何是好，只好靜靜地站在一邊，忐忑地揣測著胤禛今日的來意。

胤禛自顧自坐下後，打量了凌若一眼道：「徐太醫來過了？怎麼說，身子裡的毒都祛乾淨了嗎？」

凌若忙回道：「謝皇上關心，已經來過了，徐太醫說只要再服十日的藥就沒事了。」

胤禛目光一鬆，頷首道：「沒事就好。」

在這樣短暫的交談後，承乾宮又陷入沉寂之中。本該是最熟悉的人，如今卻尋不出話來說，實在是一種極大的悲哀。

第七百八十八章

和好

外頭，莫兒正一臉興奮地抓著四喜問：「喜公公，皇上肯來看主子，是不是代表他不生氣了？肯與主子和好？不會再冷落主子了？」

四喜被她問得發暈，沒好氣地道：「妳連珠炮似地這麼多問題，咱家該先回答哪一個才好？」

莫兒吐了吐舌頭，陪笑道：「喜公公對不起，我太激動了，您先告訴我，皇上是不是原諒我家主子了？」

四喜翻了一下眼皮道：「皇上的心思，咱家哪知道啊。」見莫兒一臉失望，他又有些不忍心地道：「不過妳想啊，皇上既然肯來承乾宮，對熹妃娘娘的態度自然也就不同了。」

「真的嗎？」莫兒一臉歡喜地問著，沒有什麼比這更讓她開心的了。

四喜剛要再說，蘇培盛已經冷冷道：「你說的已經夠多了，萬一被皇上知道你這樣在背後說不該說的話，可不太好。」

四喜聞言，趕緊朝莫兒比了一個禁聲的手勢，示意她不要再多問了。殿內，寂靜還在持續，且氣氛越發沉重，連呼吸也變得沒那麼輕鬆。

「熹妃無話與朕說嗎？」胤禛望著凌若，那雙眼眸中似有著無盡的複雜情緒，讓人怎麼也瞧不見他眼底最深處的想法。

凌若輕聲道：「臣妾一時想不到該說什麼。」

這樣的回答，令胤禛為之一嘆，抬手扶正她髻上將欲滑落的珠花，道：「想不到半年不見，朕與熹妃已經生疏至此，明明近在咫尺卻無話可說。」

就在他想要收回手時，一滴清淚無聲落下，在照入殿中的陽光下，晶瑩透明，美得不似凡間之物。可是這樣的唯美背後，卻往往蘊含著悲傷與難過。

「為什麼又哭了？」手，有些遲疑，似乎猶豫要不要去撫凌若的臉頰。

凌若眨眼，又有一滴淚落下，愴然道：「因為臣妾與皇上本不該這般生疏的，皇上，您是否還在生臣妾的氣？」

胤禛半晌不語，許久才帶著幾許無奈道：「是，朕還在生氣，就連今日來，朕也想了許久。熹妃，從沒有一個人可以讓朕生那麼久的氣，最後卻還主動來見的人。」

聽著胤禛的話，凌若突然有些想笑，又有些期待地道：「那是否代表臣妾在皇上心中與其他嬪妃有些許不同？」

「何止不同。」看著那淚猶未乾的笑容，胤禛陰霾的心情突然好了起來，手掌也終於落在她臉頰，道：「朕對妳真是又氣又恨，偏始終不能忘記，所以當朕聽徐太醫說妳中毒的時候，真是被狠狠嚇了一跳，生怕妳會離朕而去。」

凌若能夠感覺到他話語中的害怕與惶恐，動容地道：「不會的，臣妾說過會一直陪在皇上身邊，除非有朝一日，皇上厭棄了臣妾。」

胤禛神色一晃，指腹劃過她光滑的臉頰，低低道：「朕永遠不會厭棄妳。只是妳也得答應朕，不許再像上次一樣惹朕生氣。涵煙遠嫁，朕心裡已經十分不好受，只是出於大局考量才迫不得已答應，妳卻又來一味哀求，非逼著取消和親一事。不錯，惠妃是很可憐，可是朕呢？妳將朕置於何地？」

凌若感受著臉上那份久違的溫暖，緩聲道：「是臣妾考慮不周，讓皇上為難，臣妾保證以後都不會了。」

「那就好。」這樣說著，他忽的拉住她的手往懷中一帶，在凌若反應過來之前緊緊摟住，沉聲道：「不過，朕也承認自己看得不夠仔細，若能夠早些洞悉噶爾丹的陰謀，涵煙就不用遠嫁，這是朕的錯。不到半年的工夫，涵煙與弘晟都先後離開了朕。」說到後面，他的聲音已經帶上哽咽。

凌若心裡亦甚是難受，拍著他的背安慰道：「這些事情皇上也不想的。再說涵煙只是失去蹤跡，說不定很快就找到了。」

「朕已經找到了。」

胤禛的話令凌若大吃一驚，忙問：「涵煙在哪裡？」

胤禛緩緩放開她，沉聲道：「據朕派出去的暗探回稟，在戰事剛起時，涵煙就已經到了準噶爾，不過沒有被送入後宮，而是被噶爾丹看押了起來。隨後朕曾私下派使者去準噶爾面見噶爾丹，要求他既無意和親，便將涵煙送回大清。豈料噶爾丹竟說，既然和親詔書已下，那麼涵煙就是他的女人，哪有再回去的道理，堅決不肯放人，還說即便回去也是殘花敗柳。」說到後面那句，胤禛甚是動氣。

凌若默默聽著，待他說完後方問：「這件事，溫姊姊想來並不知情？」

「惠妃思女心切，若知道涵煙的情況，免不了又要大鬧，指不定還逼著朕去準噶爾要人。」一說起這個，胤禛就頗為頭疼。自從涵煙和親後，溫如言就跟換了個人似的。「朕與妳說這些，也是希望妳多勸勸惠妃，讓她看開一些，不要總鑽牛角尖。」

「臣妾會勸的。」凌若順從地答應。既然準噶爾不肯放人，那麼想要回涵煙，就只有兵戎相見，可是胤禛會肯讓剛剛得以喘口氣的大清再動兵嗎？答案是絕對不可能。就像當初為了避免動兵而讓涵煙和親一樣，眼下也不會為了區區一個公主而貿然與準噶爾起干戈。

在國家面前，不論是公主還是皇子，都顯得無比渺小。

明朝之時，瓦剌抓了皇帝英宗，兵逼京師，要求開門，于謙奉命守城，根本不認瓦剌手裡的英宗，堅決不開門，更奉郕王朱祁鈺為帝，將英宗由皇帝生生變成了太上皇。

皇帝都如此，更不要說公主；且一旦胤禛說要動兵，朝臣必然會群起反對，到時候只會令朝局不穩。

胤禛定定地看著凌若，直把凌若看得奇怪不已，下意識地撫著臉道：「可是臣妾哪裡髒了？」

胤禛搖頭，帶著淡淡的笑意道：「沒什麼，朕還以為妳又會像上一次那樣反過來勸朕呢。」

第七百八十九章　彼此

凌若忍不住笑道：「臣妾說過以後都不會了。雖說臣妾是一個小女子，不像君子那樣，一言既出，駟馬難追，但也不至於剛說了就忘記。皇上這樣想臣妾，可是讓臣妾冤枉呢。」

「是朕不好。」胤禛話音剛落，就聽得腹中傳來「咕嚕嚕」的聲音。

凌若怔了一下，旋即捂嘴直笑。「皇上的五臟廟開始造反了呢！」

胤禛自己也覺得好笑，虧得不是在朝堂百官面前，否則真真是丟臉了。他捂著肚子打趣道：「從昨日到現在沒正經吃過什麼東西，要是再不餓，朕就真成神仙了。」

聽得這話，凌若不由得有些發急，忙道：「皇上脾胃不好，怎可以挨餓，萬一餓出病來可就麻煩了，臣妾這就讓人準備點心去。」

胤禛搖頭道：「朕想吃妳親手做的點心。這幾日宮裡發生了這麼多事，朕有兩天沒吃到了。」

凌若一怔，脫口道：「皇上怎麼知道送去養心殿的點心是臣妾做的？」

「終於肯說實話了嗎？」胤禛瞥了她一眼，淡淡道：「妳真以為朕什麼事都不知道？」

凌若忙低頭替自己辯解道：「臣妾不敢，只是喜公公答應過臣妾不會告訴皇上的，所以臣妾沒想到皇上會知道。」

胤禛沒好氣地道：「四喜那奴才，做起事來馬馬虎虎，瞞起朕來倒是絲毫不含糊。哼，看朕不將他貶到打掃處去。」

守在外頭的四喜突然連著打了兩個噴嚏，他感到有些奇怪地揉揉鼻子，暗道自己怎麼無緣無故打起噴嚏來，莫不是染了風寒吧？可是有七月裡染風寒的事嗎？

凌若聽得胤禛有意要懲處四喜，趕緊跪下道：「皇上息怒，此事都是臣妾不好，不關喜公公的事，皇上要怪的話，就請怪臣妾。」

胤禛搖搖頭，扶起她道：「雖說如今是七月，但地上還是頗涼，起來吧。至於四喜……朕若真要怪，妳覺得四喜如今還能守在外頭？」

「謝皇上不怪之恩。」凌若心裡放下一塊大石，不過對於胤禛如何知曉的事還是很好奇。

胤禛看穿了她這點兒心思，笑一笑道：「還記不記得四喜來妳這裡要點心的事，朕便是在那時候發現的。不過話說回來，妳做的點心，朕吃起來，總覺得比御膳房更好吃一些，與朕說說，妳在裡面放了什麼？」

「哪有什麼，都是一樣的罷了，皇上若不相信，大可自己去看。」這般說著，她順口問：「皇上是從養心殿過來的嗎？」

胤禛剛剛有些浮現的笑意因這句話再次沉寂了下去，低聲道：「朕剛剛去看了弘晟，還好有弘曆他們陪著，否則可是要寂寞了。」

凌若撫著他的肩頭道：「皇上節哀，三阿哥在天有靈，也不希望看到皇上傷心難過的樣子。」

胤禛仰天長嘆道：「不知是否朕福薄，朕的孩子總是一個接一個離去，弘暉如此，福宜如此，弘晟亦如此。」

「皇上是上蒼之子，福澤不知多深厚，哪會有福薄一說。不管怎樣，皇上還有弘曆他們呢。再說慧貴人、溫貴人她們正值妙齡，將來一定會為皇上生育更多的阿哥、格格。」

「朕封佳慧為貴人，妳不介意嗎？」胤禛突然問出這麼一句話來。

凌若沉默了很久，方才回道：「若臣妾說不在意，那就表示臣妾心中沒有皇上。可是皇上是天子，坐擁天下，皇上的後宮又怎麼可能只有臣妾一人。若是皇上封一人，臣妾便要介意，那臣妾怕是終日都要困在介意中掙脫不出來了。」說到這裡，話語一轉道：「還是說皇上希望看到一個妒婦？」

「妳這丫頭。」胤禛被她引得笑了起來，握著她的手道：「妳明知道朕不是這個意思。」語氣一沉道：「只是佳慧，她畢竟有些不同。」

凌若側頭一笑，道：「再不同，有臣妾不同嗎？」

胤禛不曾想會聽到這麼一個答案，不禁搖頭失笑，笑過後道：「是，妳在朕心中是最不同的。」

「那便是了，臣妾如何還能要求更多。」在說這句話時，凌若心底泛起一股酸意。沒有一個女人願意看到自己心愛之人三妻四妾，可胤禛皇家的身分早已註定他不能一心一意待自己，更不要說還有一個陰魂不散的納蘭湄兒。

人，始終要糊塗一點才好過日子……

胤禛未再說下去，而是道：「好了，不說這個了，走，朕看妳做點心去。」

凌若忙勸阻：「廚房油汙之地如何去得，還是臣妾做好了再拿給皇上。」

「沒事，走吧。」

見胤禛心意已決，凌若沒辦法，只得與他一道去了小廚房。知道胤禛腹餓，所以她動作要快，一邊揉麵一邊將莫兒叫進來生火。

因為要醒麵，所以半個時辰後方才上籠蒸。蒸的是水晶蝦餃，最是要小心火候，一不小心，那薄如水晶的皮子就會蒸老了，吃起來便沒有那種爽滑的感覺。莫兒做事論細緻尚且不夠，是以凌若乾脆自己看火，小心注意著火候。

胤禛饒有興趣地在旁邊看著，他尚是第一次進廚房，亦是第一次看到一個人這麼專心地做東西，覺得甚是新鮮。尤其是灶內火勢太小，凌若忙著添柴的樣子，連她雪白的臉上多了幾道黑印子都不知道，還使勁用手撥著掉到額前的頭髮，他越瞧越覺得好笑，到後面更是忍不住笑出了聲。

直至笑聲逸出脣，胤禛才恍然記起，自己已經許久沒這樣純粹地笑過了。哪怕是面對他如今最寵的慧貴人時，感受更多的也僅是想念，而非歡愉。看來，自己今日來找凌若，並沒有錯。

「皇上笑什麼？」凌若聽到笑聲，奇怪地問了一句。

胤禛赧然搖頭道：「沒什麼，不過妳的臉有些髒了。」

「真的嗎？」女為悅己者容，容貌珍逾性命，凌若亦不例外，一聽得臉髒了，連忙就想去洗淨，可是剛直起一半身子就生生忍住了，隨後又坐下道：「這裡離不了人，臣妾晚些再去洗吧，左右此處也沒什麼人，就是要在皇上面前失儀了，還望皇上莫要怪罪。」

第七百九十章　相處

見凌若一心只記著做給自己的點心，一絲暖意在胤禛心底流過，左右看了一眼，見有一個水缸放在門口，他自袖中取出灰色的帕子，沾溼後走到凌若身邊，替她拭著臉上的黑灰。

胤禛的舉動令凌若嚇了一跳，受寵若驚地道：「皇上乃是萬金之軀，怎可如此，臣妾自己來就是了。」

「不行。」胤禛執意不肯，拉下她的手道：「妳自己又看不到，只會亂擦一通，還是朕替妳擦，權當是妳為朕做了這麼久點心的謝禮。」

「那都是臣妾應該做的，哪需要什麼謝禮。再者，皇上今日來承乾宮，對臣妾而言就是最好的謝禮了。」說到後面，她面容染上了些許黯意。「臣妾原以為皇上一輩子都不願踏足承乾宮，不願見臣妾了，所以給皇上做點心，就成了臣妾唯一力所能及的事。」

胤禛一邊替凌若拭著臉頰，一邊道：「好了，不說這些了，總之朕與熹妃以後都不會再有這樣的事了。」又拭了一會兒後，他笑道：「好了，差不多，不過可是不能再用手去擦臉了，否則又該髒了。」

胤禛字裡行間透露出來的溫情，令凌若感動不已，頷首道：「臣妾知道了，皇上再等一會兒，點心就能吃了。其實皇上該讓御膳房先送些過來墊墊肚子才是，這樣總餓著可不好。」

「都已經餓了這麼久了，再餓一會兒也礙不了事。」在說這話時，胤禛眉頭微微皺了一下，同時手撫上腹部，那裡正開始微微抽痛，不過怕凌若擔心，他並沒有表露在臉上。

凌若沒有發現胤禛這些細微的變化，一邊添柴一邊道：「臣妾知道皇上日理萬機，朝政處處都要皇上操心，眼下後宮又出了這麼多事，但歸根結柢，皇上的龍體才是最要緊的。這早午晚三頓膳，皇上一定要按時吃，否則真餓壞了身子可就後悔莫及了。」

看著凌若一本正經的樣子，胤禛忍不住發笑。「朕知道。看看妳自己，年紀不大，卻倒比那些上年紀的嬤嬤還要囉嗦，除了朕，估計也沒別人能受得了妳了。」

見胤禛心情不錯，凌若也跟著開心，玩笑道：「是啊，多虧得皇上肯收留臣妾呢，否則臣妾至今仍待字閨中，無人問津。」

胤禛揚一揚眉，頗有些自得地道：「那倒不至於，朕的熹妃如此心靈手巧、賢慧聰敏，多的是有人想娶回家去，不過可惜，他們都晚了一步，妳永遠都只能是朕的熹妃。」

凌若嗤然一笑道：「想不到皇上也會貧嘴，可是讓臣妾大開眼界呢。」她站了起來，繞到灶前，站在蒸籠前用手搧了一下，自言自語道：「嗯，差不多了。」

說完這句，凌若尋了裹手的布便要去端蒸籠，卻被胤禛一下子拿過，道：「站開些，朕來端。」

「皇上不可，這……」凌若剛說了幾個字，便被胤禛打斷。

「有何不可，總不至於朕還不及妳有力氣吧。快站開，當心被燙到。」

見胤禛這般堅持，凌若只得退到一邊。看著胤禛端蒸籠的樣子，凌若既覺得溫馨又覺得不可思議，誰能想到堂堂帝王竟會不批奏摺、不執朱筆，而是和普通人一樣站在灶臺前，若非親眼所見，是絕不敢相信的。

那廂，胤禛問：「能掀蓋了嗎？」

凌若回過神來忙道：「嗯，臣妾來掀吧，皇上從未做過這事，很容易被燙到的。」

「也好。」這一次胤禛倒是未堅持，退開些許，看著凌若掀蓋。

在一陣熱氣煙霧過後，只見蒸籠內整整齊齊地擺著十餘只晶瑩透明的水晶蝦餃，散發著誘人的香味，令人食指大動。

凌若夾了一個放在小碟中，遞給胤禛。「皇上嘗嘗味道如何，小心不要燙著了。」

胤禛欣然接過，咬一了口後讚道：「嗯，若兒做的點心果然要比御膳房好吃，怪不得朕現在吃那些點心都覺得索然無味，唯有杏仁酥還勉強能入口。」

凌若掩嘴一笑道：「照皇上這話，臣妾倒是可以去與御膳房總管一爭高下了。其實材料和做法都是一樣的，哪有什麼差別。」

胤禛又夾了一個放到嘴裡，仔細品著味道：「不，朕很肯定，滋味確是不一樣，至於具體是哪裡，朕一時還真說不上來。」

這般說著，胤禛一連吃了六、七個才停下筷，待要說話，忽的看到外頭四喜正偷偷瞅著水晶蝦餃嚥口水，瞧得胤禛既好氣又好笑，一擱筷子道：「給朕滾進來，少在那裡探頭探腦的，不知道的人見了，還以為是哪裡的賊人呢。」

四喜陪著笑跑進來，輕輕打著自己的臉頰道：「奴才該死，只是熹妃娘娘做的點心太香，奴才在外頭聞到了香味實在忍不住，才多瞧了幾眼，求皇上恕罪。」從剛才的話裡，他聽出胤禛並不是真的生氣，是以言語頗為輕鬆。

胤禛也知道他與蘇培盛一直貼身跟著自己，整日都沒吃過什麼東西，所以虛踢了一下，笑罵道：「端著盤子和蘇培盛兩人滾下去，吃飽了再進來，省得說朕虐待你們兩個。」

「謝皇上賞，謝熹妃娘娘賞。」四喜趕緊謝恩，低頭端著盤子恭謹地退到外面，與蘇培盛一道分食去了。

「皇上待會兒是直接回養心殿嗎？」在步行回正殿的路上，凌若問道。

「是啊，還有很多事沒處理。明日弘晟出殯，朕這個做皇阿瑪的好歹要去送他一程，所以明日也沒什麼工夫，得趕緊處理好才行。」

說到弘晟，凌若忍不住一陣嘆息。他原可以不死，只可惜他猜到了皇后是下毒人，只憑這一點，他就非死不可。

「臣妾去過翊坤宮，貴妃娘娘很可憐，一夜之間頭髮全白了，皇上往後有空多去看看貴妃娘娘。」

「朕會的。」在這般說了一句後，胤禛又有些感慨地盯著凌若。「若兒，當初她這樣害妳，真難為妳還肯替她說話。」

第七百九十一章　慎刑司

凌若幽幽嘆了口氣。「一事歸一事，再說臣妾自己也是做額娘的，很清楚失去弘晟對貴妃娘娘來說意味著什麼，她終歸也是可憐的。」

「又終歸……」胤禛仰頭望著高飛的鴻雁，輕不可聞地道：「這是她的報應，報應她這些年做下的錯事。」

凌若聽到這句話，卻沒有說什麼。自從胤禛決意對付年羹堯始，年氏便岌岌可危了，不過那時她還有一個弘晟，胤禛素來重視子嗣，一個弘晟足以保年氏活命。只可惜，現在連弘晟也死了，一切再沒有轉圜的餘地。

在送胤禛出去後，莫兒扶著凌若，頗為不解地道：「主子，年貴妃以前那樣害您、追殺您，您做什麼還要讓皇上多去看她？依奴婢說，就該讓她失寵，看她還怎麼作威作福。」

「妳知道什麼。」凌若輕斥了一句又道：「其實本宮勸不勸，結果都是一樣的，等待年氏的只有死路一條。本宮如今不過是做個順水人情罷了，妳還真以為本宮隨口勸上一句，皇上就會對年氏多加垂憐嗎？」

莫兒這才陪著笑道：「主子深謀遠慮，奴婢哪及得上主子思慮周祥。」

「妳啊，越來越油嘴滑舌了。」凌若輕點了一下莫兒的額頭，忽的想起一事來，擰眉道：「讓人備肩輿，趁著天色尚早，本宮想去一趟慎刑司。」

「慎刑司？」沉默的楊海陡然一驚道：「主子可是想去見靳太醫，此時過去，怕是不太妥當吧？」

凌若撫一撫額，有些疲憊地道：「不妥當也得走一趟，本宮擔心有人控制著靳太醫，再生出事來。」

楊海眸中的驚意越發濃烈。「主子不是說靳太醫是冤枉的嗎？又怎會……」

「就因為是冤枉的，所以才不得不防。你覺得會有人不怕千刀萬剮嗎？」凌若剛問出口，楊海與莫兒就齊齊搖頭。

這種在人身上一刀刀割肉的刑罰實在是太過恐怖，光是想想便渾身發疼，怪不得會被列為酷刑之首，非罪大惡極之人，不輕易動用。

凌若目光爍爍地道：「那就是了，如果此時有人去告訴靳太醫，可以免他受此刑罰，只需要他冤枉一個不相干的人，你覺得他會怎麼做？」

莫兒低頭咬了一下手指道：「雖然奴婢很不願承認，但若換了奴婢是靳太醫，也會毫不猶豫地去冤枉別人，因為那刑罰太過恐怖，足以讓人喪失所有的勇氣與信念。」

「是了，哪怕靳太醫是一個剛正不阿的人，在無休止的折磨面前也不見得可以堅守原則，更何況我們對靳太醫根本不了解。」如此說著，凌若擺擺手道：「去吧，準備肩輿。」

在莫兒走開後，楊海小聲地問：「主子可是擔心有人指使靳太醫再次攀咬您與四阿哥？」楊海口中的這個人，不須說，自是皇后無疑，也只有她才會想出這樣狠辣的毒計來。

「不，本宮與四阿哥已經從鬼門關走過一遭了，想再誣陷，未免有些刻意，皇上不見得會相信。本宮擔心，她會從本宮親近的人下手。」凌若不無憂色。那拉氏此刻第一個想對付的人，應該就是曾對她不敬的溫如言。

在不動聲色間設下局，向來是那拉氏最擅長的事，一旦局設下，想再破就難了，所以必須要在設局之前先破局。

在天黑之前，凌若的肩輿堪堪停在慎刑司門口。不知是否換班的緣故，外頭沒有太監守門，凌若輕掃了一下也不說話，逕自下了肩輿，扶著楊海的手走進去。

洪全是慎刑司的總管，年近五十的他此刻正樂滋滋地在屋中抿著小酒，不時往嘴裡塞一顆炒得酥脆的花生，這是他為數不多的樂趣。

洪全無意間一個抬眼，意外看到有人進來。因慎刑司向來不點太多燈火，再加上他年老眼花，看不甚清楚，直到來人來到近前，方才認出是何人，連忙放下酒杯，迎上來打千。「奴才洪全叩見熹妃娘娘，娘娘吉祥。」

凌若抬一抬手，微笑道：「洪公公不必多禮，起來吧。」

「謝娘娘。」洪全忐忑不安地站起身來，瞅著眼問：「不知娘娘漏夜前來，有何吩咐？」

凌若隨口道：「沒事，本宮閒著無事，隨意來走走罷了。」

洪全陪笑不語，心裡卻是全然不信。慎刑司可不是御花園，哪可能隨意走走就走到這裡來了，只是熹妃不說，他一個奴才也不好多問。

凌若走到桌前，端起洪全還未來得及喝的酒杯，放在鼻下輕輕一嗅，頷首道：「嗯，香味醇厚，色澤瑰麗，是京城鶴年堂專為宮裡配的御用養生酒，又稱之為鶴年貢酒，洪公公可真會喝。」她輕瞥了一眼開始有些不自在的洪全，曼聲道：「本宮記得，此酒皇上賞的人並不多，慎刑司……好像並沒有賞過，不知公公從何處得來的酒？」

洪全暗暗叫苦，沒想到熹妃鼻子這麼靈，只一聞就聞出了這是鶴年貢酒。唉，早知道這樣，他剛才就不貪杯拿出來了。

如此想著，洪全勉強一笑，支吾著道：「回娘娘的話，是……是……上次見蘇公公，蘇公公給的。就那麼一小點兒，奴才一直沒捨得喝呢。」蘇培盛是胤禛身邊的貼身內監，賞賜向來是宮中頭一份的豐厚，得點兒貢酒自然不在話下，洪全實在想不出好的解釋，乾脆就將事推給了蘇培盛。

「蘇公公？」凌若眼眸一瞇，直接道：「楊海，你去找蘇公公問問，看他是否送了瓶鶴年貢酒給洪公公，速去速回，本宮就在這裡等回話。」

洪全沒想到凌若這樣較真，頓時嚇得魂飛魄散，這本就是他胡謅的，若真要去問蘇培盛，還不得一下子穿幫啊。

「楊公公且慢。」他趕緊喚住楊海，苦著一張滿是皺紋的老臉，跪下道：「求娘娘恕罪，這酒……其實不是蘇公公賞的，而是……而是柳太醫送的。」

「柳太醫？」這一次，凌若語氣中多了幾分驚意，緊盯了他道：「柳太醫來過了？他為什麼要送你酒？」

第七百九十二章　地牢

洪全不敢再隱瞞，竹筒倒豆子一般全說了出來：「回娘娘的話，柳太醫就比娘娘早來了一刻，送了兩瓶鶴年貢酒給奴才，說與靳太醫有同袍之誼，如今他犯了事，心裡甚是難過，想再見上一面。奴才看他說得真切，便允他進去了。」

同袍之誼？凌若聽著打從心底冷笑。若非柳太醫陷害，靳太醫如何會落得如此下場，眼下卻又念起什麼同袍之誼來了，當真是可笑。

與此相比，她更關心另一件事。「那此刻柳太醫走了嗎？」

「奴才沒見他出來，想是還在地牢裡。」說到這裡，洪全哀聲道：「奴才知道靳太醫是重犯，不該讓人隨意見，可奴才見柳太醫說得情真意切，於心不忍，這才答應，求娘娘千萬不要告訴皇上。」

楊海在一旁不客氣地道：「洪公公怕是看在鶴年貢酒的分上，才許柳太醫進去的吧。」

這句話說得洪全面上有些掛不住，搓著手不好意思地道：「這個……這個……」

凌若微微一笑道：「洪公公也不必覺著不好意思，人有所好乃是再正常不過的事。對了，本宮那裡有幾瓶內務府送來的九醞春酒，相傳此酒是在東漢年間就被列為貢酒，歷史悠久不說，口感也比鶴年貢酒更醇厚一些。可惜本宮不愛飲酒，所以就一直放在那裡沒動過，改明兒本宮讓人送過來。」

「這如何使得，奴才萬萬不敢領受。」洪全雖口裡說著不敢領受，眼中卻流露出一絲渴望，面對心頭所好，總是難以保持平靜無波。

這恰恰是凌若所需要的。「寶劍配英雄，美酒自然也要落在懂得品嘗它的人手中，才算物盡其用，洪公公就不要再推辭了。」

洪全其實哪裡想推辭，九醞春酒啊，古往今來的第一貢酒，他不知眼饞了多久，可惜一直沒機會品嘗到，如今自是百般願意。只見他強壓了喜悅，略有些扭捏地道：「那奴才就卻之不恭了，謝娘娘恩典。」

見洪全吃下了這粒魚餌，凌若也懶得再拐彎抹角，道：「不瞞洪公公，本宮今夜來，也想見一見靳太醫，不過這件事本宮並不想別人知道，尤其是柳太醫。」

「不知娘娘見靳太醫是為何事？」洪全小心翼翼地問道。

這靳太醫下毒謀害三阿哥，罪大惡極，皇上都已經發話了，他若不招出幕後主使者，便要動用剮刑，怎的這兩日有這麼多人要見他？昨日惠妃與謹嬪就來過了，今日先是柳太醫，如今又是熹妃，當真是怪異得很。

凌若抿脣不語，倒是楊海道：「洪公公管得好寬呢，連熹妃娘娘做什麼都要向你交代嗎？」

論品級，楊海尚不及洪全，不過現在熹妃就在眼前，洪全又怎麼會蠢得拿品級去壓楊海呢？是以他惶恐地對凌若道：「奴才不敢。」

凌若客氣地擺擺手道：「無妨，是本宮有些事不明白，要問一問靳太醫，所以得麻煩洪公公通融一下。」

洪全趕緊借坡下驢。「奴才省得，只是如今柳太醫尚在裡面，娘娘說不想讓柳太醫知道您來過，所以只怕還得委屈娘娘等候一會兒。」

凌若低頭想了一下道：「地牢中可有暗室？」見洪全點頭，她又道：「那就勞煩洪公公帶本宮去暗室了。」

「是。」這一次洪全學乖了，沒有多問為什麼，左右問了也沒答案。

因為慎刑司中燈火不明，是以洪全執了一盞宮燈在前面引路。

凌若與楊海跟著洪全七拐八繞，一路往下，路上遇有宮人，宮人皆垂首迴避。如此又走了一會兒，前面透出些許光亮，同時隱隱聽得有聲音從前面傳來，倒有些像柳太醫的聲音。看樣子，地牢到了。

凌若這般想著，卻見洪全往旁邊一閃，同時手在某處用力一推，一道不起眼的石門頓時應聲而開。凌若走進去後，發現是一間小小暗室，不過一丈方圓，除了一張小桌還有幾張凳子之外就別無他物，極是簡陋。

不過這間簡陋的暗室中卻掛著一幅孔雀圖，雖不是什麼名家真跡，卻也栩栩如生，將孔雀驕傲美麗的一面展現得淋漓盡致。

凌若瞧了那幅孔雀圖幾眼後，含笑道：「看樣子，這圖後另有玄機了。」

「娘娘英明。」洪全告罪一聲，踩著凳子站上去，摘下孔雀圖，在其背後果然有一塊鬆動的牆磚，輕輕一扳便可拿下來，露出一個一尺長的狹洞來。只見洪全指著那洞小聲道：「娘娘，從這裡便可看到牢中景象，只是若這裡聲音大了，牢中也可聽到，奴才就先出去了。」

「本宮知道了，有勞洪公公。」凌若客氣地說了一句，在洪全走後，忙來到洞前，打量著地牢中的形勢。

第七百九十三章　兩面三刀

靳太醫被鐵鍊鎖住雙手雙腳，滿身都是傷痕，正如溫如言她們所說，體無完膚，慘不忍睹。地牢中尚有另一人，雖只能看到側面，但已足以確認是柳太醫。

他正在那裡勸道：「靳兄，你何必如此頑固呢？一句話便可免受千刀之苦，這樣的買賣哪裡去做？」

靳太醫咬著滿嘴的血牙，眼中恨得幾乎要噴出火來。「你這無恥敗類，自己害死三阿哥卻推到我頭上來，如今還想用花言巧語來引誘我冤枉別人，哼，你想都別想！」

柳太醫嘖嘖道：「靳兄真是有骨氣，只是當剮刑開始時，你確定自己還可以這樣有骨氣嗎？」

在柳太醫說到剮刑時，靳太醫的身子顫了一下，這個動作被柳太醫收入眼底，輕笑道：「靳兄，你就別再強撐了，你與我一樣，從小就是讀書習醫之人，何曾受過皮肉之苦，眼下這樣，怕已經是你的極限了吧。」

靳太醫似有些激動，揮舞著雙手道：「我的事不用你管，你給我滾出去！」

聽著鐵鍊在地牢中嘩嘩作響的聲音，柳太醫那雙略顯細長的眼眸輕瞇起來，彎腰從欄杆空隙中拿起行刑小太監隨意扔在地上的烙鐵，揮舞了幾下，似笑非笑地道：「靳兄，這東西烙在身上的滋味如何？」

靳太醫到底不是不知痛的鐵人，眸中出現一絲害怕，厲聲道：「你這個無恥小人，你早晚會遭報應的！」

「我的事不勞靳兄擔心，靳兄還是好好擔心自己吧。」烙鐵扔在地上，發出「噹」的一聲重響。「靳兄，我再給你時間好好想想，究竟是答應我的要求，還是讓人把你的皮與肉一塊塊割下來。當割到無處可割時，他們就會割你的鼻子、你的臉，還有你的頭皮，還有你的心肝……」

在陰森的地牢中，這樣的話聽在耳中格外恐怖，更不要說靳太醫還是當事人，受不了地大叫：「夠了，不要再說下去了！」

正當他內心天人交戰時，柳太醫目光一閃道：「既然靳太醫這麼有骨氣，那麼我就不勉強了，只盼靳太醫千萬不要後悔。」

見柳太醫要走，恐懼像是一隻從深淵探上來的大手狠狠握住靳太醫，讓他喘不過氣來，在柳太醫轉身之前，終於忍不住道：「你……你先不要走！」

他顫聲道：「是否我答應了你，你真能給我一個痛快？」

見靳太醫口氣鬆動，柳太醫又恢復了慣有的笑容。「我不能，但是我主子一定能，想好了嗎？」

靳太醫一狠心，他已經這麼慘了，實在不想臨死前還受許多苦，咬牙道：「好，我答應你，不過你若敢食言，我就算死也一定拉你做墊背！我發誓！」

「放心，我向來是一個信守承諾之人。」扔下這句話，柳太醫帶著得意的笑容離開地牢，他並不知道旁邊有一間暗室，更不知道凌若就在暗室中。

直到柳太醫的腳步聲遠去，凌若方才站起身來長長出了一口氣。

她一早就懷疑柳太醫，但沒想到他真成了皇后的爪牙，還幫著皇后慫恿靳太醫誣陷別人。

人心，真的是一樣很可怕的東西……

「柳太醫實在太過分了，還說皇后監視著他，不許他來報信，依奴才看，他分明就是皇后一夥的。虧主子當時還花錢贖他妹妹出煙花之地，當真是忘恩負義，兩面三刀！」楊海在一旁不忿地怒罵，虧他之前還覺得柳太醫不錯，真是白長了這雙眼。

凌若並不如楊海那般激動，只道：「一樣米養百樣人，並不是所有人都記得知恩圖報這四個字，忘恩負義做起來更簡單一些。」

楊海還是嚥不下這口氣。「可柳太醫實在太過分了，主子千萬不要饒了他。」

「本宮何時說過要饒他？」凌若淡淡地說了一句。她好說話，卻不代表可以由著人欺負，柳太醫既然夠膽背叛她，就要有承受她怒火的覺悟。

「走吧，咱們去看看靳太醫。」

說到靳太醫時，凌若帶著幾分惋惜。她不是菩薩心腸、悲天憫人，卻也覺得靳太醫遭此無妄之災，實在太過可憐，而始作俑者便是皇后與柳太醫兩人，若非他們，靳太醫根本不會落到現在這個下場。

楊海答應一聲，扶了凌若出暗室。

第七百九十四章 嫁禍

凌若仔細打量了靳太醫一眼，嘆道：「靳太醫受苦了。」

「娘娘？」即便已經心如死灰，這個意外至極的聲音還是讓靳太醫抬起眼。「您怎麼會來這裡？」

凌若走近了幾步，隔著散發著腐朽氣息的柵木道：「本宮來看看你。唉，靳太醫無故受此苦難，實在令本宮於心不忍。」

凌若的話令靳太醫睜大了眼，有些不敢置信地道：「娘娘，您……您相信我？」

「為何不相信？」凌若的反問令靳太醫一時不知該怎麼接話，只聽得她繼續道：「本宮與靳太醫雖不曾有深交，卻也曉得靳太醫濟世救人的心思，怎可能會謀害三阿哥，這其中必然有誤會。」

「娘娘……」伴著這兩個字，靳太醫已是淚流滿面。三阿哥死後，他還是第一個遇到願意相信自己的人，怎能讓他不激動、不痛哭？

凌若滿面無奈地搖頭道：「可惜只有本宮一人相信並沒有什麼用，皇上與皇后還有年貴妃都認定三阿哥是靳太醫所害。」

這個時候，靳太醫忍不住脫口而出：「微臣沒有害任何人，一切都是柳太醫所為！他故意嫁禍微臣！」

「竟是這樣嗎？」凌若故作驚訝地道：「可是本宮剛剛進來的時候還看到柳太醫，如果是他所為，他又為何要來這裡探望你？」

靳太醫冷笑連連，扯動臉上的傷，流出殷紅的血來。「探望？他哪有那麼好心，他是……」後面的話戛然而止。他突然想到，若告訴熹妃，她再去找柳太醫質問，萬一柳太醫惱羞成怒，不肯求他後面的主子免去自己凌遲之刑，豈非……

想到這裡，靳太醫連連搖頭，不自在地對猶在等待他說下去的凌若道：「沒、沒什麼，他就是來看看微臣。」

楊海聞言瞥了凌若一眼，見她微微點頭，揚聲道：「靳太醫可是有什麼話不便說？」

他一咬牙道：「我……我不知道，你們走吧，總之微臣謝謝娘娘的一番信任之情，若有來生，微臣縱使做牛做馬，也必還娘娘恩情。」

凌若打量了昏暗髒亂的牢房一眼，幽幽道：「本宮只怕靳太醫死後去了閻羅殿前，連轉世為牛馬的資格都沒有。」

「娘娘您這是什麼意思？您剛剛不是還說相信微臣沒有害人嗎？還是說只是嘴

上說說，實際上根本不相信？」靳太醫有些激動地揮舞雙手，帶動鐵鍊在這寂靜的地牢中發出瘆人的聲響。

「本宮確實相信你無辜，只可惜，你剛剛做了一件錯誤的決定，這個決定足以讓你永世沉淪，不得超生。」冷冷說完這句後，凌若轉身欲走。

靳太醫忙在後面道：「請娘娘把話說清楚。」

凌若頭也不回地道：「你自己答應過柳太醫什麼，心裡清楚，何須本宮再細說。」

靳太醫頓時為之大驚，隨後又低下頭沉沉道：「娘娘都已經知道了嗎？微臣也是迫於無奈才答應他的，其實並不想害任何人。」

他話音剛落，凌若便回過頭來，疾言厲色地道：「他用心險惡，顛倒黑白，讓你受冤，你現在要將同樣的命運轉嫁到別人身上嗎？」

「微臣……微臣不想的。」靳太醫痛苦地抱著頭，雙臂間的傷痕清晰可見。「可是若不從，微臣就要受凌遲之刑。」

「你真以為幫著他、跟他身後的主子助紂為虐，就可以免去許多苦楚嗎？」伴著這句話的，是怎麼也止不住的冷笑。「本宮真看不出靳太醫竟然這般愚蠢，願意相信一個陰險小人說出來的話。」

「娘娘是說柳太醫在騙微臣？」靳太醫驚恐地問著。

「若換了本宮是你，絕不會相信柳太醫的任何話。」凌若冷冷回了一句又道：

「更不會幫他去害任何人。」

靳太醫麻木地看著她，不知該怎麼辦才好。他本是最無辜的那一個，卻被置於刀山火海之中，也實在是可憐。

在沉默了一會兒後，凌若忽道：「靳太醫，你是願相信本宮還是相信柳太醫？」

「微臣……微臣……」靳太醫喃喃了半天，忽的眸光一亮，似想通了什麼，在牢房中艱難地跪倒。「微臣願意相信娘娘，求娘娘救救微臣，今世不論，但下一世，微臣一定會報娘娘大恩大德。」

「總算你還沒有糊塗透頂。」凌若微一點頭道：「不過本宮也不誆你，你謀害三阿哥一事已是斬釘截鐵，本宮無法替你洗清，但是卻可免你千刀萬剮之刑，還不需要冤枉任何人。」

靳太醫也知道這個情況，他如今只求痛痛快快一把，遂把心一橫道：「求娘娘指點迷津，微臣感激不盡。」

凌若點一點頭，終於問出了一直盤亙在心頭的疑問：「柳太醫要你將害三阿哥的罪名，嫁禍於何人身上？」

「……是惠妃娘娘！」

靳太醫所說的話證實了凌若的猜測，同時讓她一陣後怕。若今日她不來，那麼一旦靳太醫當著胤禛的面說出溫如言的名字，溫如言絕對難逃一死；而剛剛與胤禛和好的自己，指不定也會因為替溫如言求情而再次惹禍上身。

皇后之心，不可謂不惡毒。

在平復了一下心情後，凌若緩緩將她的計畫說出來，待靳太醫一一記下後道：「明日三阿哥便會出殯，本宮估計著不是明日就是後日，皇上會再次問你話，你到時候就依著本宮教你的做。至於能否避免凌遲之刑，就看你自己了。」

「是，微臣記下了，微臣多謝娘娘！」靳太醫跪伏在地，淚水不斷地從眼中湧出。

凌若點點頭，扶著楊海的手離開地牢。洪全就候在地道口，見凌若出來，連忙打著千兒關切地道：「娘娘您還好吧？」

「勞洪公公記掛，本宮甚好。」凌若隨口應了一聲後道：「本宮見靳太醫身上多有傷痕，看來洪公公很是盡職盡責啊。」

第七百九十五章　出殯

洪全陪笑道：「奴才不過是謹守分內之事，只可惜靳太醫嘴硬得很，不管怎麼拷打都不肯說出幕後者的名字，奴才打算晚上再給他點苦頭吃。」

凌若擺擺手道：「還是算了，明日三阿哥靈柩出殯後，皇上說不定要親自再問靳太醫，以定是否要用凌遲之刑。若你將他打得只剩下半口氣，他還怎麼回皇上的話啊，到時候皇上問不出主使者來，說不定還要怪你。」

洪全被她說得出了一身冷汗，暗道自己考慮不周，連忙感激地道：「多謝娘娘指點，奴才記下了，就讓這姓靳的安生一夜吧。」

凌若微一頷首道：「嗯，那本宮也不叨擾洪公公了，改明兒本宮讓人把那兩壇九醞春酒給洪公公送來。」

在洪全連番謝恩中，凌若出了慎刑司。彼時，天色已經暗下，將圓未圓的明月掛在夜空，與滿天繁星交相輝映，讓人感覺到一種極致神祕的美。

凌若忍不住駐足停留，在感慨上蒼之美時亦感慨上蒼的無情。不論人間如何悲苦，上蒼都是一樣的。

天若有情天亦老，這句話真是一點都沒錯……

七月初六，弘晟靈柩出殯準備入葬，宮中不論位分高低、得寵與否，皆到翊坤宮中替弘晟上香，胤禛下朝之後也匆匆趕來。

「不許你們將弘晟帶走，他是本宮的，誰都不許碰！」當太監們準備上前抬靈柩時，一直形如痴呆的年氏突然發起瘋來，死死擋著棺木，不許任何人靠近一步。

胤禛輕嘆一聲，好言安慰道：「素言，朕知道妳心裡難過，可是弘晟已經死了，應該要入土為安。聽朕的話，趕緊讓開，莫要誤了下葬的時辰。」

年氏搖頭，灰白的髮絲像是一條條小蛇，在空中擺動著。「不，害弘晟的真正凶手還沒找到，就算下葬他也不會瞑目的。」

「朕答應妳，一定會找到害弘晟的凶手。」

胤禛的允諾並沒有讓年氏平靜下來，甚至更加激動。「不！總之臣妾不許他們帶弘晟離開，弘晟是臣妾的，誰都不可以帶他走！」

「素言，妳冷靜一些！」胤禛有些不悅地道：「不讓弘晟下葬，難道就由著他停在這裡嗎？素言，不論妳怎樣不甘心，弘晟都死了，不會再回到我們身邊，妳就讓他入土為安吧！」

「不要……」年氏怔怔地哭了起來，緊緊抱住冰冷的棺木。「臣妾就只剩下這麼一個兒子，求皇上不要帶走他……」

看到年氏哀哭的樣子，記起弘晟慘死的胤禛亦忍不住一陣心酸，強抑了眼底的熱意，扶住年氏肩頭，強行將她帶離棺木。「素言，聽朕的話。」

那拉氏見年氏離開棺木，連忙對等在一旁的太監道：「起棺。」

「嗻！」八個太監齊齊應聲，用力將沉重的棺木抬起來，而原先等候在外面的宮人見狀，連忙吹奏起哀樂，在漫天的白幔、靈幡還有紙錢中，迎弘晟棺木前往郊外的園寢。

在他們身後，是年氏撕心裂肺的哭聲還有不住讓他們回來的叫聲。

年氏怎麼也掙不脫胤禛的束縛，只能眼睜睜看著棺木遠去，再沒有比真切感覺到弘晟的離去更讓她悲痛的了，像是要把整顆心挖出來一般。

年氏哀傷不已，哭盡了眼淚，卻阻止不了弘晟的離去，只能拉著胤禛的手，苦苦哀求，求他一定要處置那個害了弘晟的人。

胤禛安慰道：「放心，弘晟是朕的兒子，朕一定不會讓他枉死。」

年氏伏地跪拜，帶著無盡的狠厲道：「那麼就請皇上現在傳姓靳的，讓他招出幕後主使者，還臣妾的兒子一個公道！」

此話正合那拉氏心意，眸光瞥過站在稍遠處的溫如言，一絲冷笑漫上唇角，口中卻是一貫溫和的聲音：「皇上，靳太醫一事不宜久拖，還是早些將主使者問出來得好。」

「皇后娘娘所言甚是在理。」

那拉氏一怔，側頭只見凌若正帶著一絲莫測的神情看著自己，隨後凌若又道：「不過柳太醫是當時唯一一個與靳太醫在一起的人，該讓他一道來才是，說不定柳太醫會知道些什麼。」

那拉氏隱約覺得有些不對，只能看著胤禛點頭道：「熹妃此話在理。」

隨著這話，胤禛吩咐蘇培盛與四喜分別去帶人，其後更狠聲道：「若姓靳的再不供出幕後主使者，朕必讓他嘗凌遲之刑！」

凌若輕啟朱唇，緩緩說：「靳太醫用銀針藏毒，毒害三阿哥，其心思狠毒縝密，只怕不肯如實招供，不如將執行凌遲之刑的宮人一併喚上殿來，也好震懾靳太醫，讓他不敢再推脫不供。」

此言剛出，諸女皆面露驚色。劉氏更是戰戰兢兢地道：「娘娘的意思，莫不是要當眾行刑？這樣怕是……怕是不好吧。」

在她說話的時候，溫如言與瓜爾佳氏也詫異地對望一眼。凌若明明已經知道靳太醫是被冤枉的，怎麼還說這樣的話？

「劉常在誤會了，本宮最是怕見血腥。」凌若微微一笑道：「本宮不過是想起一個震懾的效果，以免靳太醫負隅頑抗。」

那拉氏靜靜聽了一會兒，總覺得事情有些不對勁，遂道：「皇上，此事怕是不太好，不說這刀啊血啊的會嚇著諸位妹妹，就說那個行刑之人也是滿身血光殺氣，臣妾等人瞧了就害怕。」

胤禛尚未開口，年氏已冷聲道：「只要沒做虧心事，又有什麼好害怕的。依臣妾說，如此才好，省得一些人不見棺材不落淚。」

見胤禛尚在猶豫，淩若又道：「皇上，若是諸位妹妹害怕的話，不如讓她們先行迴避？」

「也好。」胤禛思索了一下，終是同意淩若的話，揚聲道：「妳們若有害怕的儘管退下，以免受驚。」

第七百九十六章 招供

眾嬪妃相互看了一眼，既害怕又想看，到最後竟是沒一個人退下。

胤禛見舒穆祿氏咬著嘴脣站在佟佳氏身後，遂招手將她喚到近前，緩聲道：「妳膽子向來小，就別留在此處了。」

舒穆祿氏絞一絞帕子，閃爍著黑白分明的眼睛，輕聲道：「臣妾不怕，而且臣妾想……」她似有些不好意思，低了頭，輕不可聞地道：「想陪在皇上身邊。」

「狐媚！」年氏在旁邊恨恨地罵了句。她如今剛死了兒子，看哪個都不順眼，恨不得讓所有人都不好過。

胤禛淡淡地瞥了一眼，不悅在眼底一閃而過，在重新看向舒穆祿氏時已經溫和如初。「既如此，那妳就站到朕身後來吧。」

舒穆祿氏驚喜地謝恩，在年氏扭曲難受的臉色中站至胤禛身後。

隔了一會兒，柳太醫先到了，隨後是負責執行凌遲之刑的宮人。此人雖是太監，卻生得滿臉橫肉，從骨子裡透出一股凶悍之氣。

他身形也比一般人粗壯，一身太監服穿在他身上鼓鼓囊囊的，像是隨時會被擠破一般。他手裡還拿著一把薄如柳葉的小刀，刀身光亮雪白，然看到的人心中都清楚，這把刀不知飲過多少人的鮮血。

眾嬪妃還有柳太醫看到這個人，都有些害怕，下意識地往後退了些許，唯恐不小心被那刀劃到。

那太監進殿後，激動地跪下磕頭。「奴才柳一刀叩見皇上、皇后和眾位娘娘。」

柳一刀做行刑太監有許多年了，不過因為他做的都是見血之事，屬於粗鄙不祥之人，不說進東西十二宮，就是面見胤禛也還是頭一次。

待胤禛示意他起身後，凌若輕聲道：「咦，你也姓柳？」待其點頭後，凌若目光一轉，落在柳太醫臉上，似笑非笑地道：「柳太醫，他與你一個姓呢，真是好巧，指不定你們祖上還是兄弟呢。」

「娘娘說笑了。」柳太醫不自在地應了一聲，腳卻下意識地往後又挪了幾分。這一細微的動作落在凌若眼中，令她臉上的笑意越發深了幾分。

靳太醫是最後一個被帶上來的，他出現的時候，許多人都掩嘴驚呼。實在是他的樣子太慘了些，渾身上下沒有一塊好肉，而這還是凌若昨夜讓洪全不要再動刑，否則還會更慘。

靳太醫被人像塊破布一樣扔在地上，他身上的傷口與鮮血也令翊坤宮的空氣添了一絲血腥氣。

而對此，胤禛並無一絲同情，反而帶著深深的厭惡。「靳明澤，朕問你，究竟是何人主使你謀害三阿哥的，速速從實招來，否則朕必將你千刀萬剮！」

一旁，那拉氏亦沉眸道：「靳明澤，你聽到皇上的話了，再嘴硬不說，對你可並無好處，還是早早供了，以免多受皮肉之苦。」

靳太醫掃過柳一刀手中的小刀，麻木的眼眸中略起一絲生氣，不過很快的便又黯淡下去，只聽得他道：「皇上，是否罪臣供出主使者，皇上就會免去罪臣身上的皮肉之苦？」

「死罪難逃，活罪可免。」胤禛冷冷說出這八個字。

靳太醫默默點頭。旁邊的柳太醫假惺惺地道：「柳太醫，念在你我同仁一場，我勸你還是別再冥頑不靈，與自己過不去了。」

靳太醫看著柳太醫那張虛偽的臉，露出一絲諷刺的笑容。自己落到這個地步，皆拜他所賜，竟然還有臉與自己說這些，臉皮真是厚得無以復加。

正在這個時候，年氏突然衝上前，帶著毫不掩飾的恨意道：「靳明澤，說！你到底是受何人主使，若不從實招來，本宮必讓你生不如死！」

靳明澤怔怔地看著她，露出一絲悲苦的神色後，忽的舉起銬著鐵鍊的雙手，大聲道：「皇上，罪臣害死三阿哥罪該萬死，罪臣願意說出幕後者的姓名以贖所犯下的罪孽。」

胤禛傾了身子，死死盯著靳太醫道：「說，究竟是何人？」
「那人就是……」
柳太醫嘴角微微翹起，露出一絲不易察覺的笑容。只要靳太醫說出「惠妃」二字，皇后娘娘交代的事便完成了，到時候，他必然會比現在更加受到皇后娘娘的信任，而熹妃也會自顧不暇，難以找自己麻煩。
只要自己在宮中站穩腳跟，靠著皇后娘娘這棵大樹，哪怕熹妃緩過來，也奈何不了自己，除非她想要與皇后娘娘正面衝突。
然所有的得意與笑容，在靳太醫說出後半句話時，都化為了烏有。
只聽他一字一句道：「是皇后娘娘！」
靜，死一般的寂靜籠罩在翊坤宮上空，除了凌若之外，每一個人都覺得匪夷所思。怎麼會是皇后，怎麼會是她？明明她已經洗清了嫌疑……
待得回神後，翊坤宮頓時亂了起來，眾人用懷疑害怕的目光盯著那拉氏。被那麼多雙眼盯著，縱是那拉氏也不禁有些沉不住氣，重重一拍扶手，起身指著靳太醫道：「大膽！你是受何人主使，竟敢冤枉本宮！」
她話剛說完，溫如言已經帶著一絲痛快的笑意道：「明明是皇后娘娘勸他供出主使者的，怎麼現在靳太醫招了，您又說他是冤枉您？」
「姊姊。」凌若拉了拉她的袖子，搖首示意她此時不要說話。
但溫如言好不容易抓到那拉氏的痛處，又怎肯放棄，拂開凌若的手，冷笑地盯著面色忽青忽白的那拉氏道：「怎麼，皇后娘娘無話可說了嗎？」

那拉氏眸中掠過一絲陰色，平息了一下胸中的怒火，轉身對一言不發的胤禛道：「皇上，前日臣妾已經被冤枉過一次，今日是否還要再被冤枉一次？若是臣妾這個皇后如此不值得皇上信任，那麼就請皇上廢臣妾皇后之位。」

先下手為強，向來是那拉氏慣用的伎倆。

果然，她這話勾起胤禛前日的記憶，神色為之一緩；而舒穆祿氏亦在這個時候道：「皇上，臣妾有話想說。」

第七百九十七章　靳太醫

胤禛瞥了舒穆祿氏一眼，示意她說下去。

舒穆祿氏有些緊張地扯著帕子道：「啟稟皇上，臣妾入宮雖不足一年，卻深覺皇后娘娘心懷慈悲、母儀天下，若說這宮裡其他人做出此等殘忍無道之事，臣妾還會相信一二，但皇后娘娘卻是萬萬不可能的。娘娘心中從來都只盼著皇上好，當真從未有過一絲他心。」

「妳與皇后親近，自是百般替她說好話。」溫如言不屑地道：「若皇后沒做過，為什麼靳太醫要冤枉她？」

面對溫如言的咄咄逼人，舒穆祿氏身子縮了一下，似有些害怕，但還是堅持道：「人心叵測，靳太醫害死三阿哥，可見他並不是一個善人。娘娘明辨是非，為何會這麼相信他的話？也許他僅僅是為了幫他的主子害皇后娘娘。」

不得不承認，舒穆祿氏的話很有道理，殿中有許多人都露出深以為然之色，而淩若露出的卻是忌憚。她一直以為舒穆祿氏只是眼睛像納蘭湄兒罷了，沒想到竟是一個這麼會說話的主，三言兩語便將那拉氏身上的嫌疑撇得差不多，看來以後要多加防範了。

「姓靳的，說，到底是不是皇后？還是有人故意指使你瞎說？」聽著繞來繞去的話，年氏心下越發煩躁不安，忍不住一把握住靳太醫的頭髮，再一次質問他。

「沒有人主使罪臣，確是皇后所為，而且柳太醫也是從犯！」靳太醫忍著頭皮上的劇痛，一字一句說著。

「你……你不要血口噴人！」柳太醫沒想到他將自己也扯進去，大驚失色，色厲內荏地道：「我何時與你合謀過？」

「若不是從犯，你昨日為何偷偷來找我？」靳太醫此刻也已經豁出去，滿面猙獰地道：「皇上，您若是不相信，大可以傳慎刑司的洪公公來問話，他昨日來找罪臣，就是為了讓罪臣不要供出他從犯的事實。」

柳太醫作賊心虛，一下子慌了手腳，急急跪下道：「皇上明鑑，絕無此事。微臣確實去見過他，不過是想著大家一場同僚，如今他就快死了，便去看看他是否還有什麼未了的心願，沒想到好心沒好報，他竟這樣誣蔑微臣！」

靳太醫狠聲道：「呸！我誣蔑你？別往自己臉上貼金了，你這個卑鄙小人，之前還讓我冤枉惠妃娘娘，說是她主使下的毒！」

「微臣沒有，請皇上明鑑！」這一次，柳太醫是真的慌了。他不知道靳太醫發的是什麼瘋，竟當眾將這件事抖了出來，若皇上真信了，自己可就完了。

另一邊，溫如言聽到自己的名字亦是駭然不已，若真像靳太醫說的那樣，自己剛才豈不是很危險？

「妹妹妳是不是知道些什麼？」瓜爾佳氏看到凌若成竹在胸的樣子，有所察覺，輕聲問著。

凌若朝她做一個繼續看下去的手勢，有些話並不方便在這裡說。瓜爾佳氏也是心思通透之人，禁聲不語。

那拉氏面色沉靜地跪在地上，徐徐道：「若皇上相信這賊子胡謅的話，就請將臣妾治罪！」

翡翠與三福跟著她一道跪下，泣道：「皇上，前日您已經差點將主子逼死了，現在還要再逼一次嗎？」

「閉嘴！」那拉氏低喝一聲：「皇上若不信臣妾，儘管處置便是，左右臣妾這皇后之位也坐得索然無味，倒不如去了來得乾淨。」

胤禛凝眉不語。正當這個時候，溫如傾忽地道：「這個靳太醫好生奇怪，之前皇上百般拷問他，他都不肯供出主使者，如今又說得這樣乾脆俐落，還一口咬定就是皇后娘娘，實在讓人匪夷所思。」

「有何好奇怪的，這本就是事實！是皇后要三阿哥死，我不過是奉命行事。」靳太醫激動地說著，然那雙眼卻不時瞥過柳一刀手裡的小刀。

「如傾，妳不知道不要亂說。」溫如言對溫如傾幫著那拉氏說話，大是不悅，輕斥於她。

「無妨，讓她說下去。」胤禛示意溫如言不要阻止，又道：「妳還想說什麼？」

得了胤禛的話，溫如傾精神一振道：「靳太醫前後說話不一，先是死活不承認自己下毒，如今又反過來承認，還說是皇后主使，柳太醫是從犯。那臣妾倒是想問一句，既然毒針是皇后給你的，那她如何給你？當時有何人在場，又是在何處給你？」

這一連數個問題，把靳太醫問得不知所措，好半天才擠出一句：「我……我不記得了。」

「是當真不記得了，還是根本沒有？」溫如傾猶在逼問。

靳太醫不擅說謊，三兩下便露出破綻，如今所有人都盯著他，又怎可能漏過這些，不論胤禛還是其他人，都是疑心大起。後來實在無法，他便道：「我不知道這些，我沒害過人，都是柳太醫所為，妳問他去！」

溫如傾皺著嬌俏的鼻子道：「自己回答不出，便推到柳太醫身上，看來靳太醫真是滿嘴謊言。皇上，這種人說出來的話，莫說一句了，便是一字也不足為信。」

溫如言面色已黑了下來，縱是瓜爾佳氏與凌若也露出若有所思之色。如傾為何要幫皇后開脫？明明就與她說過皇后不是什麼好人，難道她不相信？

「皇上。」舒穆祿氏突然跪了下來，輕咬著玫瑰花一般的紅唇道：「臣妾相信皇后娘娘是清白無辜的。」

在舒穆祿氏與溫如傾身上看了半晌，胤禛忽地道：「朕並沒有說過不信皇后。」說著傾身扶起神色悲切的那拉氏，緩緩道：「皇后，朕說過會相信妳，為何不信朕的話？」

那拉氏有些意外又有些感動，等得站起後，方道：「靳太醫一味指控臣妾，臣妾以為……」

「以為朕的疑心病又犯了嗎？」胤禛重重嘆了口氣，緊一緊掌中那拉氏的手指，道：「不會的，朕會相信妳，何況單憑靳明澤一人之詞，根本說明不了什麼。」

凌若在心底無聲地嘆了口氣，雖已經料到結果，可是真瞧見了還是覺得有些失望。那拉氏真是一個天生的戲子，瞞過了任何人，包括胤禛。想來胤禛作夢也想不到，他的結髮妻子會是一個蛇蠍心腸的女子。

第七百九十八章　死

靳太醫在地上大聲地道：「我沒有說謊，是真的，就是皇后主使我！還有這個姓柳的，他們根本是一丘之貉！」

「靳明澤，看來你很喜歡戲弄朕！」胤禛陰冷的聲音令這盛夏的溫度為之一涼，在眾人還沒有反應過來之前，聲音驟然一厲：「柳一刀，把他帶下去，若割不到三千刀，朕便在你身上補足！」

「嗻！」柳一刀那樣的大塊頭在聽到胤禛的話時竟然打了個寒顫，只有真正一刀刀割過的人，才會知道那是多麼恐怖的刑罰。尤其當你嘴裡被灌著參湯、靈芝水，身上的肉卻一塊塊減少時。

「不！我沒犯錯，我是冤枉的！」當他去拉靳太醫時，後者驚慌失措地大叫了起來，說什麼也不肯跟他走。

這個時候，有東西掉在地上，發出「叮」的一聲，只見凌若腳邊掉了一只明珠耳璫。劉氏順手撿起，恭謹地交還給凌若，然眼底卻閃爍著一絲不解。
就在此時，靳太醫突然撲上前，一把從正在看向凌若那邊的柳一刀手中奪過小刀。
蘇培盛最先反應過來，推了四喜一把。四喜面色一白，下意識地擋在胤禛面前，用變形的聲音尖叫：「護駕，快護駕！」至於蘇培盛則悄悄走出去。
這一叫，頓時將呆若木雞的眾人喚回神，有膽小的嬪妃當即尖叫起來，誰也沒想到雙手雙腳都被銬住的靳太醫會突然發難。
「靳明澤，你不要胡來！」那拉氏的臉色鐵青一片，從未像現在這樣難看過，哪怕被冤枉時也不曾，而她的身子一直擋在胤禛面前。
「胡來？」靳太醫突然笑了起來，然笑容中卻透著無盡的淒然。「一個是高高在上的皇上，一個是同樣高高在上的皇后娘娘，我一個小小的太醫怎敢胡來，我只想……」話語一頓，他狠狠盯著不遠處的柳太醫，帶著無盡的怨恨道：「只想殺了這個卑鄙小人！」
說完這句，他瘋狂地舉著小刀向柳太醫撲去，把後者嚇得魂飛魄散。柳太醫驚叫一聲，趕緊躲避，不論他逃到哪裡，原先站著的嬪妃與宮人都會一哄而散，唯恐被牽連。
「靳明澤瘋了。」瓜爾佳氏暗自搖頭。「否則他不會這樣不顧後果。」
「就算是瘋，也是被人逼出來的，柳太醫害他，他找柳太醫報仇也是理所當然的事，不過真正的凶手該是皇后才是。」溫如言低聲說道。

「他不敢的。」盯著靳太醫，凌若緩緩道：「殺了柳太醫不過是死罪，傷了皇后可是滅九族的罪，所以他絕對不會這麼做。」

「怪不得妳一點也不緊張，原來早就知道了。只是……」瓜爾佳氏努了努嘴道：「妳不去保護皇上嗎？由著皇后一人出風頭？」

凌若笑道：「她喜歡就讓她出去。」

柳太醫抱頭鼠竄，後面那把如影隨形的小刀，令他害怕得肝膽欲裂。而他手上被割了一刀，鮮紅的血從手臂裡瘋狂湧出，也讓柳太醫更加害怕。見血令靳太醫更加瘋狂，誰都不知道為何受了那麼多刑的他還有力氣追殺別人。

此時，蘇培盛帶著一隊大內侍衛奔進來，劉虎大喝一聲：「護駕！」頓時數十把鋼刀抽出來，將靳太醫與柳太醫團團圍住。看到侍衛們控制了局勢，四喜這才鬆了一口氣，額頭上已盡是冷汗。

劉虎厲聲道：「靳明澤，趕緊將刀放下，不要一錯再錯了！」

「錯？」靳太醫吃吃一笑，帶著無盡的哀色，然下一刻，已經滿臉厲色。「不，就算死，我也要拉著他一道死！我有今日的下場都是他害的！」說罷，他不顧一切地朝嚇得魂飛魄散的柳太醫撲去，他真是恨毒了這個人。

「將他活抓！」胤禛推開一直擋在跟前的四喜與那拉氏，怒火在眼底燃燒。靳明澤敢當著他的面鬧這麼一齣，真是有本事。

「嗻！」

劉虎與一眾侍衛都是行家，真動起手來，莫說一個靳太醫，就是十個也逃不出去。至於柳太醫，被其中一個侍衛一把帶到身後，脫離了靳太醫的追殺。

看到柳太醫一副劫後餘生的樣子，靳太醫出一絲苦笑，同時發熱的頭腦也漸漸冷靜下來。

果然還是不行嗎？熹妃娘娘早就提醒過自己，可是自己偏不信，非想著要殺死柳太醫不可。

在剛才的追逐中，他早已耗盡力氣，不過是憑意志強撐罷了，終歸還是枉然。

就在劉虎看準時機，上前想要抓住靳太醫的時候，倏然看到他舉起那把薄如柳葉的小刀，朝自己脖上一劃，緊接著，鮮血瘋狂地噴了出來，濺了離他最近的劉虎一身。

劉虎見慣了生死沒覺得有什麼，但後面那些嬪妃卻受不了，有幾個人的臉上濺到血，驚惶地尖叫著，繼而暈了過去；即便是沒暈過去的人也都是面色慘白，她們不是不想叫，而是感覺喉嚨似被扼住了，怎麼也發不出聲音。

看著噴出的血，靳太醫露出釋然的微笑。他是大夫，沒有人比他更清楚大血管在哪裡。他終於解脫了，不必受凌遲之刑。

熹妃說過會保全自己的家人，他相信她，相信這個幫了自己的女子；也相信，有朝一日，她會替自己報仇，讓柳太醫與皇后不得好死，他會在地下看著，一直看著！

最後看了一眼面露不忍之色的凌若，靳太醫緩緩倒下去，從此世上再沒有靳明澤這個人。

因為他臨死前惹出的亂子，翊坤宮一派大亂，到處都是鮮血，說什麼都不能待了。

第七百九十九章　求情

那拉氏命宮人將暈過去的嬪妃帶下去安頓，其餘人則轉去了偏殿。待定驚茶端上來後，她親自遞給胤禛，柔聲道：「皇上請喝茶壓壓驚。」

胤禛頷首接過，待要喝，發現凌若的茶尚未端上來，遂將茶遞給四喜道：「拿去給熹妃，她也受了很大的驚嚇。」

那拉氏眸中一閃，又將自己那杯端過來道：「那皇上就先喝臣妾這盞吧。」

凌若感激地看了胤禛一眼，端起來一口接一口地喝完。今日之事雖在她意料之中，但看到大量的鮮血從靳太醫喉間噴出來時，還是有些被嚇到，直至現在手腳依然冰涼。

看胤禛將一盞茶都喝完，那拉氏方輕嘆道：「想不到靳太醫如此嘴硬，到死都維護著他背後的主謀。」

「哼，皇上，姓靳的這樣冥頑不靈，又當眾持利器威脅皇上，罪大惡極，該誅其九族！」想到姓靳的一死，害死弘晟的凶手就無從追查起，年氏大恨不已。至於靳太醫的死，她根本不覺得可憐，甚至於覺得這樣的死法對他來說太輕了。

凌若聞言連忙站起來道：「皇上容稟，臣妾看靳太醫之前所為，想是因為過於恐懼之下一時失了理智，並非存心為之，何況從頭到尾他也沒有做過任何傷害皇上或是威脅皇上的事。還請皇上念在上天有好生之德，不要罪及無辜之人。也算是為三阿哥積福積德了，讓他來生可以投個好人家。」

「不行！姓靳的害本宮兒子，只憑他一條賤命就想還清，簡直是作夢！」毫無意外，第一個反對的是年氏。

胤禛沉吟了一下，看向那拉氏。「皇后是何意思？」

那拉氏不慌不忙地回道：「回皇上的話，熹妃之話雖然在理，但靳太醫害三阿哥，用心不可謂不毒，且剛才還驚嚇了皇上與諸位妹妹，若就此揭過，只怕許多人不服。再者，皇上乃是萬乘之尊，不能有一點兒損失，依著熹妃的話，是否要等皇上真的受傷了，再懲治凶手？」

凌若瞥了一眼，凝眸道：「慧貴人剛剛才說皇后娘娘心懷慈悲、母儀天下，怎的一轉眼，皇后娘娘又變得如此狠辣無情，連無辜之人也不肯放過？」

那拉氏冷冷看著她道：「慈悲之心，本宮從不曾捨棄，卻要看對何人。靳太醫所犯之罪，縱是死千次、萬次都不為過，他靳家養出這樣一個兒子來，又能好到哪裡去？再者，律法便是律法，無人情可言，本宮不過是依律法說話罷了。」

「娘娘公正嚴明，臣妾不敢冒犯。但是皇上，還請您體念上天有好生之德，放過靳太醫無辜的家人，律法並非真的一些人情也不念。先帝在世時，常說一句話：老吾老，以及人之老；幼吾幼，以及人之幼。唯有將天下人都當成自己親人看待並善加養待，讓老人與孩子均感念皇上恩德，方才是一個有德之君。」

那拉氏目光一冷道：「熹妃，妳言下之意是說皇上並非有德之君了？」

面對那拉氏暗藏在話中的陷阱，凌若寸步不讓，繼續道：「皇上自然是有德之君，但德無止境，便是先帝亦常覺自己不足。而且臣妾聽聞，靳太醫雖在宮中任太醫，但除卻俸銀之外卻從不收取任何財物，以至於他家中年邁的老父老母還需耕田織布度日；有空回去時，便教弟弟醫術，讓他在家附近替人看病，收取微薄的診金，在村中頗有美名。這樣的人家，皇后娘娘又如何忍心雪上加霜，讓他們被斬首流放？」

「錯就是錯，若人人都像熹妃這樣，還要大清律法何用？」那拉氏話音剛落，年氏便跟著開口。

「不錯，熹妃可憐靳家人，那誰又來可憐本宮的弘晟？他才活了十幾歲，便被那個賊人害死了。」

說到心痛處，年氏忍不住哀哀哭了起來，至於淚水，早已在剛才流乾，任她現在怎麼哭泣都流不出一滴來。

胤禛心裡已經有了決定，深深看了她一眼道：「靳明澤雖然罪大惡極，但其家人並未參與其中。何況說到底，靳明澤不過是一枚棋子，真正害弘晟的是他背後之人，此人才是真正該誅九族之人，只可惜至今不明。罷了，正如熹妃所說，上天有好生之德，朕就不追究靳明澤的家人了，希望他們好自為之。」

「多謝皇上。」凌若欣然大喜，拜謝胤禛，同時心裡也大鬆一口氣。她總算沒有違約，幫靳太醫保住了家人。

年氏哪裡肯依，嚷道：「皇上，那弘晟的死就這麼算了嗎？他可是您的親生兒子！」

「朕知道。」面對喋喋不休的年氏，胤禛心下不悅，卻又不好發作，悶聲道：「就算靳明澤死了，這件事朕也會繼續追查，定要找到害弘晟的真正凶手。」不等年氏再說，他一拍扶手起身道：「好了，朕還有事，先回養心殿了。」

「恭送皇上。」那拉氏連忙帶著眾人跪下。待其走遠後，那拉氏對年氏道：「本宮也還有些事，改日再來看妹妹。妹妹還是當放寬心好生休養，別總想那傷心的事。再者，妹妹如今的年紀也不算大，只要調養得當，將來還是有希望再為皇上誕下一位阿哥的。」

「多謝娘娘關心。」

年氏擠出一個比哭還難看的笑容，那拉氏彷彿未見，親熱地又說了幾句後方才施施然離去。

在經過溫如傾身邊時，她露出一個意味深長的笑容，隨後又對旁邊的溫如言道：「惠妃有一個好妹妹，本宮很喜歡，改日若有空，就帶她來坤寧宮坐坐。」

「是。」溫如言低頭答應。

從翊坤宮出來後，她氣呼呼地走在前面，看也不看溫如傾一眼。

凌若與瓜爾佳氏對視一眼，也跟過去了，她們心中同樣有許多疑惑要問。

好不容易到了延禧宮，溫如言自顧著走進去，根本不理會一直在後面叫她的溫如傾。

溫如傾急得不行，踩著花盆底鞋快奔幾步，拉住溫如言的袖子，急道：「姊姊，妳聽我說。」

第八百章　意欲為內應

溫如言冷冷拂開溫如傾的手，在溫如傾一隻腳踏入門檻時，她一臉怒容地道：「皇后都讓妳去她的坤寧宮了，還來這裡做什麼？本宮這裡地方狹小，如何容得下妳溫貴人這尊大佛，還是坤寧宮更合適些。」

溫如傾急得直跺腳。「姊姊，妳能不能聽我把話說完再生氣？」

「沒什麼好說的，妳走！」溫如言打定了主意不想再看到溫如傾，又哪裡肯聽她解釋。

還是瓜爾佳氏勸了一句：「姊姊，如傾畢竟還年幼，許多事情不懂，她若有什麼不對的地方，妳慢慢與她說就是了，何必生這麼大的氣，沒得氣壞了身子。」

溫如言扶著素雲的手在椅中坐下，憤然道：「她做錯其他的，我身為姊姊都可以不計較、不生氣，但唯獨這一樁不行。她明知道皇后不懷好意，處處與我們為難，還幫著皇后說話，分明是想氣死我！」

宮人端上茶，溫如言端起欲喝，可又覺得心中不暢快，又重重放了回去。抬眼看到溫如傾站在門檻那裡落淚，氣不打一處來，怒斥：「妳還有臉哭，我說錯了嗎？妳給我出去，我不想再見到妳。」

「姊姊啊！」凌若怕事情鬧得不可收拾，忙打圓場道：「公堂上判人罪還得給犯人一個辯白的機會呢，既然如傾有話要說，姊姊不妨聽完了再生氣。」

另一邊，瓜爾佳氏已將溫如傾拉進來，拭著她臉上的淚道：「好了，不哭了，再哭下去，妝容可要花了。有什麼話就說吧，不過能否讓妳姊姊不生氣，可就看妳自己了。」

到底是自己親妹妹，溫如言也不想太過分，冷著臉道：「有什麼話就快說，本宮沒那麼多時間與妳耗。」

溫如傾委屈地癟癟嘴，拭了淚道：「如傾知道姊姊恨皇后，也知道皇后表裡不一，又怎會不顧姊姊去討好皇后，姊姊真的是冤枉如傾了。」

溫如言一臉諷刺地道：「照妳這麼說，倒是本宮聽錯了？還是本宮得傳太醫好生瞧瞧耳朵了，竟然連清清楚楚、明明白白的話都會聽錯！」

凌若兩人也露出怪異之色。明明溫如傾之前一直幫著皇后說話，還拿話套得靳太醫錯漏百出，現在又說不是，真當她們分不清楚是非不成？

「姊姊，妳為什麼就不能把話聽完呢！」溫如傾委屈地說了一句，又道：「容如傾問姊姊與熹妃娘娘一句，今日就算沒如傾替皇后說話，憑靳太醫那些前言不搭後語、瘋瘋癲顛的話，便可以將皇后娘娘拉下后位嗎？」

「自然……」溫如言很想說「自然可以」，但理智告訴她這是不可能的事。靳太醫話中確實有太多疑點，以皇后的手段，絕對可以從中尋出一條生路來。

「縱然扳不倒皇后，妳也不必替她說話。」瓜爾佳氏皺著好看的細眉道：「妳又不是不知她的為人。」

「正因為我知道，所以才要幫她說話。」溫如傾的回答大出幾人意料，都用好奇的目光看著她接下去會怎麼說。

只聽溫如傾用一種與她年紀不符的低沉聲音道：「我知道不論是姊姊還是熹妃娘娘、謹嬪娘娘都希望將皇后從后位上拉下來，可是皇后步步為營、心思縝密，算無遺策，讓妳們雖盡全力卻不能成功。」

「是又如何？難道妳有辦法？」溫如言被她的話吸引了心神，身子微微前傾。凌若兩人亦是全神貫注地聽著。

「是，經過今日一事，皇后一定會以為我有心向她靠攏，到時候，只要我再稍稍透露一些不甘於貴人之位的想法，她定然會信以為真。」

聽到這裡，溫如言終於明白溫如傾的意思，睜大了美目，驚訝地道：「妳想贏取皇后的信任，然後再……」

溫如傾用力點頭，鏗鏘有力地道：「對，伺機找出她害人的證據，讓她為手裡的血腥贖罪，也讓她不能再害姊姊！」

「原來竟是這樣嗎？」這一刻，溫如言眼裡的怒意盡皆消去，取而代之的是憐惜與心疼，走下來拉著溫如傾冰涼的手，道：「妳這傻丫頭，為什麼不早些與姊姊說，害得姊姊這樣誤會妳。」

溫如傾吐著粉紅色的舌頭道：「姊姊根本不給我機會說，再說這想法也是我臨時想到的。」

「都是姊姊不好。唉，也不知怎的，自從涵煙走了之後，我這心就靜不下來了，總是一出事就著急上火的。」溫如言有些內疚地說著。

「姊姊不必道歉，誰讓妳是我的親姊姊，就算打如傾幾下也是應該的。」

溫如傾的笑容就像是盛夏時的太陽，燦爛奪目，與手心的冰冷截然相反，令溫如言有一瞬間的失神。

「不過，請姊姊記住，如傾一定不會背叛姊姊，不管做什麼都是為了姊姊好。」

溫如傾堅定的話語，令溫如言幾乎落淚，握著她的手說不出話來，許久才哽咽道：「是，姊姊相信妳，永遠都相信妳。」

「好了啦，姊姊可不是小孩子，不許哭哭啼啼呢。」溫如傾這般說著，不過自己眼睛還是紅紅的。

「嗯，姊姊不哭。」溫如言吸了吸鼻子，將眼底的酸意壓下。老天誠然待她不薄，雖然涵煙不在了，但至少還有凌若她們，如今更多了一個好妹妹。

「妳當真想去皇后身邊？」凌若神色有些複雜地道：「皇后疑心極重，她不一定會信妳，很可能妳去了也只是白費工夫罷了。」

「我知道，可是不試試又怎知道不行？」溫如傾神色異常的堅定。「我知道娘娘和姊姊一樣，都受皇后所害，我想幫姊姊做點事，而非像現在這樣，一直受到姊姊的保護。」

凌若低著頭沒說話，不知在想些什麼。倒是溫如言道：「不行，我不同意妳這麼做。」

她這一說，溫如傾頓時急了起來，搖著溫如言的手道：「為什麼啊，難道姊姊妳不相信我嗎？我真的是想替妳們做些事……」

第八百零一章　答允

「我知道，難道姊姊還會不信妳嗎？」溫如言輕拍著溫如傾的手，安慰道：「但是去皇后身邊太過危險，我只得妳這麼一個妹妹，絕不允許妳去犯險。」

一絲鬆弛在溫如傾眼底一閃而過，口中道：「姊姊放心吧，我一定會很小心，絕不會有危險的。」

溫如言堅決反對。「不行，這件事說什麼都不行，皇后不是妳以為的那麼簡單，萬一讓她識破了計畫，妳就慘了。」

「才不會呢！」溫如傾一揚光潔的下巴。

「姊姊。」瓜爾佳氏緩緩開口：「也許如傾的法子真可以一試。」

溫如言有些嗔怪地看了瓜爾佳氏一眼。「妳怎麼也跟著胡鬧，總之這件事絕對不許，我身邊就只剩下如傾一個親人了，絕不能再出事。」

不論溫如傾說什麼，溫如言都堅決不答應，急得溫如傾跑到凌若身邊。「娘娘，您勸勸姊姊啊，她最聽得進您的話了。」

凌若猶豫了一下道：「如傾，妳想清楚了，這件事可不是鬧著玩的，也許會讓妳有危險，妳姊姊不讓妳去也是為了妳好。」

「可是我不去，姊姊與娘娘們就會有危險；再者，若有一天皇后娘娘除掉了妳們，娘娘覺得她會放過我嗎？既不能明哲保身，倒不如設法做些事。」

「是啊，姊姊，咱們能護如傾一時卻不能護她一世，她終有需要自己面對風雨磨難的一天。」瓜爾佳氏的話令溫如言無從反駁，但始終還是不肯鬆口。

凌若默默地看著溫如傾，眸中的審視打量之色，令溫如傾略有些不自在，小心翼翼地問：「娘娘怎麼了？是不是連您也覺得我不該這樣做？」

「不是。」凌若一笑。「本宮只是在想，妳竟有這樣的膽色與智謀，實在不容易，可謂是青出於藍而勝於藍。」

「娘娘謬讚了。」溫如傾被她說得滿面通紅，卻又忍不住浮起一絲笑意。

凌若笑而不語，轉而對溫如言道：「姊姊，既然如傾有這個心思，就讓她試一試吧，或許咱們真的可以靠她扳倒皇后呢，這不是姊姊一直以來的心願嗎？再者，就算如傾真的出事了，任咱們三人之力，難道還不能救她嗎？」

溫如言被她說得有些心動，可還是有些不放心。溫如傾又使勁搖著她的手道：「姊姊啊，妳瞧熹妃娘娘和謹嬪娘娘都答應了呢，難道妳就這麼不相信我嗎？」

「我……唉，我是不想妳有危險。」溫如言憐愛地撫著她洋溢著青春氣息的臉煩，終是閉一閉目道：「罷了，由得妳去吧。不過妳得答應姊姊，一覺得不對，就立刻抽身而退，還有，不能幫著皇后去害人。」

「我知道。」溫如傾忙不迭地答應，又道：「我只是去皇后那裡，才不會幫她害人呢。看著靳太醫今日的模樣，可是把我嚇壞了，若是我親手所害，還不得夜夜惡夢啊。」

溫如言輕嘆一聲，淺聲道：「我就怕妳到了那邊身不由己。」

「不會的。」溫如傾親熱地攬著她手臂。「姊姊放心吧，我會好好的。」

「唉，只能由著妳了。」溫如言這般說著，又不放心地叮嚀了幾句方才止了話，轉而問起凌若來：「妹妹，剛才在翊坤宮，靳太醫為何會說柳太醫威脅他將罪名嫁禍給我，這是真的嗎？」

凌若故作茫然地道：「姊姊都不知道，我又怎會知道？興許柳太醫當真這樣威脅過，只是靳太醫良心發現，不願誣蔑姊姊。」

瓜爾佳氏吃驚。她敢斷定，凌若絕對是知道些什麼，當時在翊坤宮時的神情就已經說明一切，不知為何要對溫如言隱瞞，不過她相信凌若，既然凌若不說，就一定有自己的理由。

溫如言百思不得其解，訝然道：「這可就奇怪了，我只道是妳在暗中做了什麼，而且靳太醫沒理由會知道背後之人是皇后，應該是有人告訴他的。」

「我是真不知曉，否則哪會不與姊姊說。」在說這話時，凌若眸光有意無意地掃過溫如傾。

「那算了。」溫如言沒有追問下去，又說了幾句其他後，方才各自散去。

走到外面，凌若側頭看著一直盯著自己瞧的瓜爾佳氏，輕笑道：「我臉上長花了嗎？引得姊姊一直觀望。」

瓜爾佳氏哂然一笑道：「妳明知道是為什麼，還這樣故意耍貧嘴，可是該打。」

凌若低頭默認她的話，一邊坐上肩輿一邊道：「走吧，去姊姊宮裡坐坐。如今秋藕開始上了，我給姊姊做幾樣點心去，到時候再叫溫姊姊一道來品嘗。」

如此一路說去，很快便到了咸福宮。

第八百零二章 溫如傾其人

這時凌若才緩緩吐出憋在心中的話：「姊姊以為，溫如傾是一個怎樣的人？」

從凌若嘴裡吐出的話，帶著從未有過的生疏，瓜爾佳氏的眉眼亦嚴肅起來。

「如傾，她活潑聰敏、胸無城府，且很關心溫姊姊。」

「只是這樣嗎？」凌若盯著從冰塊中緩緩滑落的細小水珠，帶著幾許諷刺之意。「還是說連在我面前，姊姊也不願說實話？」

瓜爾佳氏被她說得有些掛不住臉，無奈地道：「她能想到去皇后身邊做內應，實在是超乎我的想像。在我印象中，她應該沒有這個頭腦才是。」

「可是她偏偏想到了。」凌若輕輕地說著，手指緩緩撫過耳垂，底下空空如也，並沒有墜子。「實在讓我刮目相看，亦開始覺得，是否一直以來都是咱們看錯了？」

「妳是說，溫如傾並不像咱們以為的簡單，恰恰相反，她一直滿懷機心，這……可能嗎？」瓜爾佳氏不是沒想過這個可能，但總不願往這方面想。

「為什麼不可能？」凌若眼中盡是冰冷。「只因為她是溋姊姊的妹妹嗎？」

瓜爾佳氏看了她一會兒道：「這是一方面，另一方面也是我不希望如傾會是一個心計深沉的人，若真是這樣，對溋姊姊來說就太殘忍了。」

凌若默然不語，半晌方低低道：「我也不想，但我們不得不防，以免被親近的人在背後捅上一刀。那種感覺，我一輩子都不想再嘗試。」

瓜爾佳氏撫著她的背，輕聲道：「可是想到伊蘭了？唉，妳也別太杯弓蛇影了，如傾終歸不是伊蘭。」

「但如果一切如我們所想，她就是一個比伊蘭更可怕的人，至少伊蘭不會像她一樣懂得將心思掩藏得這麼好。」

瓜爾佳氏徐徐道：「可是如傾說是想趁機取得皇后的好感做內應。就算當真有些心計，那也是為了咱們好，妳不該太過計較，更別說有心計便是不好的。不說別人，就說妳我不也是靠著心計在這宮裡生存嗎？」

凌若思索片刻道：「這麼說來，姊姊是相信溋如傾了？」

「也不能說信不信的。」瓜爾佳氏長嘆一口氣，握住凌若的手道：「我只是不希望事情變壞。不管怎樣，如傾現在是在幫咱們，她的好與壞咱們也不該這麼早下結論。否則妳現在冤枉了如傾，將來可不是要後悔嗎？」

凌若低頭盯著瓜爾佳氏指甲上的描花，低聲道：「我又何嘗希望她是，只是真的有些怕了。」

「無妨，既然咱們已經有了提防，就算她真有什麼壞心也害不到咱們。」瓜爾佳氏安慰了一句，轉而道：「妳剛才是否因為如傾在場，所以才故意說靳太醫的事妳不知情？」

「嗯。」凌若答應了一聲道：「在這宮裡，害人之心不可有，防人之心卻萬萬不可無。等會兒姊姊來了，我再細細說與妳們聽。」

「好。」瓜爾佳氏待要放開手，忽的又道：「對如傾的懷疑，妳準備告訴溫姊姊嗎？」

「依姊姊看呢？這我一下子還真拿不定主意，畢竟溫姊姊一直那麼相信她。說了怕溫姊姊難過，不說又怕她上當。」

聽著凌若的話，瓜爾佳氏道：「不然還是稍稍提醒一句吧，小心駛得萬年船，多一個心思總是沒錯的。」

此時已是將近傍晚時分，不知是否將要下雨，空氣裡透著一絲沉悶之意，蜻蜓振著透明的翅膀低低飛在半空中。

溫如言到來後，見到凌若有些意外地道：「妳沒回自己宮裡嗎？」宮人正好將尚有餘溫的玫瑰藕絲糕端出來，凌若笑道：「想起秋藕，便來姊姊這裡獻了醜、親手做了糕，左右回宮裡也是一個人。」

「是嗎？」溫如言帶著促狹的笑意道：「我可聽說昨日皇上去過妳那裡了，可見皇上心結已釋。」說到此處，她又是一嘆。「說起這件事，都是我連累了妳。」

凌若故作不高興地道：「姊姊可是與我見外，不拿我當妹妹看待了。」

「好吧，不說了。」溫如言一笑，低頭從精緻的碟子中撚起一塊玫瑰藕絲糕，咬了一口讚道：「嗯，還是與以前一樣的味道，看來妹妹的手藝沒有退步呢。」

凌若眼珠一轉，拖長了音道：「換句話說，就是也沒有進步囉？」

「妳這妮子，就知道挑我的錯。好了好了，進步很大，更好吃了，這下子總行了吧？」

待得吃了幾塊後，溫如言方拭著手道：「好了，說吧，到底為著什麼特意將我叫來，可別說真是為了吃玫瑰藕絲糕。」

瓜爾佳氏命人將東西端走後，方笑著道：「我就知道瞞不過姊姊，是若兒呢，她有事要說。」

凌若理了理思緒道：「不瞞姊姊，其實在今日之前，我曾去見過靳太醫。」

這句話頓時將溫如言的心思掇住了，皺眉道：「這麼說來，靳太醫之前怪異的舉動，妳早就知道了，為何剛才不說？」

「姊姊，妳先讓她把話說完。」瓜爾佳氏暗自搖頭，若是現在就將對溫如傾的懷疑說出來，只怕後面的話她也聽不進去了。

當下，凌若將她去見靳太醫之事一五一十地說了。當知道皇后主使柳太醫勸靳太醫將罪名嫁禍到自己身上，以免去千刀萬剮之刑時，溫如言怒不可遏，忍不住拍案而起。「她果然沒安好心！」

第八百零三章　不信

虧得瓜爾佳氏一早就將宮人遣出去了，並沒有第四個人聽到溫如言的話。如此斥了一句後，溫如言猶不解氣，來回走了幾步，恨聲道：「真不明白為何皇上一直看不清她的真面目。」

「因為她會作戲。」瓜爾佳氏彈一彈指甲，冷笑道：「瞧瞧她這幾天的戲，哪一場不精采、不好看，若我是皇上，一樣會被她蒙在鼓中。」

溫如言既氣又怒，卻也知道瓜爾佳氏說的是實情。皇后慣會演戲，且又手段狠辣，她們幾次三番想要對付，都無功而返，只憑一時氣憤是根本沒用的，始終得從長計議。

想到這裡，溫如言勉強按捺了怒氣問凌若：「那後來呢，妳又是如何說服靳太醫的？還有……他今兒個怎麼這麼大膽，敢趁著妳掉耳璫的工夫搶奪那柳屠夫的刀？那把刀，我光遠遠瞧著，便覺得寒意陣陣。」

凌若漫然一笑道：「皇后能以免刑來許利靳太醫，我又為什麼不可以？靳太醫求的無非就是一個痛快罷了。若非要再說一個，就是不要禍及家人。」

「難道……」溫如言皺眉思索著，她想起是凌若進言胤禛將柳一刀喚到殿中，當下不確定地道：「奪柳屠夫刀的事情，是妳教他的，耳璫也是妳故意掉的？」

「不錯，在柳太醫走後，我給靳太醫兩個選擇，要不相信柳太醫這個卑鄙小人，也許皇后會讓他死個痛快，又也許會很慘；要不就自己去決定命運。」凌若停頓了一下續道：「只要他答應，我便會設法將行刑的柳一刀帶至殿上，並給他機會去奪柳一刀手上的刀。」

溫如言有些不敢置信地感慨：「想不到他一個手無縛雞之力的太醫，真敢做這種事。」

「人一旦被逼急了，什麼事情都做得出來。」凌若答了一句又道：「只要能拿到刀，他便可以決定自己的命運，而不是將之交到別人手裡，任由別人安排。我也答應他，會替他家人求情，不讓皇上禍及九族。」

聽完她的敘說後，瓜爾佳氏拍著胸口，有些後怕地道：「這麼說來，溫姊姊當真是險之又險。依我說，最壞的莫過於柳太醫，他也不想想妹妹當初是如何幫他的，竟然恩將仇報，只可惜靳太醫沒有殺死他。」

凌若沉默了一會兒道：「原先在我的計畫中，並沒有他追殺柳太醫的一幕，想是靳太醫自己不甘，所以才想殺了柳太醫報仇，可惜沒成功。不過無關緊要的，該報的始終要報，不會讓他這麼便宜。」

瓜爾佳氏沒有聽出淩若話中隱晦的意思，只道是她心裡不舒服，安慰道：「唉，別難過了，不管怎樣，妳總算也是幫他了，也成功勸服皇上沒有禍及九族。」

溫如言尚有所不解，追問：「有一點我始終不明白，妳為何要讓靳太醫承認自己是下毒者？」

「唯有他承認了，方可以供出主使者，否則一味說自己冤枉，然後又說皇后與柳太醫陷害他，姊姊覺著皇上會相信嗎？」

這句話問得溫如言語塞，仔細想想也確實是這麼一回事。

「其實……」瓜爾佳氏覷著溫如言的神色，小心道：「之前如傾沒有替皇后說話的話，也許皇上會相信也說不定，姊姊妳說是嗎？」

溫如言感到奇怪地看了她一眼。「這事剛才不是已經說過了嗎？即便沒有如傾，以皇后的手段，也能尋出一絲生機來，畢竟靳太醫一人之詞太過淺薄，頂不得大用。倒是若兒，妳既然都知道，剛才在延禧宮為何不說，非要藉著玫瑰藕絲糕將我叫來這裡才肯說。」

淩若瞥了瓜爾佳氏一眼，見她微微點頭，遂咬牙道：「姊姊，妳對如傾的話當真沒有一點懷疑嗎？」

「妳這是什麼意思？」溫如言倒是沒有生氣，只眼中充滿了不解。

「在咱們看來，如傾一直是一個沒什麼心機的姑娘，所以她入宮後，姊姊也處處維護她，不讓她受一點委屈。可為何如傾在那種時候，居然會有潛到皇后身邊去當內應的想法，即便是妳我，在那種情況下怕也想不到，可是偏偏胸無城府的如傾想到了，姊姊不覺得奇怪嗎？」

溫如言從中聽出了端倪，神色微冷地道：「妳到底想說什麼？」

「我怕如傾她會是……」在溫如言的逼視下，凌若咬牙吐出五個字：「第二個伊蘭！」

「不可能！」溫如言第一個反應就是荒謬可笑。「我自己的妹妹最清楚不過，她胸無城府不假，可是卻極有靈氣，偶爾想起這麼一個點子，有何好奇怪的？倒是妹妹妳什麼時候變得這麼多疑了，虧得如傾還一心想著替咱們對付皇后，妳竟然這般疑她。」說到此處，她露出恍然之色。「我明白了，適才也是因為如傾在場，所以我問妳時，妳故作不知，是嗎？」

說到後面，溫如言的聲音已經有些激動起來。瓜爾佳氏見勢不對，忙上去勸道：「姊姊別生氣，若兒亦是慎重起見，如傾今日的表現確實有些可疑。」

溫如言不悅地道：「這麼說來，妳也與她一般心思了？」

「這個……」瓜爾佳氏一臉為難，正待要說，溫如言已經抬手阻止。

「行了，妳也不必說了，我已經明白了。既然妳們都懷疑如傾，就不該將這話告訴我，難道妳們不怕我轉而去告訴如傾嗎？」

「姊姊啊！」凌若見她不理解，急聲道：「妳與我多年姊妹，所經歷的事還少嗎？身在宮中，多存一分疑心就多一絲保命的可能；再說我們也不是一味否定如傾，只是有些懷疑罷了。」

溫如言冷然一笑。

「妳還記得我們多年姊妹，那我問妳，這麼多年來，我可有懷疑過妳？」見凌若抿著唇不說話，她又提高了聲音道：「說，到底有沒有？」

「沒有，姊姊從未懷疑過我。」凌若無奈地答了一句，又急急道：「可我不是如傾，我不會背叛姊姊。」

「如傾也不會。」溫如言迅速接過話道：「她是我的親妹妹，什麼稟性，我比妳更清楚。妳忘了她當時是怎麼抱著死貓幫妳的嗎？如今竟然這樣懷疑她，若讓如傾知道了，非得傷透了心不可。」

第八百零四章　黃雀

「可是……」凌若剛要再說，瓜爾佳氏已經截過話。

「好了好了，既然姊姊這麼相信如傾，咱們自然也相信，之前的事就當誤會一場，以後誰都不要再提了。」說到這裡，她朝凌若使了個眼色道：「妹妹妳快些向姊姊認個錯。」

凌若暗自一嘆，低頭道：「我錯了，我不該疑心如傾，請姊姊恕罪。」

溫如言瞥了她一眼，仍然繃著臉道：「那妳以後還疑心嗎？」

「姊姊放心，以後都不會了。」凌若再次嘆息，說出違心之語。

溫如言面色一緩，道：「念在妳我姊妹一場，剛才那些話，我便當未聞，也不會向如傾提及，只是這樣的事我不希望有第二次。好了，我有些累了，先回去，改明兒再聊吧。」

看著溫如言離開，凌若低低道：「看來不論咱們怎麼說，姊姊都是不會相信的。」

「這一點我早料到了，有哪個做姊姊的會相信妹妹是個心思不純的人，就是當初的伊蘭，妳不也隔了很長時間才接受嗎？」瓜爾佳氏斂袖，在室內帶起一襲混合著玫瑰香氣的輕風。「總之在沒有確定之前，不要再與溫姊姊提及了。」

「也只能這樣了。」

出了咸福宮，凌若輕聲問：「都安排好了嗎？」

水秀垂目道：「嗯，奴婢已經打探清楚，柳太醫今夜留在宮中值夜不回去。」

在一陣子的沉默後，兩個比岩石還要冷硬的字在水秀耳畔響起——

「很好！」

坤寧宮中，忙碌了一整天的那拉氏滿面倦容地坐在椅中，小寧子蹲在一旁，小心地替她揉著腳。

三福端了一盞茶進來，仔細奉與那拉氏。「主子，喝口茶解解乏吧。」

那拉氏接過茶抿了一口便擱在旁邊，疲憊地撫著額道：「本宮這乏哪是一杯茶能解的，唉，這身子是越發不濟了，不過操辦一場喪事便把本宮累成這樣。」

三福知機地站到那拉氏身後，替她輕揉著太陽穴，嘴裡討好地道：「主子身子好著呢，哪有不濟？實在是這些日子勞心費神的，給累壞了。要說那柳太醫也真無用，一些些小事都辦不好，險些連累了主子。」

此處沒有外人，那拉氏並不需要避諱什麼，閉目道：「這也是沒辦法的事，本宮總不能派你們幾個去吧，到時候闔宮上下都知道本宮派人去見過姓靳的了，一旦追問起來，可真是要洗不清嫌疑了。柳太醫是最不會受懷疑的一個。只是今日這事，本宮怎麼想怎麼覺著奇怪，柳太醫是有分寸的人，怎麼會鬧這麼一齣來？又是誰告訴靳太醫，說柳太醫背後的人是本宮？」

小寧子不知想到什麼，手裡動作一停，抬起頭道：「主子，會不會是有人也去見過靳太醫了？」

不知過了多久，翡翠忽的輕呼一聲：「主子，會不會是熹妃？」

那拉氏心裡恰好也是這個想法，卻不動聲色地問：「為什麼這麼說？」

翡翠邊想邊道：「奴婢記得，柳一刀是熹妃請皇上傳進來的，而靳太醫能夠奪刀也是因為那麼湊巧熹妃的耳璫掉了。主子曾說過，這世間的巧合大半都是人為安排的，所以奴婢覺得她嫌疑最大。」

三福亦在一邊道：「主子，奴才也記得，當時那麼多位娘娘，就熹妃表現得最鎮定，連靳太醫死的時候都沒有太過慌亂呢，很可能她早早就知道了。」

那拉氏腿上一根筋被小寧子按到，痠漲的感覺一路蔓延到頭頂，在痠漲感退去後，她緩緩道：「若真是鈕祜祿氏在背後，那一切都不奇怪了。螳螂捕蟬，黃雀在後，這一次輪到本宮變成螳螂了，讓她護著惠妃逃過一劫。不過……」

眸光含了一絲輕淺的笑意，落在翡翠與三福身上。

「猜到本宮想說什麼嗎？」

三福陪笑道：「主子的心思，豈是奴才等人能猜到的，還請主子明示。」

「明示就沒意思了。」那拉氏輕瞥了一眼道：「行了，別揣你那點兒心思恭維本宮了，本宮恕你們無罪，儘管猜就是了。」

聽得那拉氏這麼說，三福兩人才安下心來，揣測著道：「主子可是想到了對付熹妃的辦法？」

「非也。」那拉氏抿了口茶，搖頭吐出兩個字來。

翡翠凝眸暗思，忽的明白了什麼，道：「可是因為溫貴人？」

那拉氏讚許地瞥了她一眼。

「總算沒白跟在本宮身邊那麼多年。」語鋒一轉，又道：「三福，看來與翡翠相比，你還是有所不及啊。」

聽得那拉氏誇獎翡翠，三福不僅沒有任何不悅，反而暗自歡喜，嘴上道：「主子教訓的是，奴才往後一定跟著翡翠好生學習。」

「福公公這話，可是讓我受之有愧。」翡翠掩嘴笑了一聲，正色道：「主子，之前在翊坤宮，溫貴人那話到底是什麼意思？按理她可是惠妃的妹妹，處處幫著主子說話，她就不怕得罪熹妃嗎？」

「溫貴人……」那拉氏緩緩吐出這三個字，側頭望著窗外漆黑如墨的天色，帶著諱莫如深的神色道：「在這宮裡，姊妹從來不算什麼，本宮也從不認為單憑一點看不見、摸不著的血緣關係就可以信任無疑。」

三福眼皮一跳，小心地接過話道：「主子是說，溫貴人與惠妃她們並不是一條心？」

「現在說這些還為時過早。」

那拉氏剛說完，便見宮人進來稟道：「啟稟主子，柳太醫求見。」

那拉氏展一展袖子，慢條斯理地道：「他來得倒快，著他進來吧。」

第八百零五章　漏夜前來

宮人退下後不久，手上纏著紗布的柳太醫走了進來，剛一進殿便惶恐地跪倒。「微臣參見皇后娘娘，娘娘萬福金安。」

那拉氏輕「嗯」一聲，也不叫起，盯著面色不安的柳太醫道：「柳太醫，你可知道，因為你的紕漏，本宮今日差點前功盡棄嗎？」

「微臣自知該死，特向皇后娘娘來請罪，還請娘娘念在微臣一片忠心的分上，再給微臣一次機會。」說到此處，柳太醫一臉委屈。「而且微臣敢對天發誓，絕對沒有不遵娘娘的吩咐，至於靳明澤為何會突然反水，微臣實不知。」

「行了，別在本宮這裡裝委屈，要不是看在你確不知情的分上，你以為還能站在這裡？」那拉氏聽似尋常的話卻帶著無形的威嚴，壓得柳太醫抬不起頭來，只能唯唯點頭應著。

那拉氏撫一撫有些浮粉的臉頰道：「依本宮推測，應該是在你之後，熹妃去過慎刑司見靳明澤了，並教了他一番大逆不道的話，讓他在翊坤宮搗亂。」

「這姓靳的真當該死，明明答應了微臣，臨了又反悔，活該他不得好死！」柳太醫恨恨地罵著，手上已經包紮好的傷口又傳來戳心的痛。若靳太醫肯乖乖聽話指證惠妃，他又怎會受傷，還在皇上面前洋相百出。

「如何，手上的傷要緊嗎？」

那拉氏的問話令柳太醫受寵若驚，趕緊道：「多謝娘娘關心，只是一些皮肉傷，養個幾日就好了。」

那拉氏低頭輕輕踢了一下小寧子。「去將本宮床頭上的玉如意拿來。」

「嗻！」小寧子踮著腳悄無聲息地走出去，再進來時，手上捧著一柄鑲有紅綠碧璽的玉如意，在燈光下散發著誘惑人心的光芒。

那拉氏抬一抬下巴，示意小寧子將玉如意交給柳太醫。柳太醫貪婪地打量著那柄明顯價值不菲的玉如意，卻不曾伸手，反而推辭道：「微臣沒有辦好娘娘交代的事，如何敢領娘娘賞賜。」

他眼中的貪婪如何逃得過那拉氏的眼睛，不過她不僅不以為意，甚至暗自滿意，唯有心存貪念、欲望的人才可以牢牢控制在手。「本宮處事向來公允，今日之事雖不如本宮意，卻不能全怪你。拿著吧，若覺得有愧，以後就更仔細地辦事，本宮還有許多要倚仗你的地方，可千萬不要讓本宮失望。」

「是，微臣必當肝腦塗地，以報娘娘的信任。」柳太醫終於接過了那柄玉如意，當溫潤的玉質貼在掌心時，他不自覺地握緊雙手。這是他的，誰都不能拿走。

這個時候，有宮人在外頭招了招手，顯然是有事，又不便進殿。三福出去了一下，進來後貼著那拉氏的耳朵不知說了句什麼。

那拉氏不動聲色地點一點頭，對柳太醫道：「好了，你下去吧，手上有傷就向齊太醫告個假，歇幾天，以免勞累。」

「是，微臣告退。」柳太醫知趣地躬身退出坤寧宮。

在其走後，那拉氏方對三福道：「去傳她進來吧。」

「主子，誰來了？」小寧子好奇地問了一句，被還沒離開的三福聽在耳中，回頭瞪了他一眼。

「主子面前哪來這麼多問題，這是你該問的嗎？」

小寧子臉色一白，忙低了頭道：「師父教訓得是，是我多嘴了。」但眼底卻閃爍著陣陣怨毒。這些日子以來，不管他做什麼、說什麼，三福總能找到話訓斥，擺明了是要將他一輩子踩在腳下，讓他永無出頭之日。

只是，十年河東，十年河西，他絕不會一輩子屈居人下。他要出頭，要成為人上人，到時候，就是他將三福踩在腳下，任意蹂躪。

過了一會兒，三福領著一個穿著月白色旗裝的女子進來，只聽其低頭脆聲道：「臣妾參見皇后娘娘，娘娘千歲千歲千千歲！」

「免禮。」那拉氏笑意盈盈地看著眼前的女子。「溫貴人怎麼這時候過來了，惠妃呢，她沒與妳一道？」

來者正是溫如傾，只見她舉眉一笑，眼波流轉，橘紅色的燭光下有著說不出的嫵媚之意。「姊姊勞累一日已經睡下了，臣妾想著娘娘日間的話，所以特意過來請安，不知是否有叨擾到娘娘歇息？」

在命宮人看坐後，那拉氏道：「本宮不習慣這麼早睡，溫貴人來了，正好可以與本宮說說話。只是……」她故意拖長了音道：「妳這樣單獨過來，萬一讓惠妃知道了，她可是會不喜的。」

「娘娘放心，惠妃就算知道了也絕對不會不喜。」溫如傾露出一個詭異的笑容。「相反的，惠妃會覺得理所當然。」

「哦？這可真教本宮好奇了，不知溫貴人能否替本宮解釋一下？」那拉氏身子一傾，露出幾分好奇之意。「妳也曉得惠妃對本宮有幾分誤會，再加上熹妃從中挑撥，更加雪上加霜。妳可是她嫡親妹妹，日間在翊坤宮，本宮看妳為本宮說話，套出靳太醫話中漏洞時，惠妃就已經頗為不高興了。」

「其實凡事皆有兩面，就看話怎麼說了。」在這樣不明不白地說了一句後，溫如傾神色一正，起身斂袖拜倒。「臣妾自進宮後就極是仰慕娘娘絕代風華，一直想向娘娘學習。」

那拉氏並未因她這句話而露出任何喜色，淡然道：「溫貴人說笑了，本宮都已經四十餘歲了，哪有什麼風華，真要說有，也該是年貴妃或是熹妃才是。論容貌、風姿，她們可都是在本宮之上。」

「容貌不過是一部分，娘娘氣質雍容，只是這一點已經勝過他人許多。而且娘娘說年貴妃容貌出眾……」她狡黠地一笑道：「以前或許還可以這樣說，可是現在，年貴妃一夜白髮，猶如六、七旬的老婦人，哪還有半分美態。」

那拉氏微微一笑，又問：「那熹妃呢，她又如何？」

第八百零六章　夜談

溫如傾不以為意地道：「熹妃之貌雖還算出眾，但充其量不過是螢火之光。娘娘何曾聽說過螢火可與皓月爭輝？唯有娘娘才是這後宮裡的唯一主人。」

「溫貴人真是會說話。」那拉氏嘴角笑意漸深，盯著溫如傾臉上細微的表情變化，道：「可是……溫貴人與本宮說這些做什麼？皓月也好，螢火也罷，都是這宮裡的嬪妃，該當和睦相處才是。」

溫如傾迎著她審視的目光，一字一句道：「娘娘說得是，臣妾只擔心，有些人不自量力，妄想與皓月相爭！」

「溫貴人有話不妨直說，本宮不喜歡拐彎抹角。」那拉氏取過茶想喝，卻發現茶水已經涼了，隨手交給小寧子讓他去換一杯來。

溫如傾銀牙輕咬，沉聲道：「臣妾想求庇於娘娘翼下，以娘娘馬首是瞻。」

她這番話，早在那拉氏意料之中，徐徐一笑道：「溫貴人今日幫了本宮，本宮本不該拒絕，只是妳有惠妃這個好姊姊，又得熹妃看重，哪裡還需要本宮庇護。畢竟這後宮，論聖寵最盛的，可是非熹妃莫屬，指不定什麼時候，皇上就會封她為貴妃乃至皇貴妃。」

「貴妃也好，皇貴妃也罷，都只是螢火罷了，永不能與皇后娘娘爭輝。」

說話間，小寧子端了新沏的茶來，溫如傾接過茶，親手奉與那拉氏，懇切地道：「請娘娘相信，臣妾想依附的，從來就只有娘娘一人。」

那拉氏打量她半晌，忽的一笑，嘴角有若隱若現的皺紋。「溫貴人的笑話很好笑，不過天色晚了，本宮也有些累了，溫貴人回去吧，路上小心著些。」

溫如傾一愣，心下發急，脫口道：「娘娘可是不信臣妾？」

在她話音落下時，那拉氏已經扶著翡翠的手走下擱在椅下的腳踏。在將明未明的燭火中，她幽幽道：「本宮為何要信妳？」

溫如傾立時接過話道：「因為臣妾對娘娘毫無隱瞞。」

雖然接觸不多，她卻看得出這個溫如傾心眼遠比她姊姊要多，並不是個值得相信的人。

溫如傾快步走到那拉氏跟前，攔了她的路道：「娘娘難道不好奇，臣妾是如何說服惠妃來這裡的嗎？」

那拉氏哂然一笑道：「那是貴人與惠妃之間的事，與本宮何關？」

溫如傾今日既然來了，便不打算空手回去，狠狠心道：「因為臣妾告訴惠妃，要來娘娘這裡當內應，日間在翊坤宮的那番話，也是想要取得娘娘的信任。」她的話，終於令那拉氏來了興趣，停住腳步道：「那麼事實呢？」

雖然那拉氏只說了五個字，卻令溫如傾心頭一鬆，緩聲道：「論聰明，娘娘乃是後宮第一人，又怎會看不出臣妾心中真正所想。」

那拉氏淡淡地瞥了她一眼。「貴人過譽了，這宮中聰明者比比皆是，本宮又怎敢說是第一人。遠的不說，就說貴人好了，能想出來本宮這裡當內應，便足證才智不弱。」

溫如傾見那拉氏始終對自己存有戒備，只得和盤托出心中所想：「熹妃等人一直對娘娘心存惡意，禍亂宮闈，臣妾願助娘娘平定禍亂，也讓後宮那些人認清楚，誰才是真正的後宮之主。」

那拉氏狀似驚訝地道：「這麼說來，所謂的內應是用來瞞騙她們的話囉？」

溫如傾忙道：「這是自然，臣妾對娘娘仰慕已久，又怎會出賣娘娘。」

那拉氏眸光一閃，又道：「可惠妃不是貴人的親姊姊嗎？貴人如何忍心害自己的親姊姊呢？」

溫如傾欠身道：「良禽擇木而棲，惠妃雖是臣妾的親姊姊，但她愚昧無知，被熹妃利用而不自知，又常自以為是，還與娘娘作對，臣妾勸過她許多次，可惜她一字都聽不進去。不管將來有什麼後果，都是她自作自受，怨不得別人。」

那拉氏嘖嘖道：「想不到貴人小小年紀便如此明辨是非，實在難能可貴。不錯，本宮很喜歡。」

那拉氏的話令溫如傾如釋重負，不等她言語，那拉氏已經拉起她道：「本宮突然想起來還有些話想與貴人說，不知貴人可願與本宮秉燭夜談？」

溫如傾眉心喜色湧動，連忙道：「娘娘有吩咐，臣妾又怎敢不從。」

「甚好。」那拉氏微一點頭，轉而道：「這一說起來，本宮突然覺得有些餓了，翡翠，妳去燉兩盅金絲燕窩來，記得其中一盅多澆些蜂蜜，本宮記得溫貴人喜歡吃甜的。」

今日輪到柳太醫當值，因手臂只是皮外傷，所以沒與人調換。

他剛一進到太醫院，便看到一個窈窕的身影背對著自己，精心修剪過的指甲正徐徐翻動著擺在案上的醫書；還有一名宮人同樣背對自己、站在女子旁邊。

柳太醫遲疑不定地拱手道：「不知是哪位娘娘在此？」

女子手上的動作一滯，緩緩合上醫書回過頭來，卻是凌若。

柳太醫乍一看清，連忙跪下身去。「微臣見過熹妃娘娘。」隨後又道：「娘娘您怎麼來了？」

凌若曼然輕笑。「本宮想到三阿哥就睡不著，所以出來走走，也不知怎的就走到太醫院來了，沒嚇到柳太醫吧？」

「娘娘說笑了。」見凌若沒有露出異色，柳太醫心頭微鬆，附和地笑道：「娘娘請坐，微臣去給娘娘沏盞茶來，希望娘娘不要嫌棄微臣這裡茶葉尋常。」

「怎麼會呢？」凌若依言坐下後，卻是盯著柳太醫左手的袖子道：「咦，柳太醫袖裡鼓鼓囊囊的，可是藏了什麼東西？」

柳太醫暗道不好，剛才在來的路上，他怕被人看到那柄玉如意，就將之藏在袖子中，不曾想被熹妃發現了。

他一時想不到什麼好說詞，只得取出來強笑道：「娘娘好眼力，是……是一柄玉如意呢！」

第八百零七章　揭穿

「哦？」凌若看了一眼，讚許道：「玉質清透、碧璽純正，是柄好如意，拿過來讓本宮仔細瞧瞧。」

柳太醫不敢不從，忐忑地將玉如意遞給楊海。凌若在把玩了幾下後，似笑非笑地道：「柳太醫從何處得來，可不要與本宮說是地上撿來的。」

柳太醫見瞞不過，只得道：「啟稟娘娘，是皇后娘娘所賞，微臣本不欲收，但她執意要給，微臣怕她起疑這才收下了。」

凌若挑一挑眉道：「這麼說來，柳太醫剛才是去了皇后娘娘那裡？」

「是。」柳太醫硬著頭皮道：「微臣原想明日再告訴娘娘，不想娘娘這麼巧來了。」

「無妨，本宮知道柳太醫忠心。」燭光下，凌若笑顏清淺，站起身來道：「這如意既是皇后賞的，那柳太醫就好生收著，千萬不要磕了、碰了。」這般說著，她將玉如意遞給柳太醫，在後者還未接住時，她忽的一個鬆手，令玉如意掉在地上，「噹」的一聲，摔成了三截。

「娘娘您……」柳太醫既心痛又害怕，下意識地想要質問凌若，又想起她的身分，生生將到嘴邊的話嚥下去。

凌若驚聲道：「哎呀，柳太醫你怎的沒接住呢，如意碎了可怎麼辦，萬一皇后問起，可是麻煩了。」

柳太醫心中暗怒。明明是她突然一下子放手，竟還反過來怪自己，真是沒天理。不過這些話他也只敢想想，畢竟現在還不是與熹妃反目的時候，忍著怒意，悶悶道：「都已經碎了也沒辦法，明兒個微臣找人看看能不能黏起來。」

「其實……」凌若盯著柳太醫的腦袋，聲音漸低了下來：「如意碎了更好，否則將這個害死三阿哥得來的賞賜日夜放在身邊，萬一招來三阿哥冤魂可如何是好？」見到柳太醫身子一顫，她再度道：「還有靳太醫，你瞧這夜色茫茫，說不定他就在什麼地方看著你呢。」

聽到她後面那句話，柳太醫寒毛都豎了起來，勉強笑道：「娘娘可真喜歡開玩笑，微臣……微……」他慌亂地轉著腦筋，卻擠不出合適的話來。

凌若蹲下身，帶著詭異的笑容道：「柳太醫可是想說，靳太醫做人時你都不怕，做鬼了又怎麼會怕呢？」

「您！」柳太醫大驚失色，這分明是他在地牢中與靳太醫說的話，熹妃怎麼會知道？難道……難道她當時也在地牢中？可為何自己沒見到？

「看來你已經猜到了。」冷冷扔下這句話，凌若站起身來，毫無感情地道：「柳太醫，你可真有能耐，表面上說忠於本宮，背地裡卻與皇后串通一氣，欺騙本宮，你真當本宮這般好欺負不成？」

「娘娘誤會了，微臣……」

不等柳太醫說話，凌若已經嗤笑道：「怎麼？還想再編什麼謊言？只可惜，本宮早已看透了你。你不只背叛本宮，還嫌本宮礙了你投靠皇后的路，想置本宮於死地！」

柳太醫一陣心涼。不用問了，自己威脅靳太醫陷害惠妃時，熹妃定然在某處聽著，不論自己再說什麼，她都不會相信。

「這麼說來，今日靳太醫在翊坤宮咬出微臣與皇后娘娘，就是出自娘娘的授意了？」既然已經擺明了要撕破臉，柳太醫也不再偽裝，問出心中疑問。

凌若還未回答，楊海已經恨恨地啐道：「好你個厚顏無恥的卑鄙小人，居然還有臉問主子，你忘了主子是怎麼幫你家人的嗎？」

柳太醫惱怒地盯了他一眼，擦乾臉上的唾沫道：「那又如何，我根本沒要你主子幫，是她非要湊上來；再者，我已經說過要將銀子還給她，可她卻以此為由，要脅我替她辦事。」轉頭看著一言不發的凌若，冷笑道：「娘娘可是又想去將這件事告訴皇后娘娘？呵，皇后娘娘明辨是非，一定會明白微臣對她的忠心。」

凌若拍拍手道：「這麼說來，本宮似乎已經沒什麼可威脅你的了。」

柳太醫將頭扭到一邊，意思再明白不過。凌若也不動氣，微笑道：「皇后有你這個忠心耿耿的棋子，真是好福氣。既是人各有志，那本宮也不勉強你，希望你以後都不會後悔。你放心，本宮不會去向皇后說什麼，你就好好替皇后辦事吧，本宮等著柳太醫成為院正的那一日。」

聽到凌若的話，柳太醫只道她被自己唬住，微有些得意地道：「承娘娘吉言，微臣一定不會讓娘娘失望……啊！」

柳太醫之所以突然驚叫，是因為凌若將花盆底鞋狠狠踩在他撐地的手掌上，不只如此，還用力地蹍了幾下。俗話說十指連心，這簡直就是痛徹心扉！

在柳太醫痛得直冒冷汗時，凌若故作驚訝地移開腳。「瞧本宮真是笨手笨腳，走個路都會不小心踩到人，柳太醫可千萬別怪本宮，本宮不是故意的。」

柳太醫趕緊拿回手，手背不知被什麼東西刺了個口子，冒出一滴殷紅的血珠來。他心裡知道，熹妃根本就是故意的，嘴上卻只能不甘心地道：「娘娘都說不是故意的，微臣又豈敢見怪。」

「那就好。」凌若嫣然一笑，扶著楊海的手離開太醫院。

在登上肩輿後，凌若看到楊海恨恨地盯著身後的太醫院以及裡面模糊的影子，遂笑道：「怎麼，還氣著呢？」

見凌若問起，楊海迭聲道：「奴才真想不明白，這世間怎會有這樣厚顏無恥的人，同是太醫，他給徐太醫提鞋也不配。若換了奴才是您，絕對忍不下這口惡氣，特別是他剛才小人得志的那副模樣。」

凌若示意宮人抬起肩輿，同時道：「本宮不是已經踩了他一腳嗎？也算是出氣了。」

楊海連連搖頭。「主子，您踩一腳不過讓他痛一時罷了，痛過後他又一點兒事情也沒有。依奴才說，這種人就該讓他不得好死才對，否則他下次不知道還會去害誰呢。」

夜色中，凌若帶著不可見的笑意輕輕道：「放心吧，他再也害不了人了。」睨了一臉不信的楊海道：「你若不信，就看著吧。」

熹妃傳 第二部第五冊

作　　者／解語
執 行 長／陳君平
榮譽發行人／黃鎮隆
協　　理／洪琇菁
總 編 輯／呂尚燁
執行編輯／陳昭燕
美術監製／沙雲佩
美術編輯／陳又荻
國際版權／黃令歡、梁名儀
文字校對／朱瑩倫
內文排版／謝青秀

國家圖書館出版品預行編目資料

熹妃傳．第二部 / 解語作．-- 1 版．-- 臺北市：城邦文化事業股份有限公司尖端出版：英屬蓋曼群島商家庭傳媒股份有限公司城邦分公司尖端出版發行，2023.1-
冊；　公分

ISBN 978-626-338-994-6（第 5 冊：平裝）

857.7　　111018988

出版／城邦文化事業股份有限公司　尖端出版
台北市 104 中山區民生東路二段 141 號 10 樓
電話：（02）2500-7600　傳真：（02）2500-2683
讀者服務信箱：7novels@mail2.spp.com.tw
發行／英屬蓋曼群島商家庭傳媒股份有限公司城邦分公司　尖端出版
台北市 104 中山區民生東路二段 141 號 10 樓
電話：（02）2500-7600　傳真：（02）2500-1979
劃撥專線：（03）312-4212
戶名：英屬蓋曼群島商家庭傳媒（股）公司城邦分公司
劃撥帳號：50003021
※ 劃撥金額未滿 500 元，請加付掛號郵資 50 元
法律顧問／王子文律師　元禾法律事務所　台北市羅斯福路三段 37 號 15 樓

台灣地區總經銷／中彰投以北（含宜花東）　楨彥有限公司
電話：（02）8919-3369　傳真：（02）8914-5524
雲嘉以南　威信圖書有限公司
（嘉義公司）電話：（05）233-3852　傳真：（05）233-3863
（高雄公司）電話：（07）373-0079　傳真：（07）373-0087
馬新地區總經銷／城邦（馬新）出版集團 Cite（M）Sdn Bhd
電話：603-9057-8822　傳真：603-9057-6622
E-mail：cite@cite.com.my
香港地區總經銷／城邦（香港）出版集團 Cite（H.K.）Publishing Group Limited
電話：852-2508-6231　傳真：852-2578-9337
E-mail：hkcite@biznetvigator.com

版　次／ 2023 年 1 月 1 版 1 刷